徳間文庫

クラリネット症候群

乾くるみ

徳間書店

目次

マリオネット症候群　5
クラリネット症候群　179
解説　大森望　326

マリオネット症候群

1

最初に思ったのは、夢遊病って、聞いたことあるけど、これがそうなのかなって。だって私が目覚めたとき、身体《からだ》が勝手に動いてたんだもの。

っていうか、それで起きた。いや、起こされた。

本当だったらベッドに横になってなきゃおかしいのに、動けって命令してないのに、私は勝手にガバッて上体を起こして、鼻の頭を掻《か》いている。

私は目を開いてた。見えるのは、ほとんど闇《やみ》に沈んだ自分の部屋。さっきまではたしかに眠ってた、そのはずなのに。でも今は目を見開いてる。自分が目を開ければ、そりゃ嫌でも起きます。目覚めます。

起き抜けの寝ぼけた頭で、私は、何が起こったのかしら、何でこんな真夜中に目が覚めちゃったのかしら、って思ってた。目がショボショボする。掛け布団がめくれてて、起こした上半身が寒い。いいから寝直しましょ、布団に潜《もぐ》り込んで、暖かくしないと、って思うのに。

身体が言うことを聞かない。金縛りにあったみたいに。金縛りで、おまけに夢遊病。何だか矛盾《むじゅん》していて、笑っちゃうけど、そう、ちょうどそんな感じだった。

私は——私の身体は、闇に沈んだ部屋の中を、キョロキョロと見渡している。そして不意に、のそのそと布団から抜け出すと、両足を床につけ、そのまま立ち上がった。視座《しざ》がぐっと高くなる。

何で？　立ち上がろうなんて、これっぽっちも思ってないのに。

ひんやりとした冷気が全身を包む。寒い。そして私は——何を思ったか——右手で髪の毛を束《たば》にして摑《つか》むと、いきなりグイッと引っぱった。いいえ。これは私の右手じゃないわ。何をしたいの、この右手。全然わからない。意味がわからない。左手も加わる。左右両手で髪を引っぱられて、頭皮が痛い。とっても痛い。やめて。そう喋《しゃべ》りたいのに、口が言うことを聞かない。かわりに、

「あれ？」

そんなふうに喋っていた。でも私はそんなことを言おうなんて、ちっとも思ってない。勝手に喋ってる。誰かが勝手に、私の身体を使って、私の声帯を使って、喋ってる。それはとてもおぞましいことで。

首から上を左右に動かす。やたらにキョロキョロと。落ち着かない。視界がグルングルンと動く。やめて、って叫びたいのに、口が動いてくれない。私の身体なのに、ぜんぜん私の自由にならない。

首を相変わらずキョロキョロとさせながら、私はゆっくりと歩き始めた。それももちろ

ん、勝手に、私に何の了解もなく。視野が迷動するので、酔いそう――そう、ちょうど乗り物に乗ってるような感じだった。私の身体が、乗り物になってしまった。誰かが乗り込んで、勝手に操縦していて――だから私は操《あやつ》られている。言わば操り人形状態。私は哀れな操り人形。手足を勝手に動かされている。助けて。どうにかして。

あたりを見回しながら、暗い部屋の中を、慎重に歩いてる、その私の頬《ほ》っぺたに、何かが触れた。電灯の紐《ひも》だ。私は――私の身体は、ビクンとして足を止め、その紐を右手でまさぐると、その来る方、真上を仰ぎ見て、そして紐を引いた。

グロウランプの青い光が二つ、チカチカッと瞬《またた》いて、二重になった丸形の蛍光灯が、白く、パッと輝く。私は眩《まぶ》しさに一度ギュッと目を閉じてから、再度目を開けて、あたりを見回した。最初はゆっくりと。ついでキョトキョトと。

何を見回してるんだろう。特に変わったところもない。自分の部屋だ。視野の中央に、さっき直視した蛍光灯の残映が、薄緑色の模様になって見えている。ゴクンとひとつ唾《つば》を飲み込んだ。息が荒い。はしたなく、ハアハアと口で呼吸をしている。吐くたびに、息が白い煙となっているのが、視野の手前側に見えている。肌寒い。心臓がドキドキいってる。

私は――私の身体を操っている奴は、不意に、両手で胸を触った。服の上から、その膨《ふく》らみを確かめるように。続いて、何を思ったのか、左手をパンツの中に突っ込んだ。

何を。

私の左手。やめて。何をするの。

手の動きは止まった。凍りついたように。

「なん――」

喋りかけた声も凍りつく。

しばらくして、またキョロキョロし始める。今度は勉強机の上の鏡に目を留めた。私が目を留めようとして留めてるわけではないのだけれども、目の焦点がそこに合ってるのは、わかる。

私はつかつかと机に歩み寄って、鏡の中を覗《のぞ》き込む。

鏡の中には、私の顔が映っている。部屋で暇なときに、いつも眺めている、私の顔。二《ふた》重瞼《えまぶた》の大きな目が、私の方を見返してくる。自分で言うのも何だけど、けっこう愛嬌《あいきよう》があって、可愛い顔立ちをしてると思うのだ。でも今は、ポカンとして、馬鹿丸出しの顔。

「おい、ジョーダン……」

また声が洩《も》れる。私の声。でも別に私が言おうとして言ってるわけじゃない。

右手で鼻をつまむ。鏡の中の私は左手で、同じように鼻をつまむ。鏡だからそうなる。当たり前だ。何を確かめてるのやら。

ひとつ、当たり前じゃないのは、私が、そうしようと思ってしてるんじゃないってこと。鏡見て、鼻をつまもう、なんて思ってないのに。手が勝手に動いて、鼻をつまんでる。

私は——ようやく自分でも、それを認めないわけにはいかなくなった。そう、私はどうやら、誰かに身体をすっかり乗っ取られてしまったらしい。誰かが私の中に入ってきて、私を勝手に動かしている。

誰なんだ、こいつ、と思う。どうして私の身体に入ってきたりって、そんなことができたの。

いくら考えてもわからない。

それでもひとつわかったのは、こいつも、自分がどうしてこんなところにいるのか、サッパリわかってないってこと。いきなり他人の身体の中で目覚めて、戸惑っている。さっきからの素振りを見てる限り、どうやらそんな感じ。

（誰だか知らないけれども、とっとと出てって頂戴《ちょうだい》。返してよ、私の身体）

私としては、そう言ってるつもりなんだけど、口が動かない。喉《のど》が自由にならない。声が出せない。誰かが私の身体を使ってしていることを、ただ傍観《ぼうかん》しているしかない。

私は——私の身体を動かしてる誰かは、今度は通学鞄《かばん》に目をつけた。鞄を開けて、ひっくり返して、中身を机の上にぶちまける。

教科書。ノート。筆入れ。そんなものが、ダダダッと雪崩《なだれ》を打って出てくる。

ノートの表書きに目を留める。

『一年三組　御子柴里美《みこしばさとみ》』

それを何度も繰り返し読む。

「みこしば……?」

私の名前だ。でも私の身体を動かしてる誰かは、その身体が誰のものなのか知らない。身元を明らかにしてくれる何かを探して、それで今、このノートを見て、初めて名前を知った。そんな感じ。

ええ。そうですとも。私は御子柴里美。十六歳。開明《かいめい》高校の一年生。可愛い女子高生。で――あなたはいったい、どこの誰?

憑依《ひょうい》現象とでも言うのだろうか。それとも憑霊? 降霊?

そういえば――と思い出したことがある。子供のころに、ママが話してくれた。

「お祖母《ばあ》ちゃんはねえ――」

ママが言うのは、ママのママ、私から見て母方の祖母のことだ。父方の祖父母は健在だったのに、当時すでに母方には祖父しかいなかった。それで子供だった私は、こっちの家のお祖母さんはどうしたの、とか何とか、ママに聞いたのだろう。

「お祖母ちゃんは、ママが子供のころにね、ちょっと頭が変になっちゃったの。私は誰それの生まれ変わりだ、とか、急に言い出して、娘の私に向かっても、こんな子は知らない、他人だ、とかって言って、だからもう、まわりはビックリして、それでお医者さんに診てもらったり、御祓《おはら》いとかしてもらったんだけど、結局は治んなくて――」

イタコ、という単語を初めて聞いたのも、たぶんそのときだったように思う。霊に乗り移られる、という現象の説明を、ママがしてくれたのだ。

隔世遺伝という言葉がある。祖父母の誰かが持っていた遺伝的性質が、その子供の代じゃなくて、一代おいて、孫の代の誰かに現れる、みたいな意味。

当時は、話してるママも、聞いてる私も、半信半疑どころか、ほとんど信じてはいなかったんだけど、でもお祖母ちゃんは本当にそのとき、誰かの霊に乗り移られてしまっていたのかもしれない。で、私は、その祖母の持っていた、イタコ体質とでも言ったようなものを受け継いで、生まれてきてしまったのかもしれない。そういう体質だったところに、この誰だかわかんないヤツが、ひょいと乗り込んできたと。

今のこの状況は、たぶんそうだとしか、考えられない。


そういうのって、でもこんなふうに、突然、何の前触れもなく、起きたりするものなの？

何でもない日の――しかも、こんな真夜中に。

今って何時だろう？

ふとそう思って、壁の時計の方を向こうとして、自分の身体が自由に動かせないことに改めて気づく。これって、かなりイライラする。

（時計よ時計。壁の時計見れってば。時間見るだけ）

そう言っても——いや言おうと思っても、声にならないし、私の身体を動かしてるヤツには決して伝わらない。ああもう、ホントにもどかしい。

この人……たぶん男の人だったんだろうな、と、そのとき不意に思い当たった。

起きたとき、まず髪の毛を引っぱったこと。本来は頭髪がそんなに長くなかったから、まず最初に変だと思った。ついで胸を揉《も》んだのも、元の身体にはそこに膨らみなんて無くて、違和感を覚えたから。そして最後に、パンツの中に手を突っ込んで——乙女にとってこれほど侮辱《ぶじょく》的な体験があるかしら。知らない人に操られて、そんなことをさせられるなんて。でも、場合が場合だけに、操り主の方にも、情状酌量《しゃくりょう》の余地はあるわね。で、あるべきモノが無いという衝撃の事実を、その男の人は確認したってわけだ。

さあ、で——どうする？

自分の身体が、もう男じゃなく、御子柴里美って女の子に生まれ変わってて——それでどうするのかしら、この人。

私の操り主は、ドアに向かって、そっと足を進めた。身体を乗っ取られた私は、その意のままに動かされるしかない。

部屋から出るの？　出てどうするつもり？

私は、操り主が何をするつもりなのか、考えてみた。こういう場合——

『私は誰？　ここはどこ？』

という慣用句がある（慣用句？　お定まりのセリフ？）。それからすれば、この人はさっき、私の数学のノートを見て、『私は誰？』の疑問の方は、とりあえず解決したはずだ。だから今度は『ここはどこ？』の方を、調べるつもりなんじゃないかしら。

（ここは私の家よ。住所も言いましょうか。高足《たかあし》市港町四の五）

そう言って教えてあげようとしても、でも操り主には伝わらないんだわ。これがまったく。

私は、そっとドアを開け、暗い廊下に出る。家の中はしんと静まり返っていて、廊下板の冷たさが、裸足《はだし》の足裏を刺すようだ。肌寒さに、身体がブルブルと震えている。歯の根が合わない。

馬鹿ねえ。何か羽織って出ればいいのに。

でも操り主の人は、そこまで気が回らないらしい。自分の身体を抱くようにして、両の二の腕をさすりながら、抜き足差し足、廊下をそっと歩き始める。

二階には、私の部屋以外に、もう三部屋あって、ひとつは普段使われていない部屋、ひとつはママの寝室、そしてもうひとつは、その昔、パパの仕事部屋だったところ——今はママの仕事部屋だ。

操り主は、廊下に出たときに、その三つのドアに順繰りに目をやったものの、結局はどのドアの前も通過していった。

ママが起きている気配は無かった。どうやら寝室で休んでいるらしい。この人がもし、ママといきなり鉢合わせでもしたら、どうなるか。この人がどう出るか。予想もつかないだけに、とりあえずママが休んでいるらしいことを知って、私はひとつ、ホッと息をつきたい気持ちになった。もちろん呼吸も自由になりはしないんだけど。

廊下の突き当たりまで来ると、右手に階段がある。夜だから照明は落としてある。私の身体を操っている人は、暗いままの階段に、そっと右足を下ろし始めた。

（ちょっと。電気点《つ》けて！）

家の階段を、照明を消したまま下りるのは、私にとって、何よりも——ジェットコースターに乗るよりも——怖いことだ。

私の身体は、今や最低の乗り物と化した。怖いから目をつぶりたいのに、それさえもできない。

階段は途中で右に直角に折れている。その曲がり角がいちばん暗くて、ぜったいに何かがいると、私は常日頃から思っている。その最悪の箇所を、私の身体は、左手の手すりの感覚だけを頼りにして、無事通過した。何事も起こらなかったことに、私は内心でホッとする。というか、まあ今は私自身が、内心そのものなんだけど。

階段を下りてすぐ右手には、和室がある。襖《ふすま》は半分開いたままになっていた。それまで、暗い足元に目を落として、階段を下りてきた操り主は、階段を下りきったところで足を止め、目線を上げて、和室の中を覗き込んだ。ほとんどが闇の中に沈んでいるので、いくら目を凝《こ》らしても、家具の輪郭程度しか見て取ることはできない。

私はその和室に、すっと足を忍び入れた。右手で壁をまさぐる。電灯のスイッチを探しているのだ。押し慣れている私からすれば、何とももどかしい動きで。

そこじゃない。柱の——そう、そこ！

スイッチを押すと、蛍光灯が二、三度瞬いてからパッと点《とも》り、和室内の様子が白色光の下に浮かび上がった。畳の上、中央に炬燵《こたつ》があり、壁際には衣装簞笥《だんす》が二棹《さお》並んでいる。その向こうで、鈍い金色に光を反射しているのは、仏壇の扉の金飾だ。

私が目を留めたのは、炬燵机の上、籠《かご》に入ったミカンの横に置かれていた、新聞紙。四つに折り畳まれていたのを、もどかしく開いて、上欄枠外の日付を読む。

『平成十三年二月十四日（水）』

そうか。日付を確かめたかったのか。それもそうだ。『私は誰？』『ここはどこ？』だけじゃ足りない。『今はいつ？』ってわけか。

逆に言えば、あなたはどこから来たの。何時代の人だったの？

そんなに古い時代の人ではないはずだ。行動を見ていればわかる。通学鞄の中にノートが入っていて、それを見れば身元がわかるってことを知っていたし、電灯の紐を引いたり、壁のスイッチを押せば、照明が点くってことも知っていた。だから、江戸時代の侍《さむらい》の亡霊、なんてのじゃないことは確かで。

そこで操り主は、ようやく、現在時刻も確認しようという気になったみたい。キョロキョロと見渡していた視線が、箪笥の上の置き時計に焦点を結ぶ。

三時十五分過ぎ。午前三時、ってことね。こんな時刻に起きてたことなんて、私、未《いま》だかつて無いのですけど。寝不足は美容に悪いんですからね。他人の身体だと思って、あまり粗雑に扱わないでほしいわ。返してもらったときに困るのは、こっちなんだから。

そこで私は、ハッと息を飲んだ（もちろん呼吸も自由にならないので、気分だけ）。

返して──もらえるのかしら？

もしかして、ずっとこのまま──この誰だかわからない男の人に、乗っ取られたまま──になるんじゃないかしら？

そのとき、頭上で物音がした。

私は息を飲んだ──今度は身体の方も、同じ動作をしてくれた。といっても、私の意のままに動かせるようになった、というわけではない。操り主も、私と同じように、その物音に肝《きも》を冷やしたのだ。

私にはその音の正体がわかる。ママが寝室から廊下に出た物音。

身体が凍りついたように動かない。操り主がそうしてるのだ。そして耳だけが、音源が移動するのを追っている。

二階の廊下がギシギシとかすかに軋《きし》み、そして階段ホールに照明が点く。スイッチの入る音とともに、和室の襖の外、暗かった廊下が、パッと明るくなったので、それとわかる。

階段を下りてくる足音。そして襖の開いたところから、ママがひょいと顔を覗かせた。

私と目線が合う。

そうしてついに、私の操り主は、他人の家で、他人の姿のまま、その家族と——私のママと、対面してしまったのだ。

2

和室の中と外。私とママが、お互いの目を見ている。

「里美さん、どうしたの？　こんな夜中に」

ママは当然、不審気な表情で問い掛けてくる。

私の心臓は、ドキドキと高鳴っている。ゴクンとひとつ唾を飲み込む。パニック寸前、という感じ。

さあ。私の操り主は、ここでいったい、何を言い返すつもりかしら。

「あ、あの……。ここはどこですか？」

ああ。結局そういうふうに言っちゃうわけね。娘が真夜中に起き出して、母親にする質問としては、とっても不自然な。

となると、当然のごとく——

「なに？　どうしちゃったの？　里美さん」

ママはいよいよ不審気な顔となって、訊《たず》ね返す。そりゃそうだわね。

私はまたも、ゴクンと唾を飲み込んで、

「えーっと、あの、僕、その、信じられないかもしれな——」

ママは最後まで言わせない。

「ちょっと待って。里美さん。黙って。黙りなさい！　……何なの？　里美さん。ボク、とかって。どうしてそんな言葉づかいするの？」

「だからちょっと、聞いてください。僕は——」

「何なの！　ふざけてるの？」

ママの目つきが、いよいよ厳しくなる。

「だから僕、里美って子じゃないんです！」

（ママ、本当よ。私の身体、この人に乗っ取られちゃったの！）

私もいちおう、声にならない声で訴えてみる。でも私の声はママには届かない。

「何？　何なの？」

ママは当惑している。私の態度が、言ってることが、あまりにも変で、変すぎて、理解できないって感じで。まるで別な生き物を見るような目で私を見ている。そうなのよママ。ママの目の前にいるのは、姿形は私だけど、操ってるのは別な生き物なの。

ママが黙り込んでいる隙《すき》に、私の操り主は、一気に喋る。

「聞いてください。僕――私、さっきまで苦しんでて、ああ、だから僕、これで死ぬんだなって思ってたんだけど。それが気がついたら、こんな女の子の身体に、生まれ変わってて――」

そう言われたときの、ママの顔って。

驚愕《きょうがく》と恐怖。

まるで恐ろしいものを――化け物を見るような目で、私を見て。

それはそうだわ。いきなり『私は生まれ変わりです』とかって言われても、そんなの誰も信じやしない。当然よ。私がママの立場だったとしても、そう思うもの。ああ、この子、どうかしちゃったんだわ、って。

ママはでも、偉いと思う。凍りついたような表情を浮かべてたのは、ほんの一、二秒の

間。すぐに笑顔を取り繕《つくろ》って（片頬《かたほお》がひきつってたけど）、

「ああ、里美さん。きっと怖い夢でも見たのね。それで混乱してるんだわ。……いいから、こっちに来て。部屋から出て来て」

「夢なんかじゃなくて――」

言った途端、

「出て来なさいったら！」

鬼のような形相《ぎょうそう》に一変。さすがの私もギョッとしたくらい。ママ怖い。

ママはどすどすと和室の中に入ってきて、私の左の二の腕を、むんずと摑まえる。

「さ、いらっしゃい。そんな格好でいつまでもいたら、風邪ひくわ」

もう有無も言わさず、そのまま引っ立てるようにして、階段を上ってゆく。内面の私は、操り主のなすがままの行動しかとれないが、感覚だけは普通にある。がっしりと握られて、引っぱられてる、その腕の痛さは、内面の私にも伝わってくる。でも自分の身体を思うようにコントロールすることはできない。

私の操り主が、何か言ってるんだけど、ママは「はいはいはいはいはい」と聞く耳持たずの状態。

そうして私は、自分の部屋に、ぽんと放り込まれた。

「明日も学校あるんでしょ。ちゃんと寝なさい」

そしてドアがバタンと閉められて。

私はそのまま、部屋の真ん中でひとり、立ち尽くしていた。たぶん、自分の言葉が相手に受け入れてもらえなかったので、呆然《ぼうぜん》としているのだろう。

内面にいる私は私で、実は、今のはちょっと惜しかったな、なんて考えていた。

ママももうちょっと、聞く耳を持たなきゃ。あのまま話させてたら、たぶんこの人、自分の名前を名乗ってただろうに。肝心《かんじん》のそれが聞けなかったので、私にとってこの人は、相変わらず、名無しの権兵衛《ごんべえ》さんのままだ。

私の身体は、ひとつ大きく、深呼吸をした。はあ、と声に出して息を吐く。息が白く煙る。

そこで、たしかに寒いなあ、とでも思ったのだろう。あたりを見回して（何か羽織るものでも探していたのだと思う）、布団の上に、寝る前に脱いだ半纏《はんてん》がのっていて、それに目を留めたんだけど、結局は、最初に目覚めたときの状態に戻ろう、とでも思ったのか、もそもそと布団の中に潜り込んでしまった。

布団は、まだほんわかと温《ぬく》もりを残していて、冷えた身体を優しく包んでくれた。

私の身体が、そのままじっとしている。

きっと作戦を練ってるんだわ、と思った。さっきみたいに、いきなり本当のことを言ったって、誰も信じてはくれないもの。というより、うちのママが相手では、そもそも話すら聞いてもらえない。今の一件で、そう学習をして、ではどうやって、自分の言うことを聞いてもらおうか――たぶんそんなことを考えているんだろうな、彼は。

そう。名前も住所も年齢も、いつの時代の人かも、結局はわからないままだったけど、彼、自分のことを『僕』って言ってたし、ママに対しての話し方なんかからすると、たぶん若い人だと思う。十代から、せいぜいいってて二十代ってところかな。私はそう見た。

でも、そう考えると、あの行為が、いよいよ許せなく思えてきて。

胸を触られたし、おまけに大事なところまで。

どう思ったのかしら。

年若い男性が、いきなり乙女の身体を、自分のものとして得た場合、いったいどんなことを考えるかっていうと。

うーん。想像したくない。

ベッドの中で、布団にくるまっていた私の身体が、のそのそと動き出した。何をするつもりかしら、と私は慌《あわ》てて視線を重ねる。

そう。私が考え事をしていた間、操り主はたぶん普通に目を使ってたと思うんだけど、私の方は、目は開いてるけど見えてない、という状態になっていたのだ。

こんなこともできるんだ、と、ちょっと感心してしまったり。

で、視線を重ねてみる（そういう表現がピッタリ！）と、私は電灯の紐を見て、手を伸ばしているところだった。本来の長さは短いんだけど、自分で紐を継ぎ足して、ベッドに寝たまま消灯できるようにしてある。その紐に手を伸ばして、一回、二回と引いた。

部屋の中が、オレンジっぽい色のスモールランプに照らされただけの暗さになる。

そして私は目を閉じた。私が閉じようとしたわけではない。操り主が、彼が、勝手に目を閉じてしまったのだ。暗い方が考え事に向いている、とでも思ったのかもしれない。

私も、そうして視界が閉ざされてしまうと、他にすることもないので、改めて考え事に没頭した。

さて。これからどうしよう。

といっても、今の状況では、私にできることなんて、ひとつもないんだけど。

彼はどうするつもりなのだろう。出て行きたいと思ってるのかしら。それともこのままこの身体に留《とど》まりたいと思ってる？

彼が身体から出て行ってくれたら……私はまた元に戻れるのかしら？

そのとき、彼はどうなるのだろう？

成仏《じょうぶつ》するのか。無になるのか。

無になるのは、さすがに嫌だと思うかもしれない。それぐらいなら、この身体のまま、生きていきたい、なんて思うかもしれない。

でもそれでは困る。この身体を私に返してくれなくては。

御祓いとかしてもらって、この人を追い出すこととかって、できないのかしら……。

あ、そういえば、ママが言ってた話だと、お祖母ちゃんが同じような状態になっちゃったときにも、御祓いとかしてもらったって――

ああ、そうか。

私はひとつ納得した。

ママは自分が子供のころに、自分の母親が、いきなりそうなっちゃったのを、その目で見ているんだ。それがたぶん、幼な心に傷となっていた、だから私が――自分の娘までが、そんなことを言い出したもんで、さっきはあんなにビックリしてたんだ。

そしてママはすぐに、子供のころの私に、自分があの話をしたってことを思い出して、それで最終的には、すべて私の作り話だろうって、そう思ったのに違いない。

私が、子供のころに聞いた話を思い出して、それをアレンジして、タチの悪いイタズラを、ママに対して仕掛けたんだろうって。

ママは憑霊現象なんて、信じてないのだ。お祖母ちゃんのことも、ただの病気だったんだって思って、それで今日まで生きてきたんだろう。

幼いころ、その話を聞いた私も、そういうもんだと思ってた。

でも今の私は違う。憑霊現象っていうものがこの世にあるってことを、この身をもって、今現在、しっかりと味わっている。思い知らされている。

だからお祖母ちゃんの場合も、本物の憑霊現象だったわけで、そしてお祖母ちゃんは——最後まで元には戻らなかった……？

ということは、私も元には戻れないってこと？

彼がこのまま私の中に居座って、だから私は一生こうして、ただ見るだけ、聞くだけ、動かされるだけで、自発的な行為は何もできない、ただの内面としての存在で、居続けなければならないってこと？

でも、彼がまた、さっきと同じようなことを言い張れば。

どこかで聞いただか読んだだかした憶《おぼ》えのある、何とか実話、みたいな話だと、生まれ変わりを主張する人たちって、だいたい、生前の自分のことをあれこれと思い出して、まわりの人に訴えて、それで調べてみたら、その話の内容が本当に、どこそこに生きてた誰それって人のものと一致してるってわかって、それで自分がその人の生まれ変わりだってことを、最終的には証明してたりするのよね。

で、話がそういうふうに、いったんお事になってしまえば、ママだって、生まれ変わりってものがこの世にあるってことを、そして私が、身体を誰かに乗っ取られてるってことを、わかってくれるかもしれない。

まずはそれをママに理解してもらって。それからだ。

次にはどうにかして、彼をこの身体から追い出してもらわないと。

そう。たぶんそうなる。きっとママはそうしてくれる……。


そんなふうに考え事をしていて——

ふと気づけば、私の呼吸は、ものすごくゆっくりとしたリズムを刻んでいた。

呆《あき》れた！

この人、眠ってるんだわ。こんな状況下で。

いきなり、生まれ変わりだなんて、そんな異常な事態が自分の身の上に生じているって知らされたのに、それでどうして、こんなふうに、スヤスヤと安らかに眠れるのかしら？

信じられない！

あ、そうだ。操り主が寝てる間だけは、元のように、身体のコントロールが利《き》くようになる、なんてことは、ないかな。

うーん。……やっぱダメか。

（あー）

声も出せない。

っていうか、この間延びした呼吸が……うーん。

実は私も、眠いかも。あは。

だって、身体の方が先に眠っちゃってるんだもん。

ああ。だんだん考えがまとまらなくなっていく。

明日の朝、起きたら、すべてが元のように戻ってた、なんてふうに、なってくれると、いいなあ。

………。

3

異常な事態に直面してるっていうのに、神経図太く、グースカと寝ていた私の身体。いきなり目覚ましのベルに飛び起きる。目を見開いて、上半身をガバッと起こし、身体をひねって両肘《りょうひじ》をついた姿勢で、音源の位置を探して、頭を左右にキョロキョロと動かしている。うーん。私はまだ半分眠ってるっちゅーに。

やっぱり、ひと晩寝ても、事態は変わってなかった。身体の方は相変わらず、私じゃない誰かの支配下にあるらしい。その誰かの、寝起きのよろしいこと。っていうか背中が寒い。早く何とかして。

すぐに目覚まし時計を視認。右手を伸ばして、ベルを止める。枕元に置いてあると、止めてすぐに、また寝直しちゃうので、ベッドからは微妙な距離をとって、床に置いてある。だから目覚ましを止めたときには、私はいつも、ベッドから半分落ちたような格好で、床に倒れている。まるでダイイングメッセージを書き残して死んだ死体みたいに、右手を伸ばした格好で。

で、いつもの私だと、そこからまた、ぬくぬくとした布団の中に、戻っちゃうんだけど。

彼は思いきりよく、私の身体をそのまま布団から抜け出させた。床の上に胡座《あぐら》かいて、暢気《のんき》にあくびなんぞをしながら、こめかみから右側頭部にかけてのあたりを、ボリボリと指で掻く。そして、長い髪の毛がどうも気になるらしくて、しきりに指でくしけずってみたり。

(うー。やっぱり寒いんですけど。半纏羽織ろうよ)

喋る、っていうか、言葉にして、伝われ、って念じてるんだけど、やっぱり伝わらない。っていうか、彼だって、同じ身体を使ってるんだから、言葉が伝わるかどうか以前に、私と同じこの寒さは、感じてるはずなんだけど。

私は立ち上がった。首を左右に思いっきりひねる。痛いっちゅーねん。元の身体で、首をバキバキ鳴らす癖《くせ》でもあったのか。でも私の首は鳴らないんですよ。おあいにくさま。こら。何を。人差し指はダメだって。鼻の穴が大きくなっちゃうでしょ。空気が乾燥してて、鼻が詰まったみたいになってるのはわかるけど、突っ込むのは、せいぜい小指にしときなさいって。

ティッシュを見つけて鼻をかむ。かんだ後で、ティッシュを広げる。見るな。見せるな。

「うううう」

私は背を丸め、声にならない声を吐きながら、ドアを開けて廊下に出る。昨日は恐るおそる、って感じだったけど、今朝はもう堂々と、廊下をスタスタと歩いて行って、そのまま階段を下りてゆく。

キッチンの方で、ママの立ち働く物音がしている。

階段を下りたところで、私はUターンして、一階の廊下を奥へと進んでゆく。彼にとっては未踏のエリアのはず。キッチンへ——物音のしている方へと、向かっている、のかな？

寝起きからさっそく、昨日の続きで、ママと一戦おっ始《ぱじ》めようとしてるのかしら。そのわりには、暢気にあくびなんかしてるけど。

キッチンの前を通る。ママと目が合う。ママは私を見て、ギョッとした表情をした。私が珍しく自分で起き出してきたから、ってのもあるだろうけど、それよりも、昨晩のあのやりとりがまだ記憶に残ってて、私が何を言い出すか、警戒してる、みたいな感じ。でもとりあえず、

「おはよう里美さん」

と普通に朝の挨拶《あいさつ》をしてきた。それに対して、私は目をこすりながら、ペコンとひとつお辞儀をしただけで、無言のまま通り過ぎ、廊下の突き当たりのドアを開ける。

ああ。やっぱり。トイレに行きたかったんだ。この尿意、やっぱり同じように感じていたのよね。

家の造りを知らないわりに、一発で迷わずに着いたのは、こういうのも動物的本能って言うのかしら。褒《ほ》めてあげてもいいくらいの、勘の良さ。

でもトイレって。

…………。

それからしばらく、不快な時間があった。

身体の構造が、やっぱり男と女では違うんだろうな、と思った。彼の動作は、恐るおそる、たしかめながら、みたいな感じで。

今これをしてるのが、本当は男の人で——って考えると、もう、本当に屈辱。私は十六歳の、花も恥じらう女子高生なんですからね。気安く見たり触ったりしないで頂戴。

ようやく屈辱の時間が終わる。着衣を戻し、水も流して。

でもすぐには外に出ない。

ドアの前に立ったまま、私はしばらくの間、深呼吸をしていた。

タンクへの注水の音が静まったころになって、ようやく意を決した、といった感じで、ドアを開ける。

あ、手を洗ってないじゃん。んもう。信じらんない。

でも彼は、それどころじゃなかったみたい。ゆっくりとした歩調で廊下を戻りながら、ゴクン、と唾をひとつ飲み込んで、またひとつ、大きく息を吐いてから、急に早足になって、ダイニングキッチンへと乗り込んで行った。

料理をしているママが振り返って。目が合って。

さあ、何を言う？

「……おあよう」

目をゴシゴシとこすりながら、何とも気の抜けた、普通っぽい挨拶。ついでに、あくびなんかしたりして（嘘《うそ》のあくびだった。身体を共有していると、そこまでわかる）。それでいて、心臓がドキドキいってる。ママの目線を巧《たく》みに避けてる。

そのまま、さり気なく、ダイニングテーブルに着いて。

「うー、寒いよー」

私が普通っぽい態度を見せたもんだから、ママもどうやら警戒を解いたみたいで、

「馬鹿ね。そんな格好で。何か羽織ってくればいいのに」

なんて普通の会話してる。

（ちょっとー。もしもーし）

ママは料理の手を止めず、こっちには背中を向けたまま、さり気なく言った。

「里美さん？　あなた、夜中に起き出して、変なこと言ってたの、憶えてる？」

「え、ホント？　寝ぼけてたのかしら、あたしぃ」

うわっ、女言葉っ！　しかも変。気持ち悪い。

そらっとぼけて。こいつ……やっぱり、そのつもりだったか。

身体がこうなっちゃった以上、生まれ変わりを主張しても、容易には信じてもらえないし、どうやらそれは得策でないと、悟ったんだ。やっぱり。昨日寝入る前にいろいろと考えてて、で、そういう結論に達したんだ。

私のふりをして。私になりきって。

それでどうにかしようとしてる。

うーん。敵ながら、こいつはなかなかしぶといかも。

でも、ママはきっと気づいてくれるはず。

そう思って、視線を重ねて見れば、ママは料理の手を止めて、不審気にこっちの方を見て。

「……何か、まだ変じゃない？　里美さん？」

いいぞ、ママ、その調子。

ザマーミロ。他人のふりをしようったって、どうせすぐボロが出るんだから。

実際、彼はボロを出しまくった。

ダイニングテーブルで、いきなり朝刊を広げたり（朝から新聞読む女子高生がいますか！）。

朝食なのに御飯のお代わりをしたり（私は朝はほとんど御飯が食べれない）。

極めつけは、ママのことを「お母さん」とかって呼んだり。

そのたびにママは目を真ん丸くさせて、私の顔をじっと見返してくる。

そんなふうに、ボロ出しまくりだった。それなのに。

結局彼は、その朝を乗り切ってしまった。

そう。彼はけっこう頭がいいのかもしれない。

たとえば彼は、テーブルに着いたとき、用意されている食膳の数を、こっそりと数えていた。それがママと私の、二人ぶんしか用意されていないことから、ウチが母娘二人暮らしだってことを見て取ったのだろう。食卓で、パパに関する話題を出したり、そういうボロの出し方はしなかった。

食事の後、ママから、仏前に御飯をお供《そな》えしてと頼まれたときにも、彼は平然とした顔で、お碗《わん》を受け取って、それを和室にちゃんと持って行った。昨夜の冒険の際に、仏壇がそこにあるって、ちゃんと見て憶えていたとみえる。なかなかやるではないか。

さらに、お供えを終えて、鈴《りん》を鳴らした後にも、写真とか位牌とかを、じっと観察していた。私に成りきるために、ウチの家族構成を、死者も含めた形で、そうして抜け目なく、確認しておこうと思ったのだろう。

仏壇に祀《まつ》られているのは、朋実《ともみ》だ。私の双子のきょうだい。遺影は三歳の時に撮影されたもの。私は位牌を手に取った。でもそれには戒名《かいみょう》しか書かれていない。朋実って俗名はわからない。遺影が幼くて、子供のころに死んだ私のきょうだいだってのは、たぶんわかっただろうけど、それ以上のことはわからないはず。よーし、何かそのへんでボロを出せ。

そういえば、パパの影が家に見られないことについては、彼はどう思ったのだろう。仏壇に祀られていない、つまり死んでないのに、でも家の中にもいない。となると、単身赴任中か、離婚したか、あるいは元からいなかったか（つまりママが未婚の母だったたってことね）。常識的に考えれば、まあそのあたりとしか思えない。

まさかパパが余所《よそ》に女を作って出奔《しゅっぽん》し、以来三年間、一度も顔を見せてない、でも戸籍上は今でもママと夫婦のままで、そしてときおり手紙とか原稿とかは届いていて、作家活動はママの協力のもとに続けてる、なんてことは想像もつかないだろう。

そもそも、ウチのパパが実は、作家の司馬哲郎《しばてつろう》だ、なんてことも、彼は知らないだろうし。

よーし。きっと彼はボロを出す。そのあたりで決定的なボロを。

ママだって、かなり怪しんではいるはずなのだ。昨夜の一件があって、それで今朝は今朝であの調子だったんだもん。

このままいけば、ぜったいにママは気づいてくれる。この、私の身体を操っているのが、私じゃなくて、どっかの、見も知らぬ誰かだってことを。


その危機感は、彼にしても、感じていたに違いない。朝食を済ませ、ママに頼まれたお供えの仕事も済ませると、私はそそくさと二階の自室に戻った。それもまた、普段の私からすれば、かなり不自然な行動で。階段を上ってるときには、内面にいる私でさえ、ママの疑惑に満ちた視線が背中に突き刺さるのを感じていたくらい。

自室に戻った私は、ほーっと、肺が空《から》っぽになるくらいに、大きく溜息《ためいき》を吐《つ》いた。

全身が疲れ果てていた。そうでしょ。こんな無理、いつまでも続けようったって続けられるわけないんだから。とっとと諦《あきら》めて、ママに正直に言っちゃいなさいって。

でも、彼はほとほと、諦めの悪い性格みたい。しぶといんだな、これが。

ぐっと背筋を伸ばして、よし、と気合を入れ直すと、今度は簞笥に向かった。引き出しを次々に開けて、中に何が入っているか、順次確かめていく。下着の入っている段を開けたときには、しばらくじっと眺めていたっけ。もう。変態。

と思ったら、ソックスを選び出す。無地の白。地味な選択。

そこで彼は、着替えを始めた。まさかこんな状態で、私のふりをして、学校に行くつもりじゃないだろう、とは思うんだけど、とにかく外出着に着替えようとしているのはわかった。

これがもう最低。

寝着のスウェット上下を脱いで、さらにTシャツも脱いで。そうしてパンツ一丁になったところで、彼は急に、女体への興味を覚えたみたいで。

(お願い。変な目で見ないで)

自分に向かって、そう懇願したんだけど。

両手が持ち上がる。胸の膨らみのラインにあてがって、左右から寄せて上げて、みたいな格好をしてみる。そのままギュッと両の乳房を自分で揉んで。

かと思うと、今度は逆に、背筋をピンと伸ばして、胸を張って、その胸の張り具合を見下ろしてみたり。

なすがままにされている、という恥辱。

背筋がゾクゾクッと震えた。別に何かを感じたとかじゃなくて、寒さよ。寒さ。

「ううう」

自然と声が洩れた、って感じで。

見れば、全身に鳥肌が立ってる。真冬の早朝に、素肌を晒《さら》してるんだもん。そうなるよ。当たり前じゃん。風邪ひくってば。

彼の好奇心も、さすがにその寒さには負けたらしい。自分の身体を抱くようにして、小さくなってしゃがみ込むと、両の二の腕をさすり、腿《もも》をさすり、しばらく暖《だん》を取るような行為をして、それからようやく服を着始めた。私は内心でホッと息を吐く。

まずソックスを穿《は》いて、それからブラをつける。ブラのホックを掛けるのに、慣れてないからきっと手間取るだろうな、と予想してたら、まあすんなりとはいかなかったんだけど、それでも意外と手際良くやってのけたので、ちょっと感心してしまった。けっこう手先は器用みたい。

それよりも、制服を着ることの方が、意外と難しかったみたいで。セーラーの上衣《うわぎ》を着るのって、慣れてれば何でもないことなのに、初めてだと案外、戸惑うものらしい。生地が破けるんじゃないかってくらいに、無理やりに着込んで。でもどうにか着込んで、最後に、襟《えり》の内側から、両手で髪を掬《すく》い出すのが、そんな経験したこと無いんじゃないかなって思うんだけど、その割には、けっこう自然に手が動いて。

で、今度はスカートなんだけど、これは単純だから大丈夫だと思ってたら、彼、どっちが前だかわかんなかったみたいで、最初左でファスナーを閉じたのに、また開いて、今度は右にして閉じてみて、首をひねって、また元に戻したり。どうにか落ち着いたところで、今度は何を思ったのか、息を詰めて、お腹《なか》を思いきりへこませて、だから何をするかと思いきや、そうしておいて、スカートのウエストラインに手を掛けると、上下に動かしてみたり。

たぶん、スカートってものを、生まれて初めて穿いたので、何かそのままストンと下に落ちちゃいそうな、不信感みたいなものがあって、だからそうやって、自然に落ちたりはしないってことを、わざわざ確かめてたんじゃないかなって、私は思ったんだけど。

ＴＶで、男の人が女装してるときに、スカートを穿いた感想は？　みたいなことを聞かれて、腿のあたりがスースーして、すごく落ち着かない気分になる、みたいな受け答えをしていたことがあったと思うんだけど、たぶん彼も今、それと同じような感覚を味わってるんだろうな。

とにかくそうして着替えは、無事――でもないけど、それなりに終わった。コートを羽織り、鞄を手にして、私は部屋を出る。

階段を下りると、今度はそのまま真っ直《まっす》ぐ、玄関へと向かう。

ちょっと待ってよ。まさかそのまま、外に出てくつもり？

髪は寝起きのままでぐちゃぐちゃだし、それ以前に、そもそもまだ顔も洗ってないし、歯も磨いてないじゃん。おーい。そんな状態で外に出ないでよ。みっともない。恥かくのは私なんだから。んもう。

靴を履《は》いてるときに、物音を聞きつけたらしく、奥からママが顔を覗かせた。

「何、どうしたの里美さん。こんなに早く」

目を丸くして――ママのこの表情見るのって、今朝これで何度目だろう。

（ママ。私を止めて！）

しかしその願いも虚《むな》しく、私は頓着《とんじやく》ない口調で、

「あ、ううん。何でもない。クラスでちょっと集まりがあって。うん。じゃあ、おか――じゃなかった、ママ、行ってきまーす」

にこやかにそう言い残すと（内心の私は、にこやかどころじゃなくて、もうプンプンだったんだけど）、私はついに、家の外に出てしまった。

4

外に出た私は、まず表札を確かめた。私は、なるほど、と思う。たしかにこれは、彼にとってみれば、手っとり早い情報源だったろう。
『高足市港町4―5
御子柴　徹志《てつし》
康子《やすこ》

里美』

私の視線は、住所と家族欄とを均等に、それぞれ三度ずつなめた。パパの名前もまだあって、表札だけ見れば、三人家族という体裁《ていさい》。彼はそれを見て、どう思ったことだろう。視線を外《はず》したとき、ひとつウンと頷《うなず》いたのは、どういう意味だったのか。

私の家はゴミゴミと家の立ち並んだ住宅街の中にある。南向きの玄関を出たすぐの道は、車が一台やっと通れるくらいの、幅の狭い一方通行路で、それを左右どちらに行っても、東西のどちらかの二車線路には出られるし、その二車線路をまた左右どちらに曲がっても、市の南と北を走る四車線の幹線道路の、そのどちらかには出る。

彼は私をどこに行かせようとしているのか。

私は玄関を出たところで立ち止まると、ちらりと空を仰いで、まずは路地を右に——西の方向へと進んだ。とりあえず、私が毎朝通学するのと同じ方向である。

いつもより三十分も早く出ているので、知った顔には会わない。ボサボサ頭の私からすれば、とりあえずそれだけは、ありがたい。

彼は途中、何度か立ち止まると、スカートの上から、両手で両腿をさすったり、あるいは両腿同士をスカートの中でこすり合わせるような、妙な仕草をした。どうやら剝《む》き出しの脚部が、寒くて仕方ないらしい。でもよそから見れば、くねくねとした、変な動作に見えてるはず。

もっと人目を気にして行動してよ。誰かに見られてたりしない？　私にしてみれば、どうしても他人の視線が気になって、せめてまわりの様子がどうなのか、見回したい気持ちでいっぱいなんだけど、それさえも、彼が見ようとしない限りは見えないのだ。あーイライラする。

幹線道路に出たところで、彼は電話ボックスを見つけ、駆け寄って中に入った。コートのポケットを漁《あさ》り、鞄の中を漁って、ようやくパスケースの中にテレカが何枚か入っているのを発見。その中から、よりによって《布袋寅泰《ほていともやす》》のやつを選んで、挿入口にさし込みやがった。バカッ。それを使うなっつーの。他に、使用済みの穴があいてるやつだって、あるだろうが。まだ使ってない、だから大事にしてるのだって、見りゃわかるだろうが。その（私にとっては大切な）カードを挿入して、彼は七桁の番号を押した。ということは、携帯電話ではない。市内のどこかに住む、誰かの家に掛けているわけで。

どこに掛けようとしてるんだろう？

呼び出し音が鳴る間、彼は大きく息をしていた。血圧が上がってきているのがわかる。

「――はい」

相手が出る。中年女性の声。やけに暗いトーンだった。

彼はゴクンとひとつ唾を飲む。

「あ、あの、森川《もりかわ》さんのお宅でしょうか？」

「はい」

内面にいる私は、何となく、ドキッとした。『森川』という苗字は、私にとって、そういう反応を起こさせるものなのだ。

「あの、あたし、サッカー部のマネージャーをしている、石田《いしだ》という者なんですけど――」

彼はそんなふうに偽名を名乗った。自分の声がそんなふうに喋るのを、突然聞かされた私は、一瞬ポカンとしてしまった。

といってもこの場合、偽名うんぬんが問題なのではない。

『森川』で、『サッカー部』で、『マネージャーの石田』。

それってまさか。……森川先輩のことじゃないの？

まさか。

呆然とする内面の私のことなど知るよしもなく、私はさらに話し続けていた。

「――森川キャプテン、いらっしゃいますか？」

そこで相手の応答を待つ。

やっぱりそうだ。サッカー部のキャプテンが森川という苗字で、マネージャーが石田という女の子。それは明らかに、ウチの学校のサッカー部のことだ。それしかない。

掛けてる先は、森川先輩の家。

彼は——じゃあ、もしかして。

そんな。でもまさか。

私の身体に入ってきたヤツが、人が、まさか自分の知ってる誰かだろうなんてこと、まったく考えてもみなかった。

しかもそれが……森川先輩？　ホントに？

そんな思考が駆け巡《めぐ》って、私は一瞬、ボーッとなってしまった。その間、耳がおろそかになっていた。それで、何か大事なことを聞き洩らしたのではないか、と、慌てて聴覚に神経を集中させたのだが。

まだ相手からの応答は無いようだった。

異様に長い、間。

私の、つとめて抑えようとしてるんだけど、それでも荒くなっている、むふー、むふー、という鼻息が、さらに三回、四回と重なって。

ようやく応答の声が、電話線の向こうから届いた。

「——達郎《たつろう》は、昨夜、亡くなりました」

えっ？　今なんて言った？

森川先輩が……死んだ？

え、うそ。何で。

どうして。

「今はまだ混乱している最中ですので、申し訳ありませんが――」

そして通話は向こうから切られた。ツー、ツー、という電子音が、耳に繰り返される。

私はゆっくりと受話器を耳から離し、架台に置く。ピピー、ピピー、とうるさい音とともにカードが吐き出される。

ゆっくりと、大きく息を吸い、ふふーん、という音とともに、鼻から息を吐く。そして、

「そっか。やっぱオレ、死んじゃったんだ」

という呟《つぶや》きが、私の口から洩れた。

二つの衝撃的事実が、同時に明らかになった。

昨夜から私の身体に入っている、この人は、森川先輩だったのだ。

そして森川先輩の身体は、昨夜、死んでしまった。

つまり、事はこういう順で起こったのだ。まずは彼が死に、その魂が、本来ならば天に召されるところだったのを、私が生来のイタコ体質を発揮して、彼の魂を我が身へと、受け入れてしまった。

それで今、私はこんなふうになってしまったのだ。

それならわかる。森川先輩のためだったら、私はそうしたいと思うもの。受け入れられ

るものならば、この身に受け入れたい。そして彼だって、そんな若い身空で死にたくはなかった。この世に対して、まだ未練があったはず。

その両者の利害が一致したのだ。

私自身は、彼が死んだことも、私にそんなイタコ能力みたいなものがあるってことも、何も知らなかったんだけど、それでも天の配剤というのだろうか——神様だか仏様だかは知らないけど、誰だかがちゃんと、それぞれの希望どおりに、事を運んでくれたのだ。

憧《あこが》れの森川先輩が、私の中にいて、今現在、私の身体を動かしている。

これが愛の力というものなのだろうか。

でもそれは、残念ながら、私の側の、一方的な愛でしかない。彼は生前、私のことなんて、ほとんど何も知らなかったはず。私の一方的な片想いだったんだもん。遠くから見つめているだけだった、憧れのひと。

そうだ。

昨日のチョコは、受け取ってもらえたのかしら。あの手紙は読んでくれました？

御子柴里美っていう女の子が、自分のことを好きだってこと、わかってくれました？

もしかして、それで私のところに来てくれたのだったりして。

それにしても——と思う。

どうして先輩は、突然、死んじゃったりしたんだろう。昨日もちゃんと学校に来てたし——姿を見ることはできなかったけど、靴箱の中にはちゃんと靴が入っていた。だから昨日学校に来てたことは間違いない。

それがどうして——ひと晩の間に、急に死んじゃうだなんて。

事故？　何があったの？

（教えて。答えて。森川先輩）

しかし私がいくら問い掛けても、彼には伝わらない。こんなにそばにいるのに、自分の声を伝えることができない。今の私に許されているのは、彼が、私の身体を使ってやっていることを、ただ黙って見てることだけ。

自宅に電話を掛けて、母親から、自分の死を改めて通告された彼は——森川先輩は、これからどうするのだろう……。

このまま森川家に乗り込むのではないか、と私は予想したのだが。

結果的に、その予想は、大きく外れることとなった。

電話ボックスを出たところで、森川先輩もしばらくの間、思案していた。視線がどこにも合ってないので、それとわかった。

考えている内容は、何だろう。

今後の人生をどう過ごすか、という長期的命題か。

それとも、とりあえず今、どこへ行こうか、という短期的命題か。

まあ、先のことは措《お》いといて、とりあえず今は、家に戻ってほしいぞ——と、内心の私は思っていた。家でなくてもいいから、とりあえず人目につかない場所に移動してほしい。寒いし、みっともない格好だし。

でも、私が恥ずかしがることでもないのかもしれない。この身体は、昨日までは私のものだったけど、もう今は私のものじゃないんだから。

将来的に、この身体が、再び私の支配下に戻る可能性があるというのならば、それまでの間、私の身体を使っている森川先輩には、あまり変な行動はしないでいてほしいと思う。でも今後ずっと——それこそ永久に、私がこの身体の支配権を取り戻すことができないのならば。

もう私は、御子柴里美の身体を『私の身体』などという形で、主格的に呼ぶことは、できないのではないだろうか。

そこのところさえ、うまく切り離して考えることができれば、私はもう、この身体がどんなことをしても——たとえどんなみっともない格好をしていても、それを恥ずかしいと思わずに済むのではないだろうか。

私が笑われてるんじゃない。彼が笑われてるのだ。そしてそれは不当な行為だ。なぜならば、彼はまだ御子柴里美という身体に、慣れていないのだから。そういう裏事情を知らずに、表面的な事実だけを見て、笑いたい奴がいるならば、笑わせとけばいいだけの話。そうやって、割り切って考えることができさえすれば。

でも――それはできそうにない。私という人格と、この身体とは、もう切っても切り離せない関係にある。この十六年間という長きにわたって、培《つちか》ってきたもの。私がこれまでの人生で、ずっと何かを抑え、努力してきた、その結果として今ある、私の外見とかイメージとかといったもの。それが他人によって台無しにされるのを、黙って見ているのは、とてもしのびない。

だから、

(とりあえず、どこか人目に立たない場所へ行って)

と思う。

それなのに。

そのとき、私はゆっくりと、歩道を歩いていた。歩きながら、ふと、前方に見えてきたバス停へと注意を向けた。そこでは数人が立ったまま、もうじき来るであろうバスを待っている。

それを目にした私の歩調は、目的地を見出《みいだ》した、とでもいった感じに、だんだんと確実なものになってゆく。

そこは、私がいつも利用するバス停よりも、一区間分、学校に近い停留所で、つまりそこから乗っても、私の持ってる定期は使えるし、そのまま学校に行くこともできる。

私はバス停に着くと、そのまま人の列に並んだ。外見の私はぜんぜん気にしてないふうなのだが、内心の私としては、他の人の目が気になって仕方がない。

バスが着くと、彼は平気な顔で、そのバスに乗り込んだ。特に車内を見回すでもなく、空《あ》いてる椅子《いす》に座ると、正面の行き先表示に目を向ける。乗り込む際に、視野の端にチラリと、ウチの学校の制服を着た誰かの姿が映ったようにも思ったのだが、彼が視線を向けなかったので、それが誰だかはわからなかった。

私の知り合いでないことを祈ろう。

車内は暖房が効いており、ことに足元が暖かくて、たぶんそのせいもあったと思うのだが、私は椅子に落ち着いたところで、ホッとひとつ息を吐いた。

慣れない身体で、慣れない格好をして、慣れないバスに乗っているはず（先輩の自宅は、学校を挟んで、ウチとは反対側にあるはず）なのに、彼は特に緊張した様子もなく、平常心を保っていた。たとえ彼の心は読めなくとも、同じ身体を共有している以上、体内の様子――心臓の動きや呼吸、皮膚《ひふ》の状態など――から、彼の精神状態はだいたいわかる。

私はおとなしくバスに揺られていた。停留所を五つ過ぎて、次が《開明高校前》だというアナウンスが入ったときに、私は背筋を伸ばした。

やはり学校に行くつもりなんだ。

ブザーの表示に目をやるが、すでに《降ります》のランプは点灯していた。バスが減速し始めると、私は鞄の中からパスケースを取り出し、立ち上がった。バスが完全に止まったところで、他の生徒数人とともに、私はバスを降り、そのまま、すぐ目の前にある校門へと向かって歩き始めた。

どうするつもりなの？　森川先輩。まさかこのまま、御子柴里美として、普通に学校の授業、受けるつもりじゃないでしょうね？

そんなの無理だって。ぜったいにばれるって。

お願い。無茶しないで。私のイメージを崩すようなことはしないで。

事態は最悪の方向へと向かっている——ように、そのときの私には思えた。

5

そうなのだ。森川先輩はいつだって、自信家だったし、行動も前向きだった。だから学内でも目立っていて、私だって実のところ、彼のそういう部分に惹《ひ》かれたのだ。

英語の弁論大会で、全校生徒を前にして、堂々とスピーチをしたときの勇姿。

サッカーの県大会で、二点ビハインドのまま、後半も残り少なくなったときも、決して諦めずにボールを追っていた、その姿勢。好きよキャプテン。

でも、さすがの彼にしても、たとえば、これがまったく知らない土地で、とか、自分よりも年長者として、生まれ変わったりしたのならば、決してこんなふうに、無謀とも言える行動は、しなかったに違いない。

彼にとって幸いだったことに、新しい身体——御子柴里美は、同じ開明高校の生徒で、しかも下級生だった。つまりは土地勘も充分にあるし、先生の顔だって知らないわけではない。受けなければならない授業の内容も、彼の学力からしてみれば、余裕でこなせる自信があって当然だろう。問題は、友人関係など、私のプライベート部分に関しての知識の無さについてだが、それにしても、まあ最初は戸惑うにしても、どうにか誤魔化《ごまか》してやっていけるだろう、みたいな自信があったのかもしれない。彼は自信家であるだけでなく、そう、楽天家でもあったのだ。

とにかく、御子柴里美はその朝、普通に登校して、一年三組の教室に入っていった。

「あれー、サトミぃ？」

「あれ、なに、どーしたん？」

窓際でダべっていた真子《まこ》とヨーコが、私が普段になく、早目に登校してきたので、珍しいものを見たといったような顔つきで、そんなふうに声を掛けてきた。

「うーん」

対する私は、曖昧《あいまい》な笑顔で、何とも曖昧な応答をする。そう、先輩にしてみれば、この二人の名前も知らないのだ。そういった状況でも、身体的にはどこにも、パニクった徴《ちょう》候《こう》が見られないのは、さすがと言うべきか。

「えーと、あたしの席って、どこだっけ?」

「なに寝ぼけてんの朝から。そこでしょ?」

ヨーコが顎《あご》で示した席に座る。それにしても、堂々とそんな質問するなんて。しかもそれで通ってしまうなんて。

呆れるというか、感心するというか。ともあれ、何とかなるもんだなあ、と思っていると、ついにヨーコが指摘してきた。

「あんたなにその髪の毛。めっちゃくちゃやで。ちゃんと梳《と》かしてきたん?」

「え、うっそー」

とか言いながら、私、手櫛《てぐし》を入れる。

「あーもう、梳《す》いたるわ」

というわけで、クラスの男子に見られないうちに、髪の方は、ヨーコがどうにかしてくれたのだった。内心の私は、とりあえずこれでひとつ、ホッとした。

さあ、でも、それからが大変。

森川先輩のとった作戦は、とりあえず寡黙《かもく》に過ごしていれば何とかなる、という程度のものだった。真子やヨーコに話し掛けられても、曖昧に頷き、あまり言葉を発しない。それで張り合いをなくしたのか、二人は私を放っておくことにしたようだ。先輩にとってはラッキーな展開である。それから、時間が経《た》つのに従って、だんだんみんなが登校してきたが、それでも私は寡黙に徹していた。教室に入ってきた生徒の顔をチラッと見て、あとは椅子に座ったまま、そこかしこで交《か》わされている雑談に、聞き耳を立てている。

そうした雑然としたクラスの中で、遠くから、

「サトミぃ」

と呼び掛ける声が耳に入った。なのに私は動かない。ピクリとも反応しない。

「おーい、サトミ」

同じ位置から、今度はさっきよりも少し声のトーンを上げて。ノブちゃんの声だ。なのに先輩は、自分が呼ばれていることに、まだ気づいていない。まわりの人間の方が先に気づいて、こっちの様子を窺《うかが》っている気配がする。どうしてこの子、自分の名前をあれだけ呼ばれて、気づかないいんだろう？　みたいな、変な空気が漂って。

それで森川先輩、ようやく気づいたらしい。ハッと顔を上げて、

「あ……誰？　呼んだ？」

キョロキョロとあたりを見回す。ああ。その反応はないでしょう。

案の定、まわりは大爆笑。その笑い声のむこうで、男子の誰かが、

「今日、御子柴、何か変だよなあ」

と小声で話しているのが、かすかに聞き取れた。私の視線は、さっきの呼び掛けの主を探して、まだあちこち揺れ動いている。こちらを不審気に見つめる、顔、顔、顔。この場合、声だけでノブちゃんだってわからないのが、そもそもおかしいのに。

その視野の中、ノブちゃんが近づいてくる。それで私も、ノブちゃんに視点を合わせる。先輩も、どうやらこの子が自分を呼んだらしいと、ようやく対象を絞り込めたらしい。

ノブちゃん、私の目の前まで来ると、ひとつ首をひねる。

「どうしたのサトミ？　様子変じゃない？」

「早起きしすぎで、まだ寝ぼけてんのよ」

ヨーコが言い、またまわりの子たちがクスクスと笑った。私自身も曖昧な笑顔を作って、まわりに同調して見せる。ああ情けない。

でもまあ、予想どおりっていうか。やっぱりこういうことになるわね、そりゃ。

それでも、大きな失敗はなく、朝の自由時間は、何とか乗り切ることができた。

やがて担任の澤入《さわいり》が来て、ホームルームが始まる。澤入が出て行った後は、休み時間なしに、一限目の授業という流れ。

ホームルームの時間もそうだったが、これから始まる授業にしても、私の存在は、生徒という群の中に埋没してしまっていて、だから特に指名されるようなことさえなければ、じっと先生の話を聞いているだけで、時間をやり過ごせてしまう。まあそれで、意外と何とかなってしまうものなのだな、と思っていたのだが。

ホームルームの終了後、まだ一限目の先生が来ていない時間。先輩はまわりの様子を見て、一限目が現国だと知った様子。鞄の中を漁っている。でも教科書とノートが入っていない。ああそうだ。鞄の中、昨日のまんまだ。

水野《みずの》先生が入ってくる。きりーつ。れい。そして先生が言う。

「えーと。今日は、百七十ページから――」

机の上に筆記用具しか用意できていない私が、急に手を挙げたのは、そのときだった。

「すみません、先生」

教室中の視線が、私に集まる。その中で、私は堂々と立ち上がり、

「すみません。教科書、忘れちゃったんですけど」

水野先生は一瞬、キョトンとした表情をしていたけど、

「じゃあ隣の人に見せてもらいなさい」

そんなことは、生徒間で勝手に解決しておいてくださいな、といった態度で応じて、すぐに授業を始める。私は着席すると、左右の隣席を等分に眺めた。左隣のチコちゃんが、もうこの子はしょうがないわねえ、といった目で私を見返しつつ、机をこっちに寄せよう

としていたのだが、私の方はその意に反して、自分の机を右へと寄せてしまった。

それでビックリしたのが藤田《ふじた》君。目を真ん丸にして、私のすることをボーゼンと見ているの。

そりゃそうだ。自分が女の子で、こういう場合、男子と女子のどっちに席を寄せるかっていったら、普通は女子の方に席を寄せる。こんなふうに露骨に男子の方に机を寄せることができるのは、ウチのクラスで言えば、たぶん真子ちゃんくらいのもの。それを普段おとなしい私が、しかも藤田君相手に、こんなふうに積極性を見せちゃってるんだもん。そりゃ誰だって、何事かと思うわな。っていうか、誤解されるって。

森川先輩にしてみれば、自分が中身的には男子だもんで、女子と机を寄せ合うよりかは、男子と寄せ合う方が、心理的に楽なように思えたんだろうけど。

哀れ藤田君。私が机をピッチリつなぎ合わせて、椅子を寄せた途端に、顔が紅潮し始めた。それを視認して、どうやら先輩も、自分の失策に気づいたらしく、それで私の身体の方も、少し変調をきたし始める。胃がだんだん重くなってくるような感じ。内面にいる私も気が重い。

どよーんとした雰囲気のまま、どうにか一限目は終わった。机を離した途端、思わずフーッと溜息が出たのは、森川先輩ばかりでなく、内面の私も、そして隣の藤田君も同様で。私と藤田くんの場合は、まだ健全なレベルでの溜息だったんだけど、先輩の場合は、男子相手にラブラブっぽい雰囲気になりかけたんだもんね。心労の極限、ってな感じで。

休み時間になると、藤田君はそそくさと席を離れて行ってしまい、かわりにノブちゃんが駆け寄ってきた。囁《ささや》き声で聞いてくる。

「なにアレ。どうして？　まさかサトミ、藤田君を？」

さらに、ホントに教科書忘れたの？　と、そのレベルから疑って、ノブちゃん、勝手に私の鞄の中を漁り始める。私はただなされるがままに、彼女のやることをじっと見ているだけ。

「あれ、数学だけじゃん、今日んのって。てゆーか、これ、昨日のまんまじゃない？」

そこでノブちゃん、ハッと何か閃《ひらめ》いたみたく、さらに声をひそめて、

「ねえ、もしかしてサトミ、昨日家に帰ってないんじゃない？　外泊？　バレンタインのチョコ攻勢とか？　……で、ついにロストしたとかって？」

私は一秒間ぐらい固まって、ついでブルブルブルッと、顔を思いっきり左右に振った。

ロスト（バージン）という言葉に、男性である先輩が、過剰な拒絶反応を見せたのだろう。

「そうかー。サトミもついに女になったかー」

ニヤニヤ笑って、そして私の肩をポンポンと叩く。

違うって。まだだってば。んもう。あーもう。先輩、ちゃんと否定してってば。黙ってると、まるで認めてるみたいじゃん。

そんな感じで、私とノブちゃんがコソコソと話しているところに。

「おーいみんなぁ！　すっげー大事件発生！」

そう大声で叫びながら、教室に駆け込んで来たのは、サッカー部の山本君。

「二年の、ウチの――サッカー部のキャプテンの、森川先輩っているんだけど、その人昨日、死んじゃったんだって」

えー、うっそー、という声で、教室内は騒然となった。森川先輩のことを知っている子たちは当然、知らない子たちにしても、生徒の誰かが死んだ、というだけで、ビッグニュースとして迎え入れたのだ。

どうしてどうして、なんでぇ、と、山本君のまわりには人垣ができる。

「いや、そういうのはまだ、ぜんぜん聞いてないんだけど。とにかく先輩のクラスでさあ、担任の先生が、森川先輩が死んだって、みんなにそう言ったんだって。オレはただそれを聞いてきただけなんだけどさー」

ざわついている教室の中を見回せば、どっちを向いても、とりあえず手近な人同士で、目を見合わせて、先輩の死をネタに、あれこれ喋り合っているクラスメイトの姿が見られた。私の場合には、ノブちゃんが、何か必死に話し掛けている。

「ちょっとぉ、信じられるぅ？　ねえサトミぃ。……サトミってばぁ」

私はいくら肩を揺さぶられても、彼女とは視線を合わせなかった。きっとノブちゃんは、私が森川先輩の死の報《しら》せに、相当の衝撃を受けたんだって、そう思ったに違いない。

一限目と二限目の間の休み時間に、ウチのクラスに伝えられたのは、とりあえずそんな程度の情報だけだった。

それがお昼休みになると、また新たな情報が、今度は写真部の坂本君によって、もたらされることとなった。

「おーい、すっげー大ニュース！　いま聞いてきたんだけど。あの……森川って、その死んだ人の、死因とかなんだけどさー、なんか殺されたんじゃないかって話で」

えー、うっそー、どころではない。言葉にならない声の集積が、今度は教室を揺るがすほどの大音量となって。

まっじぃ？　うそうそ、じゃあ犯人とかは？　オレらの中にいたりして。うっそー。

一時は騒然となったクラス内を、坂本君が静まらせて、さらに情報を付け足した。

「ホントホント、絶対ホント。だってウチの先輩でね、父親が刑事やってるって人がいるんだけどさー、その先輩がさっき家に電話して、そしたら家の人が出て、それでそのお父さんって人が、何だかその事件、調べ始めてるって、聞いたって。殺人課の刑事が調べてるんだぜ」

同じ情報は、ウチのクラスだけでなく、隣のクラスにも、そのまたむこうのクラスにも、各所にもたらされたものとみえる。時間差をもって、どおおお、というどよめきが、学校中のあちこちで沸き起こっている。

ホン……ホント、に？

(それってホントなの？　本当にあなた、誰かに殺されたの？　森川先輩！)

私は、そのあまりにも信じられない、新しい情報を、自分の中でどう処理していいのかわからずに、とにかくしばらくの間は、身体の様子を気づかうことも忘れて、呆然としていた。

6

森川先輩の死の報せは——ことにそれが、刑事事件として捜査されているということは、生徒たちのみならず、教職員たちにも、かなりの衝撃を与えたようだった。

たぶんその結果、だと思うんだけど、大会を控えた一部のクラブを除いて、放課後の部活動は自粛し、真っ直ぐ帰宅するように、との指示が、放課のチャイムの前に、校内放送で流された。

私とノブちゃんは黙ったまま、一緒に校門を出た。学校前のバス停には、思ったほど大勢の生徒は並んでいなかった。こんなときに真っ直ぐ家に帰ろうなんて生徒は、そんなに多くはいないってこと。ノブちゃんも当然のごとく、バス停の前を通り過ぎる。

そして先輩も――これは私の予想に反して――そのままノブちゃんと一緒に歩いていく。

私は心配になった。だって先輩、ノブちゃんのこと、ほとんど何も知らないはずだもの。彼女がクラスのみんなから「ノブちゃん」と呼ばれているってことぐらいは、まあ、今日一日の観察で知ることができたかもしれないけど、でもそのフルネームが青山宣子《あおやまのぶこ》だってことさえ、知らないはず。そもそも自分（御子柴里美）のことだって、よくわかってないのに。だから、ボロが出るのを警戒して、彼女とはなるべく喋らないようにする――なるべく早く、別れようとするんじゃないかと、私は思っていたのに。

バス停を通り過ぎたあと、ノブちゃんは歩調をゆっくりにして、私に聞いてきた。

「どうする？《ジャニス》まで行く？」

この場合、誘っている場所が普通の、たとえばマクドとかじゃないのは、他の生徒のいない場所で私とじっくり話し合いたいっていう、彼女の言外の意味が含まれている。

私は、自分が森川先輩に憧れてたってことは、ノブちゃんにしか言ってない。誰にも言わないでねって言ってあったので、だから彼女、先輩の死のニュースに接してから、今までずっと、まわりの耳とかを気にして、私とは充分に話ができない状態にあった。いろいろと聞きたいこともあっただろうけど、それを自粛していた。そのフラストレーションを晴らしたい、《ジャニス》あたりに行って思う存分話したい、というお誘いなのだ。

それが伝わってるとは思えないんだけど、先輩は、うん、と言って、その誘いに応じた。

歩いて十分。二度ほど来たことがあるだけの店。《ジャニス》は今日も空《す》いていた。私たちは隅っこの席に着いた。ホットコーヒーを頼んで、それが来るまでは、ノブちゃんも会話をスタートさせるのを控えていたのだが、ウェイトレスのお姉さんが下がると同時に、

「で？　どう？　大丈夫？　サトミ」

そんなふうに切り出してきた。私の目は、それまではノブちゃんの視線を避けるように、焦点をずらしてたんだけど、ここにきてハッキリと相手の目を見すえて、そして言葉を返した。

「え？　何が？　大丈夫って……今日、あたしってそんなに変だったりした？」

「うん。かなり変だった。それも、あの——ニュースを知らされるより前から。すごい、ボンヤリしてるって感じで。……寝てないってホントに？　それってやっぱ、森川さんのことで？」

「森川さんのって……どういうこと？」

先輩は訝《いぶか》しげな表情を作る。

「あ、だから……うーん、だからズバリ言っちゃうとさー、私が聞きたいのって、だから昨日、サトミってさー、あれから結局どうしたの？　森川さんにさー、ちゃんとコクったの？」

なるほど、という先輩の内心の声が、聞こえたみたいだった。実際に聞こえたわけじゃ

ないんだけど、身体の状態でそれと察せられたのだ。腑《ふ》に落ちる、とか、胸のつかえが取れる、とかって言い回しがあるけど、ちょうどそんな感じで。

ノブちゃんの今の質問で、彼にしても、これまでに私たち二人の間でどんなやりとりがあったのか、そしていま何が問題となっているのか、だいたいのところは理解できたはずだ。

私は、ううん、と言って、顔を左右に振ったあと、

「直接は言えなかったんだけど、でもチョコと手紙は、下駄箱にはいっ——入れといたから」

あ、じゃあ——と私は、パッと明るい気分になった。……じゃあいちおう、受け取ってもらえてたんだ。彼が死ぬ前に、私の想いは、届けることができてたんだ。それで彼も、御子柴里美って女の子は、あのチョコを贈ってくれた子だって、ちゃんと認識してくれてたんだ。

ノブちゃんは、そうかー、と言って、

「じゃあいちおう、気持ちは伝えたんだ、手紙で。……伝わったよね？　たぶん」

「うん。いちおう、読んでくれたと思う。チョコも食べてくれたと思う」

その言葉を聞いて、私は確信した。彼は私の書いた手紙を、ちゃんと読んでくれたし、チョコもちゃんと食べてくれたのだ。だってそう言っているのが、何しろ本人なのだから。

「そうかー。うーん。そうだよね。……いや、私、なんかさー、実はもう、すっごい、ひどいことまで考えちゃってて。さっきまで。これ、怒んないで聞いてほしいんだけど、だってサトミ、今日、朝から様子変だったしさー、それで森川さん殺されたとかって聞いて、だから……」

さすがにハッキリとは言えない、って感じで、あとは言葉を濁したけど、言いたいことはわかった。私が昨日、先輩にコクって、振られて、それで逆上して、つい彼を殺《あや》めてしまった、みたいなストーリーを、彼女は想像していたのだ。

（んもう、ノブちゃん！　私のこと、先輩を殺した、ひと殺しだって思ってたってわけ？　そんなの、あー、んもー、怒るなって言われたって怒りますよ。ホントにもう）

「いや、別に本気でそう思ってたわけじゃないんだけどさ。ただ何となく」

ノブちゃん、そう言って、満面の笑みで誤魔化す。その笑みを、でもすぐに引っ込めて、

「でも、サトミの気持ちが伝わってたとしても――うん、伝わってたって、私も思う。それは絶対そうだと思うよ。うん。でも……死んじゃったら、終わりなんだよね。もうそれで」

そう言われて、私はただ黙って溜息を吐いた。本当にそのとおりだ、という感じで。

（でも先輩、実際にはこうして、生きてるじゃないですか。そりゃ身体は死んじゃったかもしれないけど、でも本当に死んじゃってて、魂も何もかも無くなっちゃってたら、そう

やって溜息を吐くことだって、ホントはできないんですからね。この状態だって、まだずっとマシなんですから。それもすべては、私がこうして、身体を提供してるからこそ、できることであって。そしてもともとは、私のこの愛があればこそ。……うーん。愛があって、身体を提供して、って、なんかエッチっぽいけど）

ノブちゃんも先輩も黙りこくっていたので、私はそんなふうに、思う存分、独白をしてみた。それだけの間があったのだ。重苦しい雰囲気の。

そう。実際、私が何か、考え事をしていたとしても、先輩が相手と会話をし始めたら、それを聞かなきゃならないので、私は、自分の考えを中断しなくてはならないのだ。自分の中で何かを考えながら、同時に他人の話を聞くということができないように、人間の身体って、もともとそんなふうにできてると思うんだけど、特に私の今のような状態だと、ひとから話し掛けられる場合ばかりではなく、自分の方からひとに話し掛ける場合でも、いつだってそれは不意に行われるわけで。

外からの情報を、見逃すまい、聞き逃すまいと意識していると、まるでテレビを見ているときのように、ただひたすら受け身になってしまう。よく、ひとりでテレビを見ているときでも、いろいろとツッコミを入れたりする、とかって人がいるけど、私の場合は、テレビを見ているときには、頭の中に、感嘆詞以外の言葉が浮かばなくなってしまう。そしてさっきまでは実際、そんな状態だった。でも今のこの場の、お互いに会話を望んでいないかのような沈滞した空気は、私にとってはブレイクタイム、テレビで言えばちょうどコマーシャルの時間のようなものだった。

その沈滞した空気を破ったのは、

「死んじゃったら終わりだよね、ホントに――」

ノブちゃんの、そんなセリフだった。コマーシャルあけに、前と同じセリフを繰り返す、というところまで、まるでテレビのようで。

「ごめんねサトミ。ホントならこういうとき、ひとりでいろいろと考えたりしたいとこだったはずだよね。それを無理やり誘っちゃって。ごめん。でもほら、私もどういうことなのかって、知りたかったたし、それにもしサトミがそういう、何かあったら心配だって思ったし」

「あ、ううん。いいの」

私は首を左右に振る。ノブちゃんはもう一度、大きく溜息を吐いてから、

「行こうか」

と言って、私が頷くのを確認してから、席を立った。

店の前でノブちゃんと別れた後、私は学校の北にある商店街へと向かった。家に帰るのも嫌だけど、特に行くアテもないといった歩調。結局私は古本屋さんに入った。私にして

みれば、古本屋さんに入るなんて初めての経験だったけど、先輩は何度か来たことがあるのだろう、慣れた様子で、棚から文庫本を一冊抜き出すと、そのまま立ち読みを始める。

視界を埋める活字の列。よくテレビとかで、本とか手紙とかの一節が紹介されるときに、関係のない部分が暗くなって、問題の行のところだけが明るくなっている、ちょうどあんな感じで、私の目の焦点は、先輩が読んでいる行にのみ、しっかりと結ばれている。だから私も強制的に、その行を読まざるを得ない。それなのに先輩、読むスピードが、めちゃくちゃ速いのだ。視界を下から上に向かって、活字の列がものすごいスピードで流れてゆく。ぜんぜん追い付けない。内容を理解するどころか、それだけのスピードで文字情報が入ってくるってことが、もうそもそも私の処理能力の限界を超えていて。流れて行く活字の列の中に、ところどころ、パッと目立つ漢字の熟語がある、それだけが、記憶の網にわずかに引っかかっただけの状態で、もう先輩は、次のページをペラリと捲《めく》っていて——その繰り返し。

そんな言葉があるかどうかは知らないが、私は《活字酔い》しそうだった。酔うといっても、生理的にはぜんぜん気持ち悪くならないのだが（内臓も先輩の支配下にあるのだから、当然のこととは思いつつも、まだ何か釈然としない感じがする）、ともかく精神的には、もう、拷問《ごうもん》を受けているような感じで。

内面にいる私が、そんな状況に置かれているっていうのに、先輩、何が面白いんだか、ときおり、ふふっ、と鼻で笑ったり。ぜんぜん面白くないってば。こっちは苦しいんだから。

だから私は考え事に意識を集中した。せざるを得なかった。もうそれしか、この活字責めから逃避する手だてがなかったのだ。

（あの噂《うわさ》——先輩が殺されたっていう、あれは本当なの？）

伝わらないとわかっていても、ついそんなふうに問い掛けてしまう。

まだ実感が湧かないけど、もしそれが本当なら、とんでもないことだと思う。……殺人事件ですって？　いったい誰が、森川先輩を殺すっていうの？

それがどうしても信じられないのには理由があって、何かこう、殺されたっていうにしては、被害者であるはずの先輩の、今の状態が、のどかすぎるように思うのだ。もし本当に誰かに殺されたっていうんなら、被害者本人である先輩が、こんなふうに暢気に立ち読みとかしてる場合じゃないって思うんだけど。自分を殺した相手を、どうにかして懲《こ》らしめたいとかって、思うんじゃないのかなあ、普通。

ていうか、まあ、そもそも、生まれ変わりとかって、こんな異常な事態が発生してる段階で、すでに立ち読みとかしてる場合じゃないとは思うんだけどさ。死んだと思ったら、こんなふうに、新しい身体とか与えられて、生き返ってて、じゃあこれからどうしようか、とか、まだまだ考えることはそれなりにいっぱいあると思うんだけど。

それなのに、現実にはこうして立ち読みして、しかも何がおかしいんだか、むふむふ笑っていたり。そんなことしてる場合か？

まあ、そういう意味からすれば、たしかにこの人、ちょっと普通の尺度じゃ測れないところはあるんだけどさ。

あるいは、生まれ変わったという、その経験によって、世界観が一変した、とかっていうこともあるのかな。たとえば森川先輩、実は本当に誰かに殺されたんだけど、でもそのことが、いざこうして生まれ変わってみたら、もう他人事《ひとごと》のように感じられちゃってて、それでこんなふうに平然としてられるんだ、とか。

自分がもし殺されたとしたら——などと想像してみる。

それはやっぱり、悔しいんじゃないのかな。もし自分が殺されて、その後でこんなふうに、別な身体に生まれ変わって、チャンスが与えられたとしたら。もし私なら、そうした場合に、やっぱり犯人を糾弾《きゅうだん》しようとするんじゃないのかな。

そのためには、まずは自分が誰それの生まれ変わりだ、ということを証明する必要がある。生前の記憶を並べ立てて、自分を知っている人に、その内容を確認してもらうのだ。

時代が離れていたりしたら——たとえば江戸時代の武士が現代に転生した、とかだったら——それを証明するのは難しいかもしれないけど、先輩の場合は同時代人の、しかも同じ学区の、私という人間の中に生まれ変わったのだから。証人となる人は、この場合にはいくらでも手近にいるはずで。

そして、いったん生まれ変わりが認められさえすれば、何しろ被害者自身が、犯人を糾弾するのだから、その発言が重要視されることはまず間違いないわけで。殺された恨《うら》みつらみを、そこで思いっきりぶちまければいい。そしてもし、生まれ変わりの事実が、世間的にも認められたならば、最終的には裁判で証言とかも、できたりして。何しろそうなれば、殺人事件の被害者が直接、相手の非道な行いを証言するのだ。言い逃れなんかいっさい許さない。犯人が極刑に処されるのは、まず間違いない。

そういう立場にいるのに、先輩は今のところ、殺人事件の被害者っぽい態度は見せていない。自分が前世で、森川達郎という男子生徒だったということには、さして拘《こだわ》っておらず、それよりも、これからの人生を御子柴里美に成りきって歩んで行こうという気持ちしかないように見える。それを前向きと言えば、聞こえは良いんだけど。でももし本当に、先輩が誰かに殺されたのだとしたら、もうちょっと後ろ向きというか、そういう気持ちも、あってしかるべきなんじゃないのかなあ。

そういったことから判断して、私は、先輩が誰かに殺されたのだという噂は、単なる噂であって、事実じゃない、と結論づけたのだった。……とりあえず、このときには。

本を読みつつも、先輩はときおり、店の奥の壁に掛けられた時計へと、チラチラと目をやっていた（私の方では、たとえ考え事に意識を集中させていたとしても、さすがに目を閉じているのとは違って、視界に何が映っているかは、ボンヤリと意識してはいたのだ）。で、何度目かのチラリの際には、それまでよりも長時間、時計を見ていて、それで私が視線を重ねてみると（時刻は午後四時になるところだった）、先輩はひとつ大きく息を吸い、そして手にしていた本を閉じ、棚へと戻したのだった。

ようやく読書の時間が終わった。私は責め苦から逃れることができて、内心でホッと息を吐く――ことができないので、

（ふーっ）

と言葉に出して言ってみる（といっても、まあ、声だって出せないんだけど、でも頭の中で喋ったつもりになることはできるのだ）。

店を出て、商店街をぶらぶらと歩き出す。

何だったんだろう、今の立ち読みって。何かしなきゃいけないとは思ってるんだけど、でも具体的には何をしていいんだか、わかんなくて、それでとりあえず現実逃避してた、とかってことなのかなあ。そういえば私もそういうことってある。テスト前なのに、勉強しなきゃなんないってわかってるのに、急に部屋の模様替えを始めちゃったり。

商店街をぶらぶらしていた先輩、最初は何も目的が無いように見えたのだが、やがて夕

バコ屋の角に、緑色の公衆電話を見つけると、不意に何かを心に決めた様子で、鞄からテレカを取り出すと、ひとつ深呼吸して、受話器を取り上げた。

押したボタンの数はやはり七個。携帯ではなく、市内のどこかに掛けている。でも今朝掛けた森川家ではない。全部の番号はさすがに憶えてないんだけど、それでも最後に押した番号が、今朝のときと違っているのは確認できた。

呼び出し音が二回、三回と鳴る。

どこに掛けようとしているのか。

気がつくと、私の呼吸は荒くなっていた。心臓もその鼓動を速めている。そして、

「——はい、森川です」

女性の声が応じた。今朝の相手とは違って、まだ若い感じの声。

「あ、あの……わたくし、開明高校の生徒なんですけど。森川マキさんでしょうか?」

相手の応答が返ってくるまでに、数秒の間があった。

「あ、はい。そうですけど。……失礼ですけど?」

「あの……今、お時間、よろしいでしょうか?」

「えーっと、どういったご用件なんでしょうか? 開明の生徒さんと仰《おつしや》られましたよね? だったら、もしかしてご存知かもしれないですけど、ウチは今、ちょっと取り込んでまして——」

「森川……達郎について、でしょ？　死んだっていう。そのことに関して、わたくし、あなたにお話ししたいことがあるんですけど。ちょっとこちらまで出てきていただけませんか？」

そこでいったん間が空き、私は考える。先輩、いったい誰と話してるんだろう？　マキっていう、この女の人は誰？　森川という姓であることから推し量れば、先輩の家族か、あるいは親戚の誰かってことになると思うんだけど……。

相手からの応答が無いまま、先輩はさらに言葉を継いだ。

「こう言えば、出てきてもらえます？　……ラビットボーイ。しゅり。ホテルなぎさ」

先輩が呪文《じゅもん》のようなことを言った途端、受話器の向こうで、女性が息を飲んだ気配がした。

「あなたは……いったい誰？」

「来ていただけたら、その場で何もかも説明いたします。北通りのグリフィンビルの屋上――わかりますよね？　去年の十月十四日に、二人で上ったあのビルの屋上です。あそこなら、他の人に聞かれる心配もない」

「どうしてそんなことまで……」

女性の声は震えていた。

「よろしいですね。それでは、先に行ってお待ちしております。……では」

先輩は、相手の了解も待たずにそう言うと、思いきりよく、受話器を架台へと戻した。

7

駅北にある商店街は、私が子供のころにはもう、さびれていたような気がする。先輩が向かったのは、そんな商店街の北外れに位置する、とにかくさびれた通りだった。

私はその通りに入るのは、生まれて初めてだった。

住宅街とも商店街ともつかない、その狭《せま》い通りの左右に立つのは、シャッターを下ろしたままの商店とか、古びたアパートなどが多く、人通りは皆無に近かった。冬の陽《ひ》が傾いて、北西側の建物はほとんどシルエットと化している。電柱の街灯にはまだ灯《ひ》が点っておらず、ところどころに設置された自販機の前だけがやけに明るい。

とにかく、制服姿の女子学生が、ひとりで訪れるべき場所ではなく、時刻でもない。そんな雰囲気だったのだが、しかし通りを行く森川先輩は、自分の外見が女子学生であることを忘れているのか、そんなことにはまったく頓着した様子もない。

彼が入っていったのは、通りの外れに近い位置に立つ、外壁のタイルも剝《は》がれかけた、古い、五階建てのビルだった。中に入る前、彼が建物を見上げたときに、私も確認したのだが、一階から三階までと、五階の窓には明かりがなく、唯一蛍光灯の点った四階の窓には、そこに事務所を持つ探偵社の名前が、ビニールテープでかたどられていた。

そのとき私は不意に、この通りがさびれて見える原因がわかったように思った。建物の数に比べると、明かりの点った窓の数が、やけに少ないのだ。

どうやらその建物が、先輩が先ほどの電話で、マキという女に、屋上まで来るようにと指示したビルらしかった。エレベーターはなく、私は薄暗くて狭い、急な階段を、とにかく上っていった。すぐに息があがる。

「くっそー、体力ねえなーこいつ」

四階と五階を結ぶ階段を上りながら、先輩が呟いた。私の身体に対する文句だ。そりゃ、サッカー部のキャプテンだった森川先輩の身体と比べたら、私のこんな身体、ぜんぜん体力なく感じるでしょうよ。第一こっちは、か弱き乙女なんだし。

五階からさらに上へと向かう階段口には、立入禁止のロープが渡してあったが、先輩はスカートをたくし上げると（ちょっと、やめてよ！　誰も見てないでしょうね？）、ロープを大股で跨《また》いで、さらに階段を上っていった。

上りきった階段室から、錆《さび》の浮いた鉄製のドアを開けて、屋上へと出る。

ザラザラとした質感のコンクリート面が広がっていた。黄変《おうへん》した太陽が西空にあり、光の当たっている面はオレンジ色に染まっていた。四囲に張り巡らされた金網の目が正方形をしているのに対して、コンクリート面に落ちた影の網目は、菱形《ひしがた》に間延びしている。

隅の方にひとつ、木製のベンチがあった。どういう意図で置かれているのかは不明だった。こんなところまで上ってくる人が、そうそういるとは思えない。

先輩は、私をそのベンチへと座らせた。鞄を胸に抱いて、呼び出した相手が来るのを、じっと待っている。風が凪《な》いでいるので、そんなに、我慢できないほど寒い、というわけでもないのだが、それでもときおり身体がブルッと震えてしまう。

二十分ほど待っただろうか。その間に、太陽はますます傾き、残光はほとんど水平になって、さっきまで網目模様のオレンジ色に染まっていた屋上面は、今では四囲の金網を支える膝《ひざ》丈しかない縁石の伸ばす影に、すっかり浸《ひた》ってしまっていた。

誰か来る——私がそう思うのと、私の身体が反応するのが、同時だったので、久しぶりに、自分の意志で身体が動かせたのかと錯覚したのだが、それはぬか喜びに過ぎなかった。

気配——というよりも、たぶん、かすかな物音がしたのだろう。それまでボンヤリと考え事にふけっていた私と、先輩とが、同時に気づいて、反応したのだった。

屋上のドアが開き、そこから現れたのは、スラリと背の高い、大人の女性だった。

私と目が合う。

二十代半ば、といったところか。厚地のコートに身を包んでいるので、体型はほとんどわからないが、わずかに見えている足首は細くて綺麗《きれい》だった。ウェーブのかかった髪は栗色にブリーチされている。色白の顔には化粧気がなく、寒さのせいか、あるいは階段を上ってきたせいか、頬だけが赤く染まっているのが、印象的だった。

これが森川マキという女か。森川先輩と、どういう関係にあるんだろう。

マキは、ツカツカと私の方に向かってきた。先輩は、思わず、といった感じに、腰を上げる。

一メートルほどの距離をおいて、私とマキは正対した。彼女の方が十センチほど背が高い。

「あなたは……誰？」

眉間《みけん》に皺《しわ》を寄せて、訝しげな表情を作り、マキが訊ねてくる。

そのとき私は、自分の身体に異変が起きつつあることに気づいた。胸が塞《ふさ》がれたように苦しくなり、身体の中はカッと熱くなって、逆に表皮はすっと冷《さ》めたような感じ。

「マキさん」

震える声でようやくそう言ったが、後の言葉がなかなか出てこない。

私は先輩の感情を読もうとした。この感情の乱れ、この波形《はけい》は何だろう。胸の奥の方でモヤモヤと感じられている、これはどういった感情か。

複雑な感情が入り乱れている。懐かしさ。安堵《あんど》感。それに混じって不信感。

「マキさん、オレだよ。達郎だよ」

相手の目を見つめたまま、先輩はそんなふうに告白した。

「ちょっと待って。何それ？　どういうこと？」

マキはひとつ唾を飲み込むと、改めて訊ねてきた。

「あなた、誰？」

私はマキの顔から一度視線を外し……たかと思うと、改めて相手の目を、今度は射抜かんばかりに見つめ直した。

「この――」

と言いながら、自分の胸に手をあてる。

「――身体は、御子柴里美って子のものなんだけど、でも中にいるのは僕なんです。と言ってもそう簡単には信じてもらえないと思うけど……ホントに、もう、これはホントに、嘘とかじゃなくて、もう――ホントなんです。僕なんです。達郎です。昨日の夜、病院に運び込まれて、もうダメだって思って、それで次の瞬間、フッと気がついたら、もうこの身体の中にいて……。生まれ変わった、ってことになるんだと思うんだけど」

先輩は身振り手振りも交えながら、そんなふうに必死になって訴えていた。内面にいる私は、先輩の話を聞きながら、マキの表情を観察していた。私の訴えを聞いているうちに、その表情がだんだんと強張《こわば》ってゆくのが見て取れた。

「何を言ってるのか、ぜんぜんわからない」

マキは小刻みに顔を左右に振った。

「あなた、言ってることがおかしい」

頭を振りながら、一歩、二歩と、少しずつ後ずさってゆく。

「待って」

先輩は慌てて、開いた両手を身体の前に立てた。

「ごめん。いきなり、そんなこと言ったってダメだよね。……わかった。えーと、じゃあこうしよう。マキさんさあ、僕が――あ、えーと、森川達郎が、これは本人じゃなきゃ知らないだろうってことをさー、僕に――あの、私に、質問してみてほしいんだけど」

「質問って？　達郎くんしか知らないこと？」

「あ、だから、うーん……たとえばさー、二人でラビットボーイ、行ったことあるじゃん」

先輩がそう言った途端、マキの表情が怒気《どき》をはらんだものに変わった。

「あの子から聞いたの？」

歯の間から絞り出すような喋り方。

「え？」

「たっ――達郎が話した。……そうでしょ？　何であんたみたいな子に」

「いや、ちが――だからぁ。……うーん、どう言えば信じてくれるんだろう？」

私は大きく溜息を吐いた。どうしたらいいんだろう、といった感じで。

その間に、今度はマキの方から質問をしてきた。

「あなたは、じゃあ、達郎とどういう関係だったの？」

聞かれた先輩は、もう一度大きく溜息を吐いてから、

「いや、だから、そんなふうに、この御子柴って子に関する質問を僕にされても、それはしょうがないわけで。だってオレ、そんなことぜんぜん知らないもん。そうじゃなくてさー、もっと僕に――えーと、森川達郎に関する質問を、してほしいんだけど。さっきみたいにさー、こっちからいろいろ言っても、ああ、それはじゃあ、達郎から聞いてたんだ、ってことになる……でしょ？　それじゃあいくら言っても証明にならないってことはわかったからさー、だからマキさんの方から質問をして――うん、たとえば、いくら何でも、こんなことまでは、ひとには喋ってないだろう、みたいなことを聞かれても、オレはホントに本人だから、何でも答えられるし」

私がそう言い終わってから、十秒ほど、沈黙の間があった。

内面にいる私は、今まで、二人の論戦を、まるで他人事のように傍観していた。二人とも、言いたいことはわかる。お互いに、それぞれの立場からすれば、そう主張するしかないだろう。しかしそれじゃあ、どこまで行っても平行線だ。

それよりも――

（先輩、このマキって人と、どういう関係なの？）

私はそれが聞きたい。

「わかった」

諦め口調で、そう言い出したのは、マキだった。私は慌てて、二人の論争を謹聴《きんちょう》すべく、心の中で居住まいを正す。

「とにかく、あなたは、あくまでも自分が、森川達郎の生まれ変わりだって、そう主張しているわけね？」

私は頷く。

「達郎くんに関する質問なら、何でも答えられると？」

またしても私は頷く。

「じゃあ――えーっと、じゃあ、とりあえず、達郎の誕生日は？」

「一九八三年四月二十五日」

「血液型は？」

「A型」

「星座は？」

「牡牛座」

「干支《えと》は？」

「イノシシ」

マキの繰り出す矢継ぎ早の質問に、先輩は間髪《かんはつ》を入れず答えてゆく。

「両親の名前は？」

「親父はショウスケ。お袋はマサコ。ついでに言おうか？　上の兄貴がタカヒロで、それがマキさんの旦那さんだよね。で、下の兄貴はノブヨシ。……あのさー、こんな質問ばっかじゃ、証明になんないと思うんだけど」

ううん、と内心の私は思う。私には答えられない質問だ。

そうか。このマキって人は、先輩のお兄さんのお嫁さんなんだ。

「じゃあ——私が買ってあげた本、憶えてる？」

「買ってくれた本？　え？　オレ、マキさんから本、買ってもらったことあったっけ？」

マキは無表情のまま、じっと私の顔を見つめている。その顔を見て、私は思った。

あ、これって、もしかして、引っかけ問題かも。

先輩は難しい顔を作り、視線を宙にさまよわせて、じっと考え込んでいる。そこでふと、何かを思い出した様子で、

「あ、あれかー。まだタカヒロ兄さんと結婚する前に。中島屋《なかじまや》の地下で。はいはいはい。あれでしょ？　山本文緒《やまもとふみお》の文庫で——えーっと、あれは……タイトル何だっけ？　ほら、あの、えーっと——」

マキの表情は、信じられないものを見るような、何かそんな感じで、固まっていた。そ

の口がかすかに動く。

「眠れる――?」

それを聞いて、私は、ああ、と頷いた。

「そうそう。それ。『眠れるラプンツェル』……でしょ?」

「……内容は憶えてる?」

「えーっと。団地に住んでる奥さんが主人公でさー、隣の家の旦那さんと浮気しちゃって、で、そのうちに、その家の中学生の男の子とも、なんかそういう関係になっちゃって――」

私はそこで、左の耳たぶをボリボリと掻いた。

「――って、今から考えると、マキさん、けっこうすごい本を渡してたんだ。もしかして、あのときから、そういうこと考えてた?」

「そういうこと?」

「だからオレと、そういうこと、したいとかって」

マキは答えなかった。

ちょっと、どういうこと? 私は混乱していた。話の内容からすると、この二人――森川先輩と、このマキっていう二人の間に、何か、その……義理の姉弟の間では、考えられないような、あってはならないことが、あったみたいに思えるんだけど。

そんな……不潔なこと。

先輩はマキの反応をじっと窺っている。私も視線を重ねてみる。彼女の目が、少し潤《うる》み始めているように見えた。

「でも……まだ信じられない」

言いながら、マキはまた、首を小刻みに左右に振る。

「そんなこと、起こるはずない」

「信じてよ」

私は両手を広げる。

「信じられない」

そう言いながらも、マキは一歩、二歩と歩み寄り、そしてすぐ目の前まで来ると、その両手で私の頰を包み込んだ。

私の目の前に、マキの顔があった。その両目が、じっと私の顔を見つめている。心の奥底まで見通そうというような目つきだった。

「本当に……?　本当に、達ちゃんなの?」

マキの息が顔にかかった。それぐらいの至近距離。

「うん。僕だよ。この……中身はね」

私はそう言って、にっこりと微笑《ほほえ》んだ。

「信じてくれた？」

私が聞くと、マキは涙目になりながら、しかし首を左右に振った。

「マキさん。……目を閉じて」

そう言いながら、私は前に体重をかけていって――。

ちょっと待って。先輩、キスするつもりだ。待ってよ。どうして女相手に。

あー。私のファーストキスが……。

「あ待って。ねえ。待って」

もうあと五センチもない、ギリギリのところで、マキの『待った』がかかった。私の頬が強く押される。

「むぐっ、な、なんでー」

「だって……これじゃあ、女同士じゃない」

すんでのところで拒絶されて、先輩は不満そうだ。鼻息が荒い。

「そんなの。だって――じゃあマキさん、オレのこと、嫌い？」

「そうじゃないけど」

「中身はオレなんだよ。……じゃあマキさん、オレの外見だけが好きだったってこと？」

「そうじゃないけど、でもやっぱり」

「だから目閉じてれば、顔見えないじゃん。そうすれば、テクニックは同じだから」

「そういう……ちょっと！」

今度もまた、すんでのところで、マキさんの掌《てのひら》が、私の顔面を押さえつけた。

「待ってってば！　あんたが本当に達ちゃんだって言うんなら、こんなことしてる場合じゃないでしょ？」

「むぐむぐ……えっ？」

私は目をパチクリとさせた。

「どういうこと？」

「だから――」

マキは大きく溜息を吐いた。

「だってあんた……殺されたんでしょ？　とにかく、誰にやられたか、それをまず私に教えてよ。警察だってまだ、誰にやられたか、突き止めてないみたいだし。あんた、誰かに殺されて、悔しくないの？　仕返ししてやろうって思わない？　それが一番じゃないの？」

マキは私に向かって、そう熱っぽく言い聞かせた。その情熱の一部には、女同士のキスは避けたい、その問題は後回しにしたい、という気持ちが、多少は含まれているようにも見えた。

「ああ、そうか」

先輩は、言われてようやく思い出した、というような、間の抜けた口調で言った。

「やっぱ、オレ、殺されたんだ」

8

森川先輩が生前、このマキという義姉と、どのような関係にあったのか――それも気になるところではあった。この際だから、そこのところをハッキリさせてもらおうじゃないの。もし私が想像してたとおりなら、許せないんだから。先輩ってば不潔！

……などと思っていた私だったが、話題はそこから一転して、今は先輩の殺人事件が、二人の間で語られようとしている――それはそれで、私にしてみれば、聞き逃せない話題であった。だから固唾《かたず》を呑んで、二人の会話が再開されるのを待つ。

まず口を開いたのは、私の方だった。

「じゃあ――ってことは、つまり、毒が入ってた……ってこと？」

「そう。あんたが山のように貰《もら》って食べたチョコの、そのどれかの中に、ね」

「ど……く……？」

先輩は、その言葉そのものが危険性を孕《はら》んでいるかのように、ゆっくりと、問題の言葉を復唱した。その実、復唱する口元には、まったく神経を使っていないようでもあった。

今は考え事に神経を集中させている。

彼が頭脳に神経を集中させているときには、視界がぼやけ、焦点がどこにも合っていない状態になるので、身体を共有している私には、すぐそれとわかるのだ。

私も先輩と同様に、考えていた。

チョコレートに毒が入っていた……？

でもそれは、間違っても私じゃない。マキは今「山のように貰って食べたチョコ」という言い方をした。そう。先輩は、見た目もカッコ良かったし、頭も良かったから、モテて当然だ。だから貰ったチョコの数も、私の渡した一個だけ、なんてことはなかったのだ。

山のように貰ったのだ。

で、その中に、毒入りのチョコがあった。

悪意を凝縮させたような、死のチョコレート。

いったい誰が、そんなことを……。

「どれが毒入りだったかって、自分でわかんないの？」

マキが質問をする。ちょうど私も聞きたいと思っていた内容だ。

先輩の答えはＮＯ。首を左右に振るばかり。

マキが呆れたように言う。

「だいたいあんたねー、何も、一気に全部食べることもなかったんじゃないの」

「だってオレ、チョコ、好きなんだもん」

「だからって、何も、ねえ……。だって、それでお義母《かあ》さんだって、最初はあんたがチョコの食べ過ぎで、おかしくなったんじゃないかって思ったっていうし、それでお医者さんの手当てだって遅れたって話じゃない。それで死んじゃった――って、だからある意味では、あんた、自業自得みたいなもんじゃない？　警察だって今、そのせいで、何か、捜査がえらい面倒になったとかって言ってるみたいだし。誰がどのチョコを贈ったかって調べても、どうせあんたが全部食べちゃったんだから、どれが毒入りだったかわかんないって。……誰から貰ったかは、把握してるんでしょ？」

「あ、うん」

「いくつ貰ったの？」

「えーと、全部で……十二個、だったかな？」

「十二個！　それあんた、全部、一気に食べたの？」

「うん」

やれやれ、と私は呆れた。私の目の前にいるマキも同様に、呆れたという表情を見せる。

「ま、いいや。……で？　十二個ってことは、十二人から貰ったってことだよね？　それは？」

「えーと、まずマキさんから貰ったのがあるでしょ？　あれが一個で、ああ、あと、この子からも貰ったんだよ」

「この子から……？」

マキが不審気な顔でそう言ったが、内心の私も言っていた。

（この女から……？）

お互い様だ。

「うん。でも直接貰ったわけじゃなくて、下駄箱に入ってたんだ。……手紙と一緒にね。でもそれまで、そんな、御子柴なんて——こんな子が、同じ学校にいるなんてことすら、ぜんぜん知らなかったし、だからオレのことをそんなふうに思ってたなんていうのも、もうぜんぜん知らなかったんだけど」

「それって……すごい怪しくない？」

何を言うのさ。この身内不倫バカ女。

「何で？」

「だって——じゃあ何で、あんたがその、その——」

と言いながら、私の身体を指差す。

「昨日まで、そんな子がいるなんて、知らなかったんでしょ？　それなのに、何であなたが今、その身体の中にいるわけ？」

「そんなの、オレに聞かれたって」

「だってそうじゃない？　いい？　もし仮に、あなたが——じゃなくて、えーと……あーもう、やりにくいなあ。えーと、達ちゃんのことじゃなくて、だからその子のことね。その子が、達ちゃんに毒を盛った犯人だとするじゃない。それで達ちゃんが死んだ。ね？　でもそれって、すごい不公平じゃない？　そう思わない？　それで誰かが死ななきゃならないんだったら、被害者である達ちゃんが死ぬよりも、その犯人の子が死んだ方が、まだマシって思わない？　だから、その子の中身の方がどっか行っちゃって、で、達ちゃんは代わりに、この世に残って、だから今、その子の中に入ってる。……どう？」

「どう？　って言われても……」

そんな無茶苦茶な——私は怒っていた。

自分がいくら薄汚れた女だからって、その薄汚れたレベルで、世の中を判断してもらっちゃあ困るんですよね。こんな女に、私の純真さが——その純真さが生んだ、奇跡の献身の意味が、わかってたまるもんですか。

私が天使のような心を持っていたからこそ——そしてそれが森川先輩に通じたからこそ、彼はこうして、今、私の中に転生してるんだわ。

「まあ、そう考えりゃ、どうしてオレが今、こんな子の身体に生まれ変わってるのかっていう、その説明は、ついたみたいな気になるけど」

「でしょ？」

マキは勝ち誇ったように言う。

んまあ、先輩！ ……先輩まで、そんな巧言《こうげん》に騙《だま》されて。

っていうか、このマキって女こそ、実は犯人なんじゃないの？

だって動機はあるし。旦那さんの弟（しかもまだ高校生）と不倫してるなんて、もし旦那やその家族にバレたら、もうそれこそ、普通の不倫どころの騒ぎじゃないだろう。婚家側から、バカ嫁どころか、もう鬼畜《きちく》とかって、それぐらいのレベルで責められるんじゃないの？ 世間に顔向けできないくらいのこと言われて。

だから、そうならないために、一方的にその不倫関係を清算しようとした。……動機は充分にある。

っていうか、この女以外に、動機を持ってる女はいないんじゃないかってくらい、こいつ、怪しいじゃん。

「でも……それだと困るよな」

「え、何で？」

先輩とマキは、勝手に、私——御子柴里美が犯人だという前提で、話を進める。本人の私に言わせてもらえば、それは誤った前提に基づいた話であって、だから論じても意味のないことなんだけど——でもいちおう、話は聞いといてやろう。

「だってさー、もしこの、御子柴って子が犯人だったとしたら、そうしたらオレ——警察がちゃんと調べて、証拠とか見つかっちゃったら、オレが逮捕されちゃうんだぜ。そんなの——オレ、何もやってないっていうか……だって被害者なんだぜ、ホントは。何で被害者がさー、逮捕されなきゃなんないわけ」

「だからそれは——もしそうなっても、あんたがその、今は御子柴って子じゃなくて、その——中身は森川達郎だ、って主張すれば……」

「僕は被害者の生まれ変わりだって？　そう言って、みんな信用すると思う？　せいぜい、精神鑑定とか受けさせられて、それで分裂症とか何とかだって診断が出てさー、その手の病院に入院させられる——それじゃあ、結局ダメじゃん」

「だってあんた、本人でなきゃ知らないこと——」

「それは、マキさんだから判断できるんであって。……精神科医とかは、認めないでしょ。そんな——非科学的なこと。だって、オレだって、もし自分がこうなったんじゃなくて、それで誰かがそんなこと言ってたら、そんなの絶対に信用しないもん」

「何とか証明できないかなあ……。科学的に」

「だから、それはもう、何度も考えたんだけど。……たとえば、僕がね、僕について、こんなこと知ってる、あんなことも知ってるって、いくら並べ立てても——それで、それがことごとく正しかったと証明されても、じゃあきっと、森川達郎が、死ぬ前に、この御子柴って子に、そういうことをいろいろと話したんだ、ってなる……だけじゃない？　だってさー、まったく見も知らぬ女の子だったら別だけど——いや、僕からすれば、この御子柴って子だって、まったく見も知らない女の子なんだけどさー。でも同じ学校の子じゃん？　だから、接点があるって、他の人は考えるわけで、そうなると、じゃあ、この子がいろいろ知ってるのは、きっと森川のヤツが、死ぬ前に、この子にいろいろ教えてたんだ、二人はそういう関係にあったんだ、じゃあこの子が森川を殺すのも、動機はあったんだ——なんて、変なふうに誤解されちゃうと思わない？」

「困ったことになったわね……」

マキが眉間に皺を寄せて、ふーんと大きく鼻息を鳴らす。

んまあ、いろいろと言ってくれますこと。

ひとつ安心させてさしあげると、そんな——警察が私を逮捕するなんて、そんな展開には絶対になりませんことよ。だって私、犯人なんかじゃないですもの。

っていうか、犯人はこの女——マキだわ。絶対。

あーもう。憎たらしい。この女。ホントに、ぬけぬけと。

（先輩。先輩。いま目の前にいる、この女こそが、犯人なんですよ！）

口が動かせないかわりに、心の中でそう叫んで、伝われ——と、必死に念じるのだが、どうしても伝わらない。何でだろう？　同じ脳を共有しているはずなのに。

「だから、マキさん、そっちで何とかなんない？　うーん、たとえば、この子の書いた手紙――もう警察に押収されちゃったよね？」

「そりゃ、そうでしょうね」

「そっかー」

先輩は悔しそうな声を出す。私も違った意味で悔しい気持ちになる。

だって私信だよ。私の純な気持ちを綿々《めんめん》と綴《つづ》った手紙なのに。先輩だけに読んでもらう、そのつもりで書いた手紙なのに。それを、脂ぎった中年の（とは限らないけど）刑事とかに、勝手に読まれて――その上さらに、容疑者扱いされてるなんて。

もうプンプン。

「達ちゃん……。ねえ、もし、その子が犯人じゃなかったり、あるいは犯人だったとしても、警察に捕まらずに済んだとしたら、その後、どうするつもり？」

マキが不意に、そんな質問をしてきた。先輩は、んー、と声にならない、うめき声のような音を出してから、

「だって、他に選択肢、ないじゃん」

マキは目をパチクリさせて、

「それって……その子に成りきって、これから生きてくつもりだってこと？」

先輩は黙って、コクンとひとつ頷く。

「でも……無理なんじゃないの？　そんなこと。その子の家族とかは？」

「とりあえず今は、お母さんが一人いるだけ、なんだけど。父親がどこにいるか、まだわかんないんだけど。……大丈夫。うまくやるから」

「大丈夫、って。……よくそんな決心、したわねー」

「だって、ホントに他の道がないんだよ。このまま一生、この子に成りきって、生きてくか。だから死ぬまで演技し通すか。……あるいは、それじゃなきゃ、病院送りになるか」

「他にない？　……うーん、たとえば、そっちの家の家族と、ウチの――森川の家の家族とで、だから、その両家に関わる人間の間だけだったら、その子のね、中身が達ちゃんだってこと、証明できない？　だから話の中身とかで。……で、両家で承知の上で、森川家に養子に来るとか。そうすれば、きっとお義母さんだって――」

「母さんが喜ぶと思う？　いきなりこんな、女の子になってさー、母さん、ただいま、なんてオレに言われて。頭狂っちまうぜ。そんなの。それに、この子のお母さんも、いくら中身が他人だってことになっても、外見は自分の娘なんだぜ。それを手放すと思う？」

「うーん」

「っていうか、ウチの方は――ああ、えーと、森川の家の方は、ってことだけど。そっちはね、たとえばオレがさっき、マキさんにやったみたいにして、この子がオレだってこと、信じてもらえるんじゃないか、とは思うんだけど――まあ、そうやって信じてもらえた結果、どんな反応が返ってくるかっていうのは別としてもね。まあ、それはいいんだけど。

……でもね、この、御子柴って子の家の方は、僕の言うことが、自分の娘じゃないってい う——あ、だからつまり、オレが御子柴って子じゃないってことの、何の証明にもならな いわけじゃない。で、そうやって考えると、僕がいくら本当のこと言っても、事態が混乱 するだけで、だから大勢の人間が、もうメチャクチャになっちゃうってだけだって思うか ら……」

二人の話は、そこで途切れた。万策尽きた、といった感じに。

マキがチラッと西空の方を向いた。その顔は、すでに闇の色に沈んでいて、目鼻がもう ハッキリとは見えなくなっている。

「あ、もう帰らなきゃならない？」

「そうね。今はウチ、達ちゃんのことで、ゴタゴタしてるから」

「タカヒロ兄さんはどうしてる？」

「今日はさすがに会社休んで、一日中、実家の方へ行ってたけど。夜は帰ってくる——の かな？　それか、私も、森川の家に行くことになるか。……どっちにしろ、今はホントは、 私、家にいなきゃならないんだけど」

「そっか……」

先輩は、うんうん、と何度か頷いた。

そろそろ別れる気配がしていた。

「あ、最後にひとつ……聞いていい？」

先輩が、ちょっと上目遣いに、相手の顔を見た。マキが、なに？　と聞き返すと、ちょっと言いにくそうな感じで、躊躇《ためら》いながら、

「あの……マキさん、オレがこんなふうに——こんな女の子の身体になっても、オレのこと、好きでいてくれる？」

そう訊《き》かれて、マキは不意打ちをくらったような顔をした。息も止めて、しばらくそのまま固まっていたが、やがてふーっと音を鳴らして鼻から息を吐き出すと、

「私は……うん、好きだよ」

などと言う。嘘だね。絶対嘘！　よく言うよ。この女。

邪魔になったからって、先輩のこと、殺したくせに！

「じゃあ、キスしてくれる……？」

おいおい。またかよ。

「僕のこと、好きなんでしょ？　前と同じように、愛してくれるでしょ？」

挑《いど》むような目で、マキを見る。やめなって。そいつが、おのれを殺した犯人なんだぞ。

マキの方は、タジタジとなって——実際に二、三歩、後ずさりした。

「ちょっと待って。達ちゃん。……そりゃ、中身は達ちゃんだって、わかってるんだけど。

でも見た目が——私からすれば、前は相手が達ちゃんだったけど、今はその女の子なわけ

で、だから見た目が、ぜんぜん違ってるから——」

「じゃあ、目を閉じてればいいじゃん」

先輩……。さっきも同じような問答、してたんですけど。

でも実のところ、さっきとは身体の様子が違っている。さっきは何か、相手に縋《すが》るような、せつない感情があった。でも今は、私の胸の裡《うち》は、すごい醒《さ》めている。

先輩は今、このマキって女を、試そうとしてるんだ。

私に詰め寄られて、マキは突然、キッと表情を変えた。

「じゃあ聞くけど、あんた、キスしてどうするつもり？　前と同じように私を愛せるの？　あんたの今の、その身体に、おチンチンは付いてるの？　どうやって私をいかせてくれるの？　そこまで考えて言ってるの？」

逆ギレしやがった。それにしても、えげつない会話だ。

ああもう、耳が汚れる。やめて。

私、先輩のこと好きだったけど、ちょっとだけ幻滅《げんめつ》。女の趣味悪すぎです先輩。どうしてこんな性悪女に引っかかってしまったの。

うーん、でも、まだ若い男の子が、大人の女に誘惑されたら、なかなか抵抗できないもんね。エッチさせてくれるって言われたら、つい据《す》え膳《ぜん》食っちゃうよね。それで一回その味を覚えちゃったら、後はもうずるずると、その関係を引きずっちゃうよね。

だから悪いのは先輩じゃなくって、すべてはこの女が元凶《げんきよう》。義理の弟を誘惑するなんて、それで都合が悪くなると毒殺しちゃうなんて、悪女の最たるもの。こんな女のことはもう忘れて。愛情なんか注がないで。本当なら憎むべき相手なのよ、先輩。

「……わかった」

先輩は、ぐってりと身体の力を抜いた。胸の中には虚脱感のようなものがあった。何かがプッツンと音を立てて切れたような感じ。

「私も……ごめんなさい」

マキもそんなふうに謝って、いちおう大人っぽいところを見せた。

それが最後の会話だった。私たちは屋上を後にして、無言で階段を一階まで下りると、ビルの前で左と右に別れた。

先輩は途中で立ち止まり、背後を振り返った。

その視界の中、マキは振り向きもせずに、後ろ姿のまま、向こうへと歩き続けていた。

9

仕事帰りのくたびれた勤め人たちの姿が目立つ、遅い時間のバスに乗って、私が自宅に帰り着いたのは、夜の七時もかなり回ったころだった。先輩は、今朝一度しか通ってないのにもかかわらず、降りるバス停を間違うことも、道に迷うこともなく、最短距離で家に帰り着いた。そのことはひとまず、褒めておいてあげよう。

マキみたいな悪い女に誑《たぶら》かされていたことは、ちょっと減点だけど。

二月は一年で最も寒い月。夜の訪れも早く、午後七時ともなると、空はもうまったく墨色に塗りつぶされていた。街灯はあるけれども、バス停から家までの道のりはとても淋しく、そして寒い。自分の身体が思うに任せない状況での、心細さという面もあったのだろう。自宅の玄関の灯《あか》りが目に入ったときには、もう心の底から、安堵の溜息を吐きたい気分だった。

肉体的な疲れは、もちろん先輩だって感じているだろう。同じ身体を共有しているのだから。でもそれだけじゃなくて、私はもう、精神的にもボロボロな状態だった。

いや、それを言うなら先輩だって、今日一日、私という他人になりすまして過ごしてきたのだから、私同様、いやそれ以上に、精神的に疲れていたはず。

だから玄関を開けてひと言、

「ただいまー」

そう奥に声を掛けただけで、すぐに二階の自室に上がって、制服のままベッドに倒れ込んだのも、無理のないことではあった。

部屋に暖房器具は無いし、とても暖かいとは言えないけれど、室温は、さっきまでの凍りつくような外気に比べれば、もう雲泥《うんでい》の差。ベッドの掛け布団の上にそのまま、大の字になって寝てるんだけど、肩から背中から脚から、身体中に溜まっていた疲れが、身体の下の布団の綿に、どんどん吸い取られてゆくような感じ。天井の蛍光灯が眩しくて（だと思うんだけど）私は目を閉じている。そのまま眠っちゃいそう。瞼の裏がほんのりと明るくて、どうせなら消灯してほしいとは思うんだけど、別にこのままでもいいや……。

制服が皺になっちゃうだろうな……。

ちゃんと布団に入らないと、風邪ひいちゃう……。

………。

しかし、眠りに落ちる、その直前。とんとんと階段を上がってくる足音がして、

「里美さん。御飯は？」

廊下からママの声が訊ねてきた。

「いらなーい。食べてきたから」

嘘である。本当は食べてない。腹ペコなんだけど、でも眠気の方が勝《まさ》っているみたいで、先輩はそんな返事をする。目も閉じたままで。私も同じ気分だったから、よしよし、と思う。このまま寝させて。

でもママは私を寝かしてはくれなかった。コンコン、とノックをしつつ、

「いい？　里美さん。ちょっとお話があるの。……入るわよ」

先輩は、仕方なく、といった感じに目を開け、よっこらしょ、と上体を起こす。

ドアが開いて、ママが部屋に入ってくる。私はその表情を観察する。じっと舐《な》めるように。感情を読み取ろうとでもしているかのように。ママの顔。ママの目。

私は、鞄も床に放り出したまま、着替えもせずにベッドに座ってる。両腕を背後で突っ張って上体を支えている姿勢。髪の毛も変なふうによじれてるし、さっきまで寝てたのはママの目にも明白なはず。だからママが部屋に入って来たとき、これは絶対に怒られると思ってた。

でも、そんな気配は、微塵《みじん》も見て取れなかった。私の外見なんかには、これっぽっちも注意を払っていやしない。ママの目は、もっと重要なことを何か、私に言おうとしている。

……何だろう？

ママの常態を知らないはずの先輩も、その表情から、何かを感じ取ったらしくて、すっと背筋を伸ばし、居住まいを正すと、ゴクンとひとつ唾を飲み込んだ。

ママの切り出し方は、単刀直入だった。

「あなた、本当は里美さんじゃないのよね？　里美の学校の二年生で、昨日死んだ——殺されたとかっていう、森川さん。森川、達郎さん。……でしょ？」

ママってば、鋭い！　っていうか、鋭すぎかも。

いきなり図星《ずぼし》を指されて、でも先輩は、そんなには動じなかった。素振りを見せなかっただけじゃなくて、内面も平然としたもので、さすがと言うか何と言うか。これが私だったら、もう今ごろは、心臓バクバク、汗ダラダラになってると思うんだけど。

「どうしてそんな突拍子もないこと言うの、ママ？」

呆気《あっけ》にとられて、そしてちょっと訝しんでいる――というような表情を作って、そんなふうに聞き返す。ちゃんとママのこと「ママ」って言ってるし。先輩、演技上手《うま》い。上達してる。私は内心でパチパチと拍手を送る。

それでも何故だか、ママには通用しないのだった。

「もう演技しなくていいから。森川さん。今はもう、そんな場合じゃないの。あなた今、自分じゃわかってないと思うけど、今ものすごくピンチな状況に追い込まれてるんだから。……いいから聞いて」

何がピンチなんだろう……？　私は不安に駆られる。物事に動じないママが、ここまで言うんだから、それはホントにものすごい状況なのに違いない。

だけど私じゃなくて、森川先輩がピンチだってのは……どういうこと？

ママは床に正座して、私と目線の高さをほぼ同じにしてから、話し始めた。

「森川達郎っていう生徒が亡くなった、しかもバレンタインのチョコに毒が入ってて、それで殺されたんだって、夕方のニュースでさっきやってたんだけど、それと、昨日の夜のあなたの、あの変テコリンな行動とを考え併せて、それで私、ようやくわかったの。あなたがその、森川さんって子なんだって。ああ、生まれ変わりが起こったんだなって。死んだはずのあなたが、今こうして里美の身体に生まれ変わってて、で、代わりに里美の中身の方が、どっかに行っちゃったんだなって。……待って。最後まで聞いて。どうして私がそんな、突拍子もないことを、そう簡単に信じられちゃうのかって言うとね、私も実は、本物の御子柴康子じゃないから。里美のママじゃないの、本当は。私は実は、里美のママじゃなくて、パパなの」

はぁ？　ママ……何言ってんの？

ママがおかしなこと言ってる。言おうとしてる。ちょっとやめて。ちょっと待って。

何かよくないことが始まるような予感があって、私はその前に、心を落ち着かせるだけの、時間的な余裕がほしかった。でも先輩はそんなことはなくて、むしろ興味津々《しんしん》といった感じで、身を乗り出して、ママの話を聞く体勢をとっている。

「今から三年前、パパはこの家を出て、どっかに行っちゃった、ってことになってるけど、それは嘘で、中身はこうしてここにいる。そして身体の方は——この家の床下に眠ってるの。私が、この私が——本人が、よ。埋めたの。自分の死体を。康子が——妻が殺したんだ。俺を」

ママってば突然、何てことを言い出したのだろう。驚きのあまり声も出せない——というか、もともと私は昨夜から、声なんて出せない状況下に置かれてるんだけど……。そうした状況と、そして今のこのママの話とを、照らし合わせて考えてみれば。それはただ単に突拍子もない話というだけで、片づけられないことのような気もして……。

見た目は絶対にママなのに。その口から「俺」なんて言葉が出るなんて。絶対に変！

あ、そうだ。わかった。これって、昨日の夜の仕返しなんだ。昨夜、私が「僕は生まれ変わりです」とかって急に言い出して、それでママを驚かしちゃったもんだから、ママは今になって、その仕返しをしてるんだ。

ママも昨夜はだから、今の私みたく、ちょっと冗談やめてよ、とかって思ってたんだろうな。

そんなふうに思いたかったんだけど。思い込みたかったんだけど。

でも何か違う。なーんちゃって、とは言ってくれそうにない。ママ、目が真剣だもの。

……ってことは？

ママは、本当は、パパだった？

そして――ママがパパを殺した？

「当時の私は、まあ今から思えば、たしかに、妻に殺されてもしょうがないような男だったの。仕事もほとんどまともにせずに――あ、私の仕事は当時も今も、小説家なんだけどね――それも書かずに、というか書けずにいて、それでいて、当時付き合っていた若い女性――大石梢《おおいしこずえ》さんっていう、雑誌の編集者なんだけど。その人との浮気に、なかば本気になって、のめり込んでいて」

大石さんか。憶えてる。連載の原稿取りに、一時期しょっちゅうウチに来てた若い人。綺麗なお姉さんだった。あの人とパパって、やっぱそういうことしてたんだ。何となく、私も、そうじゃないかなあって、思ってはいたんだけど。

ママの――じゃなくてパパの？――告白は続いていた。

「――だからママは当然のように怒っていた。……実は本気で怒っていたのよね。私、それを軽く考えてたんだけど。そしたらママが、ついに切れた。大石さんのところでひと晩泊まって、その次の朝、ここに帰って来たら、片手に包丁を持って、もう片方の手にはフライパンを持ったママが、まるで幽霊か何かのように、髪のほつれた異様な格好で、この下の廊下の端に立ってたの」

ママが「ママがどうのこうの」って言うと、単に自分のことを話してるみたい。でも実際に話してるのはパパなんだ。パパの目から見た、当時のママの話。まだ痩《や》せてたんだよね。で、いつもイライラしてた。そうか。あれってパパの浮気が原因だったんだ。

「――立って、私を待っていた。でも私はそれを見ても、別に何とも思わなかった。自分が本当に殺されるなんて、思ってもみなかった。俺はその時、何バカな格好してるんだ、早くメシを作れ、とか何とか、言ったような気がする。でもママは本気だった。その時は本気で、私を殺すつもりだったのね。でもママは――さすがに包丁は使えなかった。私はだから――ふん、バカみたいな死に方だが――フライパンで殴られて死んだんだよ」

ママがそこでいったん口を閉ざす。

私はパパがいなくなった当時のことを、いろいろと思い返していた。あの時にはだから、もうすでに、ママの中身はパパになっちゃってたんだ。そう仮定すると、思い当たることは実にたくさんあって。

家の中を急に整理し出したこと。パパがいなくなった直後で、パパの荷物とかを片づけてるのかなって思ってた。あれも、じゃあ、それまでママが家の中を片づけてたもんで、パパは何がどこにあるのかわかんなくて、それで一生懸命調べてた、ってことなのか。

料理も一時期、えらいヘタクソになったっけ。御飯さえもうまく炊けなかったり。煮物の味付けがメチャクチャだった時には、ママは「調味料を間違えちゃった」とか言ってたけど、そんなレベルじゃなくて、もう基本から全然ダメで、それで気づいたらコッソリお料理の本とか買い揃《そろ》えてて、それでようやくマシになったんだけど、でも今でもときどき「あれ?」っていうようなものを作る。あれも、実は、ママの中身がパパに変わってたんだ、って考えると、すごい腑に落ちるし。

ママが急に太り出したってのも、じゃあ、その関係なんだ。パパはもともと大食いで太ってたから、別な身体に移っても、その食欲は抑えられなかったんだ。それで太ったんだ。

なるほど。私はそれを、ストレスのせいだと思って納得してた。ママが、パパの家出ですごいストレスが溜《た》まってて、それであぁなっちゃったんだって思ってた。

だけど本当は、ママの中身がパパに変わってたんだ。

そんなことが起こっていたなんて！

いくら変なことがたくさんあったからっていっても、さすがにそんなことは、うーん、絶対思いつけないよね。

ママは話を続けていた。

「殴られて、世界が真っ暗になった。そして次の瞬間――私は康子の中にいた。右手にフライパンを握りしめて、さっきまでの康子の立場になっていた。そして目の前には男が倒れている。それが御子柴徹志だった。さっきまでの俺だった。俺の身体だ。それはもう、死んでいた。だから康子は、俺を殺すだけ殺しといて、その後始末はそんなふうに俺に押し付けて、自分はもうどっかへ逃げちまってたってわけだ。俺はホントは、被害者のはずなのに、気がついたらそんなふうに、自分を殺した殺人犯の役を、押し付けられていたってわけだ」

なるほど。パパの場合は、森川先輩とは、そこが決定的に違ってるんだ。パパを殺したのはママで、で、次の瞬間には、パパは自分を殺したそのママの中に生まれ変わってて、それで自分の死体を見下ろしてたわけだ。

うーん。そりゃ困っただろうな。

「どうしたらいいのか——とにかく、そんな理不尽なことで、警察なんかに捕まりたくはなかった。だから死体を始末して、あと、そんなふうに生まれ変わりだなんて、誰にも説明できないじゃない？　この身体の中にいるのは、御子柴康子じゃなくて御子柴徹志なんだって言ったら、じゃあ徹志の身体はどうしたの？　どこにあるの？　と聞かれたら、答えようがない。だから他に選択肢もなく、私は康子のふりをして——里美のママの役を、今日までずっと演じ続けてきた。……だから、自分がそうだったから、あなたもそうだってことがわかるの。あなたは里美の身体の中にいるけど、里美じゃない。昨日死んだ森川っていう男の子で——そしてその子を、里美が殺しちゃった。だからあなたは、このままだと、殺人犯として捕まっちゃうわけよ。だから何とかしないと」

ちょっと待ってよママ。そこは違う。

私、先輩を殺したりなんかしてないってば。

「……そんなあ」

先輩は、理不尽だ、って感じの声を出す。

「どう？　自分の置かれている状況が把握できた？　……で、改めて聞くけど、あなたは誰？」

「あたし——いいえ、僕は——仰るとおりです。森川達郎です。あ、どうも。初めまして

――じゃないけど、改めて、よろしくお願いします」

ペコンとお辞儀する私。ママもつられてお辞儀してから、

「あらまあ、礼儀正しいわねえ」

女言葉で応じ、さらに手を口元に添えて、ホホホと笑ったり。

さっきの話が正しければ（正しいのだろう。まだ信じられないけど……）、このママは、本当はママじゃなくてパパなのに（パパ！　ああ、嘘みたい。こんなに身近にいたなんて！）、自分の正体が男だってバクロった後でも、まだ女言葉を使っているのが、何だかオカマ言葉を聞いてるみたいで、ちょっと変な気分になる。でもまあ、この三年間で、もうすっかり身に染《し》みついてしまったのだろう……。

と、そんなこと考えてる場合じゃないのだった。ママってば（パパと言った方がいいのだろうが、私にとってこのママは、やっぱりママなのだ）、私が森川先輩を殺したんだって、端《はな》っからもうそれと決めつけている。

「で、本当なんですか？　さっそくですけど。この子が、僕を殺したんだって？」

「心当たりはない？　っていうか、あなたたち、どれぐらい深い関係だったの？」

「いや、深いもなにも、ぜんぜん」

先輩はブルブルと顔を左右に振る。実際、先輩の言うとおりなんだけど、でも何もそんなにムキになって否定しなくても。

「こんな、御子柴なんて子がウチの学校にいたってことも、昨日の——ちょうど二十四時間ぐらい前になるのかな？　ちょうど一日前に、初めて知ったぐらいですから。それもチョコと一緒に手紙が下駄箱に入ってただけで、だから名前はそれで知ったけど、顔も見たことなくて——」

「下駄箱にチョコと手紙ぃ？　我が子ながら、本当に古臭いパターーンで」

ママ（っていうかパパ）に言われたくない。いいじゃん。

「おかげでチョコが足臭くて。って言っても、結局は自分の足の匂いなんですけどね」

あっはっはと先輩が笑う。ちょっともうー。

「じゃあ、えーっと、話を戻すけど、そうすると、森川さんは、自分がなぜ里美に殺されなきゃならなかったのか、心当たりとかはぜんぜん——？」

「ええ、まったく」

「そうか。そうすると——」

ママは思案顔になる。考えても無駄だってば。私は殺してないんだから。先輩を殺したのは、あのマキって兄嫁なんだから。

「あのね、森川さん。怒らないで聞いてほしいんだけど……。ウチの里美って、ちょっとそそっかしいところがあるのね。だからもしかしたら——っていうか——たぶんそうだと思うんだけど、里美は、あなたを殺そうとして殺したんじゃなくて、ちょっとした手違いで、毒が混入しちゃった——それであなたを殺しちゃった——って、そんな可能性が高いように思えるの。えーと。昨日がバレンタインで、水曜日だったから——だからその三日前の日ね。日曜日。その日の昼間——この家って古いから、ネズミとかよく出るのね。それで日曜の昼間、私、思い立って、ネズミ取りの団子をこしらえて、いろいろと仕掛けたりしたんだけど、そのときに私、薬の瓶《びん》、台所に置きっ放しにしたまま、すっかり後片づけを忘れてたのね」

待ってママ。何言おうとしてるの。

ママの話を聞きながら、私は何か嫌な予感がしていた。

待って。待って待って。お願いだから待って。何も言わないで。

でもそんな願いが通じるはずもなく。

「——で、昼間は普通に仕事して、それで夜になってから、キッチンに下りてったら、私がいない間に、里美が珍しく何かやってたみたいで、ボウルとかスプーンとか、あといろいろ、流しに浸けてあって」

「チョコを作ってた？」

「そう。今から思えば……ね。それで私、キッチンテーブルの上に殺鼠剤《さっそ》の瓶が置きっ放しだったのに気づいて、片づけたんだけど。でもタイミングとしては……」

「その——薬の形状って、どんな？」

「白っぽくて透明な、細かい結晶の粒で、うーん、でも砂糖とか塩よりは大粒な感じで――だからちょうど、粗塩ぐらいの感じかな?」

「あれか!」

(あれか!)

異口同音に――じゃなくて、同口同音に声が洩れた。

先輩が思い当たったのは、たぶん、自分が食べたチョコの中に、そういうツブツブが表面にまぶしてあったのが、そういえばあったなあ、ということ。

一方で私が思い当たったのは、そのツブツブをまぶしたチョコ、たしかに作ったなあ、ということ。そういう粒の入った瓶が、たしかにあの日、キッチンには置かれていた。そして私はそれを、化粧砂糖のようなものだと、なぜだかすっかりそんなふうに思い込んでしまっていて、それで森川先輩に贈るチョコの表面に、そのツブツブをまぶしたのだった。

まさか、あれが毒だったなんて。

つまり私が――そうとは知らずに、だったにせよ、結局は私が先輩を、殺してしまったのだ。

ああ、何てこと。

そして、御子柴家の女が、誰かを殺した場合には、その殺された誰かは、殺した側の御子柴某《ぼう》の身体の中に転生する――そういうルールだったのだ。それでこんなことになってるんだ。

そうだったんだ。

ママとパパの中身が入れ替わっている、という話もそうだし、私のこの今の状態だってそう。そしてママから聞いた、あのお祖母ちゃんの輪廻転生譚《りんねてんせいたん》だって、ウチの家系にそうした血が流れていたのだとすれば、そのルールに則《のっと》って解釈することもできるし。……つまりはお祖母ちゃんも、その当時、誰かを殺してしまったんだってことになる。

わぉ。何てこと。親子三代にわたっての、殺人者の家系。

あ、待って。……ってことは。

私が今こうして、私の身体の中に残ってるってことは、それと同様に、ママの身体の中には、ママが残っているってことにならない？　今やその身体は、パパが動かしてるんだけど、でも私がこうして自分の身体に残っていて、先輩の行動を傍観しているのと同様、ママだって、ママの身体の中にいて、そしてパパのすることを傍観しているはず。

でも——ああ、それなのに。

先輩は、私がここにこうして存在しているってことを知らない。それと同様に、パパも、自分の中にママがいるってことは知らない。

ここにいる男二人は、自分たちだけが転生して、そしてもともとの身体の持ち主であった、ママとか私とかは、もうどっかに行っちゃったと、そう思い込んでいるのだ。

何とか気づかせてあげたい。彼らとコミュニケーションをとりたい。そしてできれば、ママと話してみたい。本物のママと。

何でパパを殺したりなんかしたの？

……おっと。今はそれどころじゃなかったんだっけ。

「つまり僕は、このままでいくと……殺人罪で捕まると？」

私は、かつて自分が自由に身体を動かせていたときには、一度もしたことのないような、とても難しい顔をして、腕を組んで考え込んでいた。

「まあでも、殺意はまったく無かったわけだから、まあ問われたとしても、過失致死罪ってことになるでしょうし、しかも未成年者だし、刑事罰は免《まぬが》れることはたしかでしょうけどね。それでも、残りの人生を無事に楽しく過ごせる、ってことには、ならないでしょうね」

ママにそう言われて、私はひとつ、深ーく長ーい溜息を吐いた。

「だからどうにかして、里美さんの犯した罪を、あなたが被《かぶ》らないようにできないかと――」

そこでママの言葉が途切れた。玄関でチャイムが鳴っている。

ママと私は顔を見合わせる。……誰だろう？

「まさか……警察？」

ママが呟いたそれが、実はビンゴだった。

警察が私を——御子柴里美を——調べに来たのだ。

10

訪ねてきた刑事は、ドラマなんかでよくあるように、二人組だった。痩せとデブのコンビで、体型はまったく正反対なのに、顔がよく似ている。だから最初は、もしかして兄弟？　と思ったのだが、苗字が違っていたから、たぶんまったくの他人なのだろう。痩せている方が佐々木《ささき》で、太っている方は西村《にしむら》と名乗った。二人とも年齢は同じぐらいで、三十代後半といったところ。

その二人を見ているうちに、唐突に閃いた。

使用前使用後のコンビだ。ダイエット商品の広告なんかにある、一対《つい》の写真。あれみたい。

今ママにそう言えば、絶対にウケるのに。ああ言いたい。ママに耳打ちしたい。先輩でもいいや。聞いて聞いて。……でも伝わらない。ああもう、何てつまんない。

その使用前使用後の二人は今、ダイニングテーブルの向こう側に並んで座っている。最初は玄関で話を済まそうとしていたのだが、ご近所の噂になるのをおそれて、ママが二人を屋内に招いたのだ。

テーブルのこちら側には、ママと私が並んで腰掛けている。

壁の時計がコチコチと時を刻む音が聞こえる。何とも居心地の悪い間だった。

使用後（つまり痩せている方）の刑事が無言で指示を出し、使用前（つまりデブ）の刑事が、書類鞄のようなものの中から、大きな封筒を取り出した。その中からさらに何かを取り出す。ビニール袋が二つ。片方には封筒が、もう片方には便箋《びんせん》が、入っていた。どちらも私には見覚えのあるもので、それは私が日曜の夜に、先輩に宛てて書いた手紙の、封筒であり、便箋であった。

二つをテーブルの上に置いて、使用前が質問を開始した。

「こちらの手紙は、お嬢さんが書かれたものですね？」

「あ、はい」

先輩は素直に認めた。

「バレンタインデーの贈り物、ということですね。森川達郎さんに贈られた」

「あ、はい」

「あなた、ご本人が書かれた」

「はい」

「失礼ですが、調査のために、文面を読ませていただきました。……この手紙とともに、チョコを贈られたと書いてありますが？」

「はい。そのとおりです」

先輩はそれも素直に認めた。手紙に書いてあるのだ。認めざるを得ないだろう。

「そしてお嬢さんは、森川くんとは、それまでに面識は無かった？」

「ええ。っていうか、私の方が勝手に、憧れていたんです。彼は私のことなんて、知らなかったと思います」

「片想いだったってわけですね」

「はいそうです」

一通りの質問を済ませたところで、刑事たちは一度、お互いの顔を見合わせた。そして今度は使用後の方が、質問役に就《つ》いた。

「森川達郎さんが亡くなられたのは、お二人とも、もうすでにご承知のことかと存じます。だから要点だけ申し上げますが、その後の調査によって、彼が薬物の摂取によって死亡したということが、現時点でほぼ、確認されています。……まあ簡単に言うと、毒を飲んで亡くなられたというわけです。自殺したのか——あるいは殺されたのか。彼が死亡前に経口で摂取していたと思われる食べ物を、我々は今、そんなわけで、虱潰《しらみつぶ》しに調査しているのです。そこで御子柴さん、お嬢さんのところへも、こうしてお邪魔することとなった。彼は、自分宛に贈られてきたチョコレートを、その日のうちに食べていたんですね。だから、お嬢さん、あなたが森川くんに贈ったというチョコレートも、今回の調査の対象に入ってしまった——入れざるを得なかったというわけです。そういうことで、どうか、お気を悪くなさらずに、ここはひとつご協力を願いたいところなのですが……。よろしいですか？」

「あ、はい」

自分の犯罪がこれから暴《あば》かれる——そんな可能性もあるというのに、私は不思議なくらい、平然としていた。自分が傍観者の立場にいられるからなのだろうか。

先輩も平然としている。自分がやったという実感がないってこともあるだろうが、それにしても、度が過ぎるくらいに落ち着き払っている。もし私がこの場で、表面に出ていたら、たとえ自分が何もやってなかったとしても、こんな怖そうな刑事さん二人が目の前にいたら、もうそれだけで、心臓がバックンバックン脈打って、今にも倒れそうになっているに違いない。しかも今回の場合は、自分が実際にやってしまったことを、調査しに来ているというのだから。

もし私が表面に出ていたら、確実に私は、この二人の刑事に、悪い心証を与えてしまっていたことだろう。逆に言えば、心臓の強い先輩が表面に出ていたおかげで、私に対する心証は、今のところ、さほど悪くはなっていないようだった。

いいぞ先輩。その調子で頑張って。

「では、あなたの贈ったというチョコレートについて、いくつか質問をさせてください。まずは中身について。どういうものでしたか？　既製品ですか？　それとも手作り？」

「あ、いちおう、その、手作りです」

「手作りですか。出来映えはどんな感じのものになりましたか？　その、形状というか」

「ゴルフボールくらいの大きさの、団子状のものが、えーと、六つ、だったかな？」

先輩は、私が作って贈ったチョコの形状を、そんなふうに思い出しつつ、正直に答えていた。

私は、今度はさすがに少し、心配になった。……大丈夫なの？　先輩、それに毒がまぶしてあったんだって、もう知ってるはずなのに。他の人から貰ったチョコを、私からのものにしちゃった方が、安全なんじゃないの？　だって十二個だか、貰ってるんでしょ？

危ない橋を渡ってる、という気がした。

使用後の刑事の質問はなおも続いた。

「材料を教えていただけませんか？」

「材料ですか？　えーっと」

先輩はそこで詰まった。ダメだよそこで言葉詰まらせちゃ。不自然じゃん。

じわり、と脇《わき》の下に、嫌な汗が湧き出すのがわかった。まずい。

先輩。チョコの作り方なんて知らないんだ。

まずいぞこれは。頑張れ。どうしたらいいかわかんないけど、何とか頑張って。先輩。

「えーっと、まず――」

「市販の板チョコを溶かして、それがベースになってます」

見るに見かねて、という感じで、そんなふうに突然、横から割って入ったのは、やっぱりママだった（というか、実はパパなんですけど）。刑事二人の視線が、私の顔から、パッとママの方に移る。

「いえ、この子、普段料理なんてぜんぜんしないもんですから。今回のチョコも、だから私がお手伝いして作ったんですよ。ね、里美さん」

「あ、はい。実はそうなんです。でも正直に言うと、恥ずかしくて」

そう言いながら、額《ひたい》に浮き出た汗を、ぬーっと手で拭《ぬぐ》う。危機的状況は脱した、という体感があった。実際その後は、口調も滑《なめ》らかに、

「えーっとですね。そう。チョコをそのまま団子にしたのがひとつ。それから、中にアーモンドを入れたのがひとつ。胡桃《くるみ》を入れたのがひとつ……」

先輩は、自分が食べたチョコを思い出しながら、そんなふうにチョコの種類を並べ立てていった。こればかりは、作った私以外では、食べた本人（つまり先輩）しか知らないことだから、先輩自身が言うしかない。で、どんなチョコだったかを言ってしまえば、あとの作り方の部分は、ママに任せておけば良い。っていうか、本当はパパなんだけど、ママ

を三年間やってたっていうキャリアもあるし、一時期はお菓子作りに凝ってたから、手作りチョコの作り方くらいは、知ってて当然。後はママに任せちゃえば大丈夫。

先輩の記憶力は大したもので、全部で十二人から貰ったというから、つまり十二分の一の印象しか残っていなくて当然なのに、私が作った六つのボールチョコの中身を、すべて思い出して証言することができた。感心感心。

そして当然ながら、中の一個に施《ほどこ》されていた、ツブツブコーティングのことは、言わないで済ました。今のところはいい感じで来ている。

「では次に、包み紙について、確認させていただきたいと思います」

瘦せた使用後の刑事は、なおも意地悪く、そんなことも聞いてくる。指紋が残ってるはずだから、そんなの、作った当人に聞かなくったって、もうすでに調べはついてるんじゃないの？

先輩はそこで、またしても記憶力の良さを発揮した。パッケージの全体は英字新聞の包みで、中のチョコはそれぞれ、色とりどりの和紙で包んであった——それを正確に答える。

「これですね」

使用前のデブの方が、先輩の証言の終わるのを待って、大判の封筒の中から、またビニール袋に入ったブツを七つ、取り出して見せた。大きなビニールの中には英字新聞が一枚。小さなビニール袋六つの中には、それぞれに和紙が一枚ずつ。仕事が丁寧というか——細かい。ぜんぶひとまとめにして、同じビニール袋に入れちゃったっていいのに、と思う。私ならそうすると思う。

刑事ってきっと、A型の血液型の人が多いんだろうな。

「わかりました。どうもご協力、ありがとうございました」

刑事二人は頭を下げた。デブの方の刑事は、テーブルに広げた証拠物件の数々を、元のように大判の封筒に仕舞い、そしてその封筒も書類鞄へと仕舞い直す。

私は――先輩は、ほっと溜息を洩らした。

「お役に立てましたか」

ママが、これでもう終わりですね、と確認するみたいに言った。ええまあ、とか何とか、デブの方の刑事が答える。すると痩せた刑事の方が、ギヌロッと私の方に向き直って、

「……あ、そうだ。ちなみに、お嬢さん、森川くんに贈ったのと同じチョコを、もう一度作ってくださいとお願いしたら、できますかね？」

「え、今すぐ、ですか？」

先輩はギョッとした声を出す。

「いえいえ。さすがに、今すぐに、とは言いませんが。何日か後に。同じ材料を揃えて、同じ包み紙を揃えて。とにかく前に作ったものと同じように作ることは」

「あ、はい。まあ……できますけど」

本当はできっこないのに、先輩は平然とそんなことを言う。いつもの先輩に戻っている。

「……でもそんなこと、する必要があります？」

「いえいえ。今のところは別に。ただ、もしかすると、そういうことが必要になるかもしれませんのでね。……それじゃあ、お邪魔しました」

そう言って立ち上がる。

私たちは玄関まで見送りに出た。これでようやく終わりだ、と思った途端——。

そこでまた、使用後の痩せた刑事の方が——まあ本人は単なる世間話のつもりだったのだろうが——また余計な質問をしてきた。

「そういえば、ご主人様は今日は？」

「いえ、ちょっと出ておりますが」

ママが硬質な声で答えると、

「そうですか。いや、できればお目に掛かりたかったですな。実は私、司馬哲郎さんの小説のファンでしてね。いや残念でした。それでは」

そして刑事二人は去って行った。

私たちは——外見はママと私なんだけど、実はその中身はパパと森川先輩という二人は——すぐにダイニングに戻って、今のやりとりを検証し始めた。

「問題は、毒の成分が包み紙に付着しているかどうかだな」

「そうですね。実は僕、里美さんを含めて、全部で十二人から、チョコ貰ってたんですよ」

ママは、まあビックリ、というふうに、目を丸くしてみせる。

「……だからですね、僕、一瞬、嘘吐《つ》いちゃおうかな、って思わないでもなかったんですよ。他の人から貰ったチョコを、この子から貰ったことにして。でも結局、そんなところで嘘吐いたって、どうせ指紋でバレちゃうなって思ったんで、だからあの場合、正直に答えるしかなかったんですけどね」

「それでいいわよ。ヘタに嘘吐いたのがバレたら、余計に疑われるもの」

「包み紙も、だから僕、いっぺんにいろんなチョコ食べて、それらを全部ゴチャゴチャって、一緒くたにしてゴミ箱に捨てたんですよ。だからたとえ、ね、そんな成分とかが、もし、あの包み紙から検出されたとしても、ほら、それは他の人から貰ったチョコから、こう、その成分が移ったんじゃないの、とかって、そう言い張れば、確証にはならないんじゃないかなって思って」

「うん。それはそうかもね。……でもまあ、誰かが犯人にならなきゃ、解決しないのよねえ。まずいことになったわ」

「まあ、そうですね」

そこで沈滞ムードが訪れかかったのだが、

「あ、そうだ。あの刑事さんが言ってたことなんですけど——御子柴さんって、あの司馬哲郎なんですか？」

「ええ」

「ご本人なんですか？　えーと、その、お母さんの、中身の方なんですけど」

ママの方に手を差し出しながら、そんなふうに訊ねる。

「ええ。つまり、御子柴徹志が、もともと、司馬哲郎ってペンネームで書いてて。今は、ほら、私が、つまり御子柴康子が、司馬哲郎なのね」

「あ、なるほど。つまり人格が同じだから、書く小説も同じだと」

「そう。だから、パパが死んだということも、世間的には隠したままにしておける」

「なるほど。……いや実は、僕も、ですね。司馬さんの小説のファンなんですよ。いやー、こんなところで、しかもこんな状況で、お会いすることになろうとは。……どうも。初めまして——じゃないけど、改めまして」

ママはクスッと笑って、

「気がついたら親子、ですもんね」

「そっかー。ママが司馬哲郎かー。感激だなあ」

森川先輩ってば、そんなふうに目を輝かせて。

そうか。先輩、パパのファンだったんだ。

だったら――もし私たち、こんなふうになってなかったら――つまり、パパもママも健在で、そして先輩と私が元のまま、別々な身体にいて、それで私が先輩にアプローチしてたら。私のパパが、先輩の憧れの作家、司馬哲郎だってことになれば、きっと先輩も、私のこと、好きになってくれてたかも。

少なくとも、あんな、身内でのドロドロとした不倫地獄からは、抜けだそうとして、そしてあのマキとかって性悪女のことなんて捨てて、で、私のこと、選んでくれてたと思う。きっとそうなってたはず。

でもまあ、今のこの状況は、これはこれで、そんなには悪くないかもしれない。何てったって先輩と一心同体なんだもの。

ただ、その一心同体のまま、刑事処分を受けたり、とかってのは、できればちょっと遠慮したいところなのよね。実は私がやっちゃったことではあるんだけど。

今日の取り調べ――結局あれは、どうだったんだろう？　あの刑事二人に、私の（先輩の）様子は、どんなふうに映ったか。

心証は、シロなのか、クロなのか。

私がシロってことで、それでもう今日限り、片づいてくれれば、それがいちばん良いんだけど……。

11

先輩の事件は、全国ニュースでも大きく取り上げられることとなった。

愛の告白が、一転して死の罠《わな》になるという、そのギャップが、たぶんマスコミ的にウケると判断されたのだろう。「死のバレンタイン」とか「現実に起きたミステリー、犯人は推理小説を真似《まね》た？　毒入りチョコレート事件」とかって（後者は意味不明）、全国ネットのテレビニュースの画面や、あと新聞（全国紙）の一面なんかにも、活字が躍っていた（先輩はそれをまじまじと眺めていた）。

そうした報道のせいで、先輩が貰ったチョコの数が十二個であり、そしてそれをひと晩のうちに全部食べてしまった、ということなどは、もはや周知の事実となってしまっていた。先輩がママに頼んで、各種ニュースやワイドショーの類《たぐい》を録《と》っておいてもらったので、先輩も私も、事件の報道には詳しかった（ちなみに、ここではママって言ってるけど、その中身は本当はパパなのである。でも私はどうしても、彼女のことを「パパ」とは言えない。見た目がママだから、という単純な理由で）。

ともあれ、事件の概要については、そんなふうに、あらかたの事実が報道されてしまったのだが（憶測《おくそく》の入った報道や、中には明らかに誤りを伝えている報道もあった）、ただ、十二個のチョコの、それぞれの贈り主が誰なのか、ということについては、報道されることはもちろん無く（そんなことがあったら問題だ！）、そしてウチに取材の申し込みが来ることも無かったから、たぶんマスコミも、まだそのあたりの事実は把握してなかったんだと思う。

さらにありがたいことには、警察がウチに来た——そして私が事情聴取されたということが、ご近所で噂になるということも特になかった。そもそも校内で、私（御子柴里美）が森川先輩のことを好きだった、ということでさえ、噂にもなっていないのだ。これはノブちゃんが、私との約束を守って、秘密を誰にも洩らさずにいてくれたからである（あと写真部の、あの父親が刑事だっていう二年生からも、秘密が洩れるようなことはなかった。たぶん最初の日に息子から情報が洩れたってことが問題視されて、その刑事、以降は家族にも捜査状況を洩らさないように心懸けてたんだろう——というのは、先輩がママに話した見解なんだけど）。

この状態（無風状態とでも言うべきか）は、私にとって、本当にありがたいことであった。

なぜなら、たとえば二組の石田可苗《かな》（サッカー部のマネージャーだ！）などは、先輩にチョコを贈ってたってことが、真っ先にバレたもんで、その死因が毒殺、しかもバレンタインのチョコに毒が混入されていたらしい、と報道されたときには、もうほとんど、クラス中で、彼女が犯人だ、みたいな扱い方をされてたって聞いてたし。

私の場合には、先輩にチョコを贈ったってことが、秘密のまま守られていたので、石田可苗みたいな馬鹿げた騒動に巻き込まれることはなかったのだ。

そんな中、先輩のお葬式が執り行われた。先輩は、自分の葬式に出てみたいと、ママに相談を持ち掛けたが、却下された。たしかに私だって、もし自分が先輩と同じ立場に立たされていたとしたら、自分の葬式には出てみたいって、そう思うから、先輩の気持ちもわからなくはない。ただしママの言うことの方が正論だった。

「何の関係もないあなた――つまり里美がね、ノコノコと出掛けてって、あの子何しに来たんだろう、とかって見られたら。ね。せっかく今はまだ、里美がチョコ贈った十二人の中の一人だってこと、学校でバレてないんだから。変に疑いを招くようなことは止《よ》しときなさい」

というわけで、先輩は日曜日、TVのワイドショーで自分の葬式の様子が中継されるのを、家で寝っ転がって見ていた。

「お、山形とか来てんじゃん」

画面に映った他校の女生徒を見て、そんなことを呟いてみたり。もう、誰なのよ。

私は私で、画面に映った黒白の幕から、朋実のお葬式のときのことを思い出していた。

あのお葬式のときの記憶――それは私にとってたぶん、最も古い記憶のひとつであろう。

朋実は、ウチの階段で死んだのだという。二階の廊下から、階段を転がり落ちたのだ。

だから私はあの階段が怖いのだ。

式は自宅でやった。居間に祭壇が設けられ、四囲の壁面には黒白の幕が張り巡らされて――それは明らかに、いつものウチじゃなかった。家の中には大勢の子供たちがいた。幼稚園の、私と朋実のお友達。みんながウチに来ている。だから私はみんなと一緒に遊びたいと、ただそればかりを思っていた。

大人たちはみんな泣いていた。お母さんたちは、みんな見たこともないような黒い服を着て、メソメソと泣いていた。子供たちも、だからその場を支配していた異様な雰囲気は、感じていたはずだ。

でも逆に、はしゃぎ回って、母親に叱《しか》られている子とかもいて……。

「あ、あいつらだ」

先輩がそう呟いたので、私は回想を中断させ、視線を重ねてみた。それは刑事たちだった。あの使用前使用後のコンビが、会場の隅の方に並んで立っているのが、画面に映っていたのだ。

「ご苦労さんなこった」

事件の犯人（かつ被害者）が、こんなふうに家で暢気に過ごしてるなんて、いったい誰に想像がつくだろう。

ところがその夜、森川マキからウチに電話が掛かってきたので、そんな我が家の暢気ムードは、いっぺんに崩されてしまった。

ママが不審気な声で取り次ぐ。

「里美さん、電話電話。森川って若い女の人から。……誰？　お母さん？」

「兄嫁です」

「その……あなたの事情を知ってるの？」

先輩はまだママにマキのことを言ってなかった。

「……とにかく出ます。話は後で」

先輩はそう言いながら、ママが持ってきた子機を受け取って、保留を解除する。

「はい。お電話代わりました。私です」

「えーと。御子柴里美さん？」

戸惑ったような口調。電話回線を通しているせいで、声の感じは多少変わっているが、喋り方はたしかに、あのマキという女のものだった。

「はいそうです。……マキさんですよね？」

「ええ」

そこでいったん会話が途切れる。マキはどう切り出そうか迷っているふうだった。

「あなた、この間のこと――」

「ええ。わかってます。私からも、話すことはあります。でも今は――」

「本当にあなた、達ちゃんなのよね？」

「そうです」

「今は都合が悪い？」

私は背後に立っているママをちらりと振り返る。

「ええ。ちょっと」

私は不審を感じた。先輩が自分のことを秘密にしたままであれば、こうしてママに背後で聞かれているのは、たしかに話しづらいことだろう。しかし先輩は、もうママに、自分が森川だってことは、とっくに明かしてしまっているのだ。だから今、たとえママが背後で聞いていても、森川先輩が自分の口調に戻って、僕がどうこう、みたいな感じで喋っても、特に問題はないはずなのに。

「じゃあ明日。明日の午後三時に、この前のところで」

「……五時ではどうですか？」

「じゃあ五時でいいわ。明日の夕方五時。この前のところで」

「わかりました」

電話が切れて、私はママに子機を返す。

「……で、どういうことなの？」

ママに真っ正面からそう聞かれて、先輩は、仕方なく、といった感じで、話し始めた。

自分が正真正銘の森川達郎だったときに、兄嫁と道ならぬ関係に陥っていたことを。

「それで、この身体に生まれ変わった日の夕方、僕はマキさんを呼び出して、自分が達郎だってことを打ち明けたんですよ。最初はもちろん信じてくれなかったけど、二人だけしか知らないはずのことを話したりして、最終的には僕が達郎だってことを、わかってもらって……」

「あなたが――じゃなかった、里美が犯人だってことは？」

「その時はまだ、御子柴さんからあの話を聞く前だったから、確証は無かったんですけど、二人で話してて、たぶんそうじゃないかって……」

ママは腕を組んで仁王立《におうだ》ち。むーん、と不思議な音色の鼻息を吐いた。

「その人は信用できるの？　あなたが――つまり里美が、犯人だったってことになったとき、でも中身はあなたなわけじゃない？　それを知った上で、あなたを庇《かば》ってくれると思う？　それとも、あなたを告発する側に回る？」

「いや、それは大丈夫だと思います」

（大丈夫じゃないってば）

私は先輩の甘い考えに心底呆れる。あんな女を信用するなんて。

ママも同意見だった。

「でも、そのマキって人も、チョコの贈り主のひとりなわけでしょ？　おまけに生前のあなたと不倫していた。警察にしてみれば、最有力容疑者ってことになんない？　そうして疑われながら、でも真犯人を庇い続ける、なんてことができるかしら？」

先輩は難しい顔をして黙り込んでしまった。

「あなたが万一、逮捕されるようなことになったら、私だって困るのよ。身内から犯罪者が出たとか、あるいは、だから作家として困るとかって、そういうことじゃなくて。それより、ウチの内情が問題になって、御子柴徹志はじゃあ今どこにいる？　とかって話になったら——あるいはそうじゃなくても、犯人の自宅をいろいろ捜索するとかって場合に、ほら、下の和室には、私の——だから徹志の死体が、床下に埋めてあるって話したじゃない？　あれがねえ……」

そうだ。もしそんなことになったら、私が逮捕されるばかりじゃなく、ママ（とパパ）も——つまり一家揃って獄中に、みたいなことになっちゃう。

「とにかく、そのマキって人にも——もう喋っちゃったんなら、とにかく私たちの仲間になってもらわないと。里美は絶対逮捕されるようなことになっては困る。でもそのマキって人も、追い詰められたら、何言い出すかわからないと思うし……。だからその人の疑いを晴らすようなことも、私たち、何かしないとまずいのかも……」

これは難題だ。本当は私が犯人。でも表面的にいちばん怪しく見えるのはマキだろう（警察は、マキと森川先輩の不倫関係について、気づいているのだろうか？）。そうした状況で、二人の疑いを同時に晴らすことなんて、はたしてできるのだろうか？

「とにかく、明日、コンタクトしてみます」

「あなたひとりで大丈夫？　何なら私もカセイに行くわよ」

火星に行く？　ああ、加勢に行く、か。などと考えているうちに、先輩は、大丈夫です、と言い切っていた。

しかし、部屋に戻った先輩は、かなり長い間、何かを考え込んでいた。

そして翌月曜日。学校の授業を無事に終えて（でもないか。体育の長距離走で、先輩は私の身体能力を見誤り、最初の方で飛ばしすぎて、後半は完全にグロッキーになっていた）、放課は午後三時。それから北の商店街をぶらぶらして時間を潰し、午後五時になるのを見計らって、先輩は意を決した様子で、傾いた西日にシルエットと化しつつある、あのビルへと向かって行った。

マキは先に来ていた。ベージュのコートに身を包み、寒そうにベンチに座っていて、私が屋上に出ると、すっと立ち上がった。

「マキさん……」

先輩が女の前まで歩を進め、話し掛ける。マキが私を見返す、その視線には、複雑な感情が宿っているように思えた。

「あなた……本当に、本当に達ちゃん……なのよね？　まだ信じられない」

「本当です」

「……で？　その里美って子、犯人かどうかって調べた？」

「ええ。で、やっぱりこの子が、犯人でした」

あーあ。先輩、正直に言っちゃった。私は、私かこのマキって女か、そのどちらかが犯人にならないと、事件は解決しないんじゃないかって思ってて、だから二人の利害は対立しているって思ってたのに。

それなのに先輩、正直に手の内を明かしちゃって、自ら不利な立場に立っちゃった。

「どうします？　僕のこと、犯人だって告発します？」

「私……警察に疑われてるのよ。チョコを贈った一人なわけじゃない？　身内で、旦那の弟にそういうの贈るのって、別に特別だとかってことないって思ってたから、正直にそう言ったわ。普通のことじゃない？　でも警察は、どうも私と達ちゃんの間に、特別な何かがあったんじゃないかって、どうも疑い始めてるみたいで。何か、本家の松下《まつした》さんが、私と達ちゃんが抱き合ってるとこ、覗き見してたらしくて……」

「それは……マズいですね」

「抱き合ってたって、ハグハグしてただけなのにね」

ハグハグ……？

「それでも、義理の弟と、しかも人目のないところで、そんなこと、普通はしないだろうし。だからたぶん、マキさん、遠からず、重要参考人として引っぱられると思うよ」

「冷たい言い方するのね」

「もし不倫の事実が明らかになれば、当然あなたは疑われる。動機があるのはあなただけ」

「その子は？」

マキはぐっと怖い顔をした。

「そうよ。何で達ちゃんを殺したの？　あなた、そんな子のことなんて、知らなかったって言ってたじゃない？　だったら何？　ストーカーみたいなの？　無理心中しようとしたとか？」

「いいえ。ただ単に、チョコを作るときに、砂糖と亜砒酸《あひさん》を間違えたみたいだって」

「は？　何それ？」

「だから、この子がオッチョコチョイだったたってだけで――だから別に、僕に対して殺意があったとかじゃなくて――だからただ単に、あれは事故だったたっていう」

そう言う私の片頬は、皮肉な感じに歪《ゆが》められていた。話を聞いたマキは、本当に脱力した様子で、口をポカンと開け、両腕を肩からだらんと垂らしていた。

「だったらいいじゃない。そんなの。正直に言えば。殺意が無かったんなら、罪にも問われないんじゃないの？」

「でもこの子が殺したことに変わりはない」

「でも、あなたが黙ってたら、私が困る。私が殺《や》ったわけじゃないから、逮捕されることはないとは思うけど、でもその前に、達ちゃんとの不倫がバレただけで、私はもう破滅する。タカヒロさんが許してくれないもの」

「いいじゃん。兄貴のこと、もう愛してないんだろ？」

「そういうレベルじゃなくて。夫の弟と不倫してたなんてことがバレたら——社会的に恥ずべきことなのよ」

本当は、バレるのが恥ずかしいことなんじゃなくて、行為そのものが恥ずべきものなのだ。あんたはすでに恥ずべき行為をしている。その段階で、社会的に糾弾されて当然なのだ。こんな女、絶対にそうすべきだ。

「僕としては……この先、この身体で生きてくつもりでいる。それしかないからね。でも、自分がやってもいないことで、殺人者の汚名を着て、この先、生きてくつもりはない」

「あなたは——っていうか、その里美って子が、本当は犯人なんだけど、それをひとに言うつもりはないのね？」

「当然、ありません」

「でもそうなると、私が困った立場に立たされる」

「自業自得です」

先輩はそう言い切った。しばしの沈黙が訪れる。

「つまり私たち、利害が対立しているのね」

「そうです」

西日を正面から浴びて、マキの顔がオレンジ色に染まっている。すっと目を細めたのは、陽光が眩しいから、だけじゃないはずだ。

「じゃあ私は、あなたが犯人だって告発する」

「証拠が無い」

「あなたの生まれ変わりのことも言う。それが証拠になる。少なくとも、あなたの側に異常事態が生じてるって話にはなるでしょ？　そっちに注目が行くはず」

「それも証拠がない。突拍子もない話だって、誰も聞きゃしない」

「あなたの家族はどうかしら？　いったん疑いを抱きさえすれば、証明するのは簡単なはず。だってあなた、その子のこと、何も知らないんでしょ？」

「御子柴さんは——この子の母親は、すでに知っている」

「知って——いる？」

「そう。何もかも。生まれ変わりのことも。この子が僕を殺したってことも」

「知っていて——庇うつもり？」

「そう。こっちは家族が協力してくれている。でもあなたは、家族からの協力は得られない。あなた自身が、すでに家族を——森川家を、裏切っているから」

再び沈黙が訪れる。マキは必死の表情で、何事か、考え込んでいる様子。

「……私たち、ある意味で、利害は一致しているのよね」

「ほう？　たとえば？」

問い返す先輩の口調には、相手を揶揄《やゆ》するような響きがあった。

「私がもし、達ちゃんとの不倫のことがバレたら、私は絶対にあなたのことを警察に話す。そうしたら警察だって、私の言うことを無視はしないはず。あなたも一緒に調べられることになる。そうなったらあなただって、その子のふりがいつまでも通用するって、楽観はできないんじゃないの？　そもそも、殺したのはあなたの方なんでしょ？」

「オレじゃない」

「でもあなた——の、その子なんでしょ？　どうして私が、痛くもない腹を探られなきゃなんないの？」

先輩は鼻で嗤《わら》った。

「不倫してて、痛くもないも何も、今さら」

「殺してないってこと」

「でも弱みはある」

先輩、今日はマキに対して、徹底的に冷たい態度をとっている。どうやらこのバカ女に対する愛情も冷めたみたい。よしよし。

マキはほとほと困り果てたといった感じで、

「だから……やっぱり同じ穴のムジナなのよ。私たちって。利害が一致してる」

「だったらどうする？　この子とあんたが一緒にいたって、アリバイでも作るか？　でも毒殺だから、アリバイなんて関係ないし。……オレにはあんたが疑われるのを止める手立てはない」

「あなたが自首してくれれば」

「それしかない？　だったら二人の利害は、ぜんぜん一致してないってことになんない？」

「でもこのまま行ったら、私は破滅するし、そうなったらあなただって、私がペラペラ喋って、足を引っ張って、私と同じような目に遭《あ》わせてやる」

「いいよ。言えばいいじゃん。どうせ誰も信用しないって。そんなこと」

先輩にそう言われて、マキは黙り込んでしまった。顔が強張って、ものすごい形相になる。そして次に口を開いた時には、絞り出すような声で、とんでもないことを言い出したのだ。

「あなたが死ねばいいのよ」

「僕が？　僕が死ねばいい？」

（私が死ねばいい、ですって？）

黙って聞いていれば、この女。ついに本性を現したか。私は呆れてしまった。

マキはなおも言い募る。

「そうよ。達ちゃんがそうして生きている限り、あなたの口から不倫の件が洩れる可能性が常にある。どうせあんた、ホントなら死んでたんでしょ？　どうして生きてんの？　そもそもそれがおかしいのよ。話をおかしくさせてる原因。素直にあなたが死んでて、で、その子が殺したんだってことで片がついて。私が不倫してたとかって、関係ない話じゃない。痛くもない腹を探られることも、ホントならなかったはずだし。……死んじゃいな。こっから飛び降りて。私を楽にして」

そう言うとともに、マキが飛び掛かってきた。先輩は一瞬、ポカンとしていたが、マキに摑みかかられ、身体をフェンス際まで無理やりに引っぱられていくうちに、全身がカッと燃えるように熱くなった。血がたぎっている。マキを押し返す。そうだ。やり返せ。先輩は姿勢を低くとると、頭部をマキの股間のあたりに押しつけ、彼女を手すり際まで追い込む。そして、マキの両足首を両手で摑んで、それを思いっ切り持ち上げる。

「ちょ、ちょっ――」

「マキさんが死ねばいいんだ」

マキは屈《かが》んだ私の背中のあたりに縋り付こうとする。私は頭部で、マキの上半身を、手すりの向こうへと押しやる。そして両足首を握っていた手を離す。

（あ。やっちゃった……）

マキが落ちて行く。私は彼女を押し出した格好のまま、手すりから頭を乗り出させて、それを見下ろしている。マキの長い髪がぶわっと煽《あお》られて、服もバタバタと煽られて――信じられないといった表情をこっちに向けたまま、あっという間に小さくなって行って――。

ドスンという音がして、地面に激突した。マキの全身が一瞬、衝撃で振動した。小さくバウンドしたように見えた。四肢が浮いて、再び着地して、それきり動かなくなった。

落ちた場所は、ビルの裏手だった。ビルとビルの谷間。

大きな音がした後は、しんと静まり返っている。

目眩《めまい》がした。金網から身体を離す。全身から力が抜けて、私はその場にへたり込む。

次の瞬間、私は目をくわっと見開いた。そして何度も瞬《まばた》きをする。

首を思いっ切り、ねじ切れるんじゃないかってぐらいに、左右に振って、あたりを見回した。視界がグルングルンと動く。

右手を上げる。左手も上げる。両手を何度も握ったり開いたりする。

自分の身体を見下ろす。紺のコート。制服のスカート。

「……え？　何で？」

次の瞬間、私はそんなふうに呟いていた。その声と同時に、

（あれ？　どういうこと？）

という声がした。いや、後者は声ではない。言葉そのものが、直接私の心に伝わって来たって感じで。

（おい。あれ？　どうして勝手に動くんだよ、コノヤロー）

あ、もしかして……。

（あの……）

（うぉっ。誰だ？）

通じた。言葉が通じた。

（もしかして、森川先輩ですか？）

（そうだけど……。どうしてオレ、勝手に動いてるんだ？　動かせないぞ？）

（私、御子柴里美です。初めまして）

（あ、あんたが？　じゃあこの身体、あんたに帰ったってわけ？）

（ううん、そうじゃないみたい。私も動かせないまんま。そうじゃなくて、どうも今は、マキさんが動かしてるみたいね）

そうなのだ。私にはやっと、何が起こったかが理解できた。

（は？　マキが？　……どうして？）

（だって、先輩もママから聞いたでしょ？　私が誰かを殺した場合、その相手が、この身体に乗り移るってルール）

先輩からの応答は、しばらくの間、途切れた。

（なるほどね。……じゃあ君は、オレがこの身体に生まれ変わってから、ずっとこんな感じで、オレの中にいたんだ？）

（そうです）

（じゃあオレも、これからそうなるってこと？）

（そうです）

（こんなふうに、受け身でいるだけなの？　自分からはまったく動かせない？）

（そうです。だって先輩だって、さっきまで、自分が動かしてたから、わかるでしょ？　つまり自分が動かしてないのに、身体が勝手に動いたとかって経験、無かったでしょ？）

私みたいな状態の人間には、どうしても動かせないってわけなんですよ）

（かー。これは辛《つら》いな。うわっ。乗り物酔いしそうだ）

（でも胃袋は平気なんですよ）

（うわー。これ、ホントに辛い）

（馴《な》れちゃえば、そのうち平気になりますよ）

内心で、先輩と二人、そんな会話をしている間、身体を動かしているマキは、どうにか、今の自分の状態を把握したみたいだった。最初は心臓がドキドキしてたのに、パニック状態からもどうやら醒めたみたいで、今は落ち着いて、しきりに何か考え込んでいる様子。視点がどこにも合っていないので、それとわかる。

そうなのだ。マキは事前に、先輩の生まれ変わりのケースについて、聞かされている。それから類推すれば、「里美の身体が誰かを殺した場合、その殺された人間の精神が、次に里美の身体の支配者となる」というルールも、自力で導き出すことが可能なのだ。

（おーい、聞こえるか？）

（え？　聞こえてますよ。聞こえるっていうか——）

（ああ、それはわかる。……ふーん。こうやって、喋るってわけじゃないけど、伝われ、って思って念じないと、お前には伝わらないんだ）

先輩、いろいろと試している様子。

（そうだ。お前……とんでもないことしてくれたな）

（え、何が？）

私はとりあえず、とぼけてみる。

(チョコくれたのは嬉《うれ》しい。でもお前、間違って毒入れたりするか？　普通？)

痛いところ突かれて、私はもう、こう言うしかなかった。

(てへっ)

12

マキはとりあえず、殺人事件の現場になりたてホヤホヤの、このビルの屋上から、私の身体を脱出させることにしたらしい。コンクリートの上に放り出されていた、二人の荷物を見下ろし、一瞬迷う素振りを見せたものの、マキのバッグはそのままに、私の通学鞄だけを拾い上げた。左右を見回す。ドアから階段室に入ると、暗い階段を慌てて駆け下りて行く。心臓がドキドキしている。途中、横に張り渡してあったロープに引っかかって、すっ転びかけた。めちゃくちゃ慌ててる。大丈夫かしら。

階段を下りて行く間に、私は先輩に質問をしてみた。

(マキさん、これからどうするつもりなんでしょう？)

(さあ。見当もつかねえ。でもさっきまでの俺と同じで、今度は自分が、やってもいない犯罪の責任を取らされて、犯人にされちまう、って立場に立たされたんだもんな。何か考

えてくれるんじゃないかと期待したいところだけど)

ビルを出て、北通りの寂《さび》れた地区も駆け足で脱出。あんな大きな音がしたのに、不思議と、誰も事件には気づいていない様子だった。

大通りに出て、バス停に向かう。ちょうど来たバスに乗り込む。マキが乗ったバスは、ウチとは反対方向に向かうものだった。

(あ、これは……。マキのヤツ、家に帰るつもりだ)

(家って?)

(マキさんの家。つまりオレの兄貴ん家《ち》)

そんなとこへ行ってどうするつもりなのか。といっても、彼女の立場に立って考えれば、他に行くところも無いわけで。

私の鞄から財布を見つけ、小銭を取り出して、バスを降りる。わりと小綺麗な住宅街。五分ほど歩いて、五階建てのタイル貼りのマンションに入る。

(ここがそうなの?)

(え? ああ。そうそう。ここの四〇三号室)

エレベーターを降りたところで、マキは、あ、しまった、という素振りを見せた。しかしすぐに、何か思いついた様子で、四〇三号室のドアの前まで来ると、電気のメーターの裏を右手でまさぐった。その指先に触って、取り出されたのは、部屋の鍵であった。

あ、そうか。いつも使ってた鍵は、マキさんのバッグの中にあったんだ……。

とにかく、そうして鍵を開け、私はマキの家に入ることができた。見知らぬ女子高生が、他人の家の前で、あんまりウロウロしていては、不審に思われるから、とりあえずは良かった。

そしてマキが次にとった行動は……。

（あ、ウマイ！）

と、先輩が思わず叫んだほど。

マキはまず、私の鞄から、ニットの手袋を見つけて、それを両手にはめた。そうしてから、彼女は、筆記用具を見つけてきて、ダイニングテーブルの上で、書き始めたのだ。

遺書を。


貴弘《たかひろ》さんへ。そして森川家のみなさんへ。

達郎さんを殺したのは私です。私は彼と不倫をしていました。それを清算するために、彼を殺したのです。

でも私は、いずれ警察に捕まるでしょう。そうなる前に、自分で決着をつけます。

さようなら。

そして小林《こばやし》満《みつる》様。幸子《さちこ》様。そして真弓《まゆみ》ちゃんへ。

お父さん。お母さん。真紀《まき》は悪い子でした。今回のことでは、本当にご迷惑をおかけします。

真弓ちゃんは、お姉ちゃんのようにはならないでね。

一時のお別れです。三人には、また別な形で会えると思います。その時に、本当のことを言います。それを待っていてください。

さようなら

真紀

その筆跡は、私のものでもなく、そしてここ数日で見慣れた、森川先輩のものでもない。紛《まぎ》れもなくそれは、真紀の筆跡のはずだった。

そうして書き上げた遺書を、ダイニングテーブルの上に置いて、私はその家を後にした。完璧《かんぺき》だ。森川先輩の事件も、真紀さんの墜死《ついし》も、これでいっぺんに片がついた。

(あ、ドアの指紋!)

先輩が気づいてそう言ったけど、私は大丈夫だと思う。本人自筆の遺書さえあれば、細かいことはどうとでもなる。

あとは彼女がこの後、どこへ行くかだ。

(御子柴の家に帰るのがイチバンなんだけどなあ)

(でも真紀さんは、ウチの住所とか、知らないんですよね)

(どっかに書いてない?)

(あ、生徒手帳には書いてあるんですけど。真紀さん、見つけてくれるかなあ)

真紀さんは、手帳は見つけなかったが、街角で電話ボックスを見つけると、電話帳で御子柴姓を探した。なるほど。それもひとつの手だ。やっぱり珍しい苗字のようで、『ハローページ』には二人しか載っていなかった。最初の方がパパの名前である。

(上の方だよな?)

(うん)

先輩は、パパの名前もちゃんと憶えていた。えらいえらい。

真紀さんがウチの番号をプッシュする。呼び出し音が鳴り、受話器が外される。

「はいもしもし」

ママの声。不機嫌そうなのは、仕事を中断されたからだろう。

「あの……失礼ですが——」

「里美さんでしょ? 違うの?」

「あ、そうです」

「どうだった? 行ったんでしょ? その人に会えた? どんなこと言ってた?」

「あの、私——」

「……里美さんでしょ？　どうしたの？」

ママの声に不審の色が混じる。

「あの……お母さんですか？　迎えに来ていただけます？」

ママはそのひと言で、どうも何事か起こったらしい、ということは、理解したようだった。私のいる場所を聞いて、すぐに迎えに行くと言ってくれた。

そして待つこと三十分（私はその間、先輩といろいろと積もる話をしていた）。目の前にタクシーが止まり、そしてママが降りて来た。といっても真紀は最初、この人がそうなのかしら、と不安気な様子で、降車する相手を見ていたのだが、ママの表情が真っ直ぐにこちらを向いているので、どうもそのようだと判断したらしい。

ママが駆け寄ってきて訊ねる。

「どうしたの里美さん？　何があったの？」

「私……違うんです。でもとにかく、家に連れてってください」

ママは素直に従った。タクシーの中では、何も質問して来なかった。えらいえらい。みんな偉いぞ。

そして家に帰り着いて、ドアを閉め、二人だけになったところで、ママが聞いてきた。

「あなたは……誰？」

「あの……本当は、森川真紀といいます」

「つまりあなたは、殺されたってわけね」

　真紀さんはポカンとする。それを後目《しりめ》に、ママは盛大に笑い出した。

「あーおかしい。どうしてこう、揃いも揃って、みんないとも簡単に人を殺すのかしら。おまけに自分が消えちゃって。あっはははは。……おっと、そうそう。初めまして。里美の母の、御子柴康子です。というか、本当は父なんですけど。いや、いきなりそう言っても、こんがらがるだけか。あっははは。……おほほほ」

　真紀さんはポカンとしたままだ。まだ事態が把握できていない。そりゃそうだろう。

　とにかく、ママは笑うのを止《や》め、ダイニングキッチンに場を移して、説明をし始めた。テーブルを挟んで、母と娘が二人きり。ここ三年ばかりはずっとこの形できていて、だから私も別にどうとかは思ってなかったんだけど、こうして改めて客観視すると、やっぱり淋しい情景である。二人きり……とは言っても、実はこの身体の中には、表に出ている真紀さんの他に、私と先輩がいるし、ママの身体の中にだって、表面に出ているパパの他に、ママも潜《ひそ》んでいるはずで、だから肉体レベルで見ればたしかに二人きりなんだけど、でも本当は今ここに、五人が集まってるのだ。そう考えると、何だかおかしい。

　ママが一方的に喋り、真紀さんはひたすら聞いている。聞き手の真紀さんの方も、先輩から事前に多少のことは聞いていたし、何より自分が実際に体験したことでもあるので、御子柴家（というか、母方の家系なので、九鬼《くき》家ってことなんだけど）の血筋に伝わる、特異な生まれ変わりのルールについては、即座に理解したようだった。

しかしママが実はパパだっていうこと――ママがパパを三年前に殺して、二人が入れ替わってしまったってこと、そしてパパの死体はこの家の床下に埋められているということを聞いたときには、目を真ん丸に見開いて驚愕していた。そりゃそうだろう。一家揃って殺人者。なんて家だって思われても仕方がない。でもあんたも今じゃその一員。

ママの説明が終わると、今度は真紀さんの話が始まった。ママは結果を知っているので、最初はさして驚いた様子もなく聞いていたのだが、遺書のくだりを聞いたときには、目を真ん丸にして声を上げていた。

「あ、そうか。その手があったわね！」

それからは真紀さんのことを、褒めること褒めること。

「……で、どうします？　これから？　って言っても、選択肢がそうあるわけじゃないけど」

「いいです。私、これからはこの身体で、御子柴里美として生きて行きます」

なんて思いきりが良いのだろう。

「殺されたこととか、残されたウチの家族のこととか、割り切れない部分もあるんですけど、とにかくこうして新しい身体を与えられた以上は、この身体で生きて行こうかなって」

「若返ったってことにもなるのよね」

ママがそんなふうにフォローすると、

「そうそう。この身体で、十六歳から人生をやり直せる、ってことなんですよね。この子、けっこう可愛いし」

「そうそう。また新しい恋をして」

ママが乗せる。

「たくさん恋をして。いっぱい楽しい思いをして」

真紀さんは弾《はず》んだ声を出す。指を組んで、ウルウルの瞳《ひとみ》を天井に向ける。

(おいおい。真紀。オレのことはどうなんだよ。もう忘れて平気なんかよ)

(先輩、真紀さんを殺しちゃったんですもん。そりゃ印象悪いって)

そう言って、私も真紀さんのとった姿勢に浸り切る。まさに、両手を組んで、ウルウルの瞳で天を見上げたい気分。だって――

(こうして先輩と二人きりなんて)

(なんだよ。うるせーな)

(んもう、嫌わないでよ。だってもう、先輩とはこうして、もう二度と離れられない仲になってしまったんですもの。せいぜい仲良くやりましょう)

(うーむ……)

というわけで、私はハッピーだし、真紀さんも人生のやり直しができてハッピー、そしてママも御子柴家が安泰でハッピー。

現時点で不満気なのは、先輩ひとりだけだけど、でも先輩もきっとそのうちに、私の愛の深さにほだされて、この状況をハッピーだと認識してくれるでしょう。

めでたしめでたし。

13

……と思ったら。

(二人きりじゃないよ)

という声が聞こえてきた。

(え?)

(何が?)

私と先輩がほとんど同時に聞き返す。私は先輩が言ったものと思ってたし、先輩は私が言ったと思って聞き返してる。ってことは……?

(私もいるもん。私だって、森川先輩のこと、好きだったもん)

内心の声で喋ってる。いったいこれは誰なのか。……もしかして、真紀さん? 私たちの声が聞こえるの？　身体を操りつつ、内面にも話し掛けられるの？　そういう特殊能力を持っていたりするの？

しかしそれは違った。内面の声は続けてこう言ったのだ。

（先輩はあなたには渡さないもん。私の方が好きだったんだから）

（ちょっと、誰よあんた）

私は聞き返した。おかしい。ここに先輩と私以外の誰かがいるなんて。そんなはずがない。

（あんた、まだわかんないの？　私が本当の里美なんだから）

（……ちょっと待って。どういうこと？）

（だからあ、私が本当の里美なんだってば。でもまだ子供のときに、あなたが死んだもんで、それで乗り移られちゃったんだから）

えーと。私が先輩を殺しちゃって、それで初めて私は内面に引っ込んじゃったわけで。もし私がその前に誰かを殺してたのなら、その段階で、私はもうすでに内面に引っ込んでなきゃならなかったわけだから。だから私は殺していない。でも内面にもう一人いて。だからこの声の主は、私より先に内面に引っ込んでたわけで。

えーと。つまり。この人が内面に引っ込むと同時に、私が御子柴里美に乗り移って、それ以来ずっと今まで表に出ていた？

つまり、この新しい声の人格こそが、元々の、だから本物の、御子柴里美であると。

いちおう、それで話の筋は通っている。何よりも、ここに私と森川先輩以外の誰かがいるってことが、その確たる証《あかし》となっている。

ということは。

(私が……里美じゃない?)

(そう。だから、里美は私で、あなたは朋実)

(朋実?)

(おい、誰だよそりゃ?)

先輩が戸惑いを露《あら》わにする。ごめんね、先輩。今はちょっと黙ってて。

えーっと。私は。……朋実? 朋実っていえば。えーと。わかってる。わかってるんだけど。

何より、その事実が意外で、意外すぎて、私はほとんど思考停止状態にあった。

(うそ……)

そう言ったきり、言葉が続かない。絶句するしかない。

だって、朋実っていったら、私の双子のきょうだいで、お兄ちゃんで……。

……ってことは、私は、男……?

(あ、でも)

ひとつ気がついたことがあった。もし彼女の言うことが正しいのだとしたら。って、この状況からすれば、たぶん正しいんだろうけど。

（ってことは？　入れ替わりが起こったってことは、えーと、つまりあんたが、本物の里美が、私を殺したってこと？）

（わざとじゃないんだもん。だってまだ三歳だったんだよ。お兄ちゃんが階段の前で、意地悪して、とおせんぼしてたから、私が押したらさあ、お兄ちゃん、落っこっちゃって）

朋実は階段から落ちて死んだ。あの曲がり角のところで首の骨を折って死んだ。

そうだ。私はあの階段を落ちたことがある。

不意に思い出した。死の直前に目にした光景。暗い階段。二階の廊下には照明が点っていて。女の子が逆光になって、こっちを見下ろしている。あれが里美だ。そして私は、里美に突き落とされて、階段を転げ落ちて、首の骨を折って。

だから私は、あの階段が怖いのだ。あそこが怖いのだ。

そこで死んだという記憶が、どこかに染みついていたから。

（お兄ちゃん、許してくれる？）

許すも何もない。被害者である私は、そのことをまったく憶えてなかったのだ。

そして私は別に死んだわけじゃない。それ以降の十三年間も、ちゃんと生き続けてきた。

御子柴里美として。

むしろ本物の里美の方こそ、ずっと前から、この身体の中に閉じ込められていたのだ。誰にも認知されず、だからほとんど死んだも同然の状態で。

私が五日間だけ体験した、あの状態で。それを彼女の場合には、三歳から十六歳まで、実に十三年間の長きに亘《わた》って続けてきたのだ。

ああ。何てこと。身体が自由に動かせれば、私は今、滂沱《ぼうだ》の涙を流していただろう。

（許すも何もないよ。よく耐えてきたね。……里美）

まだ自分が里美じゃないってことに実感は湧かないが、彼女こそ本物の里美なのだ。

（いやー感動の再会ですね）

森川先輩も、展開のあまりの意外さに、それまで声を失っていたみたいで、でもそんなふうに話し掛けてきた。

そうだ。今日からは三人で、ここで生きていくんだ。

（あ、ちょっと待って。ってことは、この五日間は、私とあなたと、二人がここにいたんだよね。……どうして話し掛けてきてくれなかったの？）

そんなふうに聞いてみると、

（だって、お互いにこんなふうに話ができるなんて、思ってもみなかったもの。お兄ちゃんの声が聞こえるのは、だってそれまでずっとそうだったから、別に変だとも思わなかったし。私が今までいくら声を掛けようとしても、お兄ちゃんには届かなかったんだよ。ず

っと。だから今になって声が届くようになったなんて、思いもしなかったし)

(あ、なるほどね)

と先輩が割って入る。第三者である先輩の方が、理解が早いみたい。

(でも俺が今日ここに来て、こいつと話してるのを聞いて、それで内面同士なら話ができるんだって気づいたわけだ)

先輩がそんなふうに説明を補足する。

(そうなんです。でも何か、話し掛けるきっかけがなくて。こんなふうに声を出したことも、久しく無かったですし)

彼女が自分の自由になる肉体を持っていたのは、はるかな過去のこと。爾来《じらい》十三年間は、自分の意志とは無関係に動く口から、自分の思ってもみない言葉が出る、そんな生活を強《し》いられてきたのだ。

(ともあれ、初めまして森川先輩。私ずっと先輩のこと好きでした)

おっと。そうくるか。

(お兄ちゃんなんかよりも、もうずっとずっと——)

(ちょっと待った。いくらあんたが今まで苦労してきたからって、そこだけは譲れない部分ではあるのよね)

(でもお兄ちゃん、本当は男なんだよ。元々は。そんなの、森川先輩を好きになったら、

男同士じゃん。ホモじゃん)

私は、うっ、と詰まる。どう考えても、私は女のはずなのに。でも里美の存在が、自分が元は朋実だったということ、男性だったということを、証明している。

だけど、こんな存在になってしまった今、元々の性別なんて関係があるのだろうか。

無いはずだ。いいんだ。

(私は女です。女として、幼稚園の時からずーっと育って来たんですもの。こういう存在になった今、性別なんて関係ないんじゃない?)

(でも名前は、朋実だからね。里美はあたしだもん。あたしは、お兄ちゃんって呼ぶからね)

(まあまあ二人とも。別に俺ら、個別の肉体があるわけじゃないし、だからそういう、恋愛ったって、今さら何ができるわけじゃないし。とりあえずこんな感じで、言葉だけでやってくことになるんだからさ。性別も何も無いよ。それはたしかに、彼女の――じゃなくて彼?　ああもう。性別が無いって話をしたいのに。……ね。だからともかく、三人で仲良くやってこうよ)

なるほど。それもそうだ。本物の里美が現れて、先輩と二人きりにはなれなかったけど、いつも一緒にいられるのは同じだし。三歳の時に死んだと思っていた双子の兄――じゃなくて、双子の兄の方が実は私で、妹がいなくなっていたんだけど、それとも今こうして再会できたわけで。

だから、これはこれで、ハッピーエンドなんだよね。うん。たぶん。

だから。

めでたしめでたし。

14

……と思ったら。

ピンポーン、と玄関のチャイムが鳴って、私たち内面三人組も、そして真紀も、ママも、揃ってハッと息を飲んだ。

「こんな時間に、誰かしら」

ママが席を立ち、玄関へと向かう。真紀も廊下まで出て、様子を窺う。ドアが開く音。

そして聞こえてきたのは、あの刑事（使用前使用後の、使用後の方）の声だった。

「里美さんはご在宅でいらっしゃいますでしょうか？　森川達郎さん、および、森川真紀さんの亡くなられた事件について、できればお話を伺《うかが》いたいのですが……」

刑事の声を聞いた途端、真紀がひゅっと息を飲む。

私もわけがわからなくて、先輩に聞いた。

（……何で？　どうして私が真紀さんの件で、警察に目を付けられたりするの？　私と真紀さんって、何の繋《つな》がりもないじゃない。しかもこんなにすぐに）

（たぶん……あのビルから出てくるとこを、誰かに目撃されたんじゃないかな。そうとしか考えられない）

（じゃあ、真紀さんのあの遺書の工作は？）

（すべて無駄ってことになりそうだな。こうなってみると、あのドアの指紋も、どうやらまずかったみたいだし）

（じゃあ私が、っていうかこの身体が、殺人犯として逮捕されちゃうってこと？）

（とりあえず、警察にしょっぴかれるんだろうな。そんな感じだよ。あの声は）

ママが廊下をこっちにフラフラと戻ってくる。真紀が小声で話し掛ける。

「みこ……おかあさん？」

「里美さん。警察が、あなたに警察署まで同行してほしいんですって。でも着替えさせてもらうからって言って、少しお時間をもらったから。……ちょっと待ってて」

囁き声でそんなふうに言うと、ママはキッチンに入った。明らかに気が動転していて、だから水でも飲みに行ったのかと思っていたら、違った。

戻ってきたママの手には、包丁が握られていた。

「ちょっと。それ……どうするつもり？」

真紀はママと正対したまま、じりじりと後ずさりをする。でも相変わらず、玄関にいる刑事には聞かれないようにと、ママには小声で話し掛けていた。

（お前の母さん、っていうか父さんか。何するつもりだ？）

（………）

（オレっちを刺そうとしてる。……よな？　おい、真紀、逃げろって）

真紀は後ろ向きのまま、ダイニングの中を必死に後ずさりする。ママは怖い顔をして、じりじりと間合いを詰めてくる。足元の何かに蹴躓《けつまず》いて、私は尻餅《しりもち》をつく。仰向けにひっくり返る。尾てい骨から背筋にかけて、痛みが走る。

（痛っ！）

内面三人組が大合唱する。

（ママ。やめて！）

私の声も届かない。真紀は壁に追いつめられてしまった。ゴクンと唾を飲み込もうとする。喉がカラカラに渇いていて、うまく飲み込めない。

ママは私を見下ろして言う。

「もう駄目。里美さん。……えーと、今は誰さんだっけ？　いいわもう、誰でも」

「真紀です。森川、真紀」

（ママ。私もここにいる！）

(オレも！)

「悪いけどあんたには死んでもらう。っていうか、実は俺が死にたいんだけどね。もう疲れた。これでもうお終《しま》いにしよう。ね。里美さん」

「ちょっと待って。やだ。たすけてー！」

真紀が大声を上げた。玄関の刑事の耳に届いただろう。でももう遅い。ママが動いた。

(ママやめてっ！)

真紀が必死で両手をパーの形に開いて前方に突き出す。でも何の役にも立たない。

ママの振り上げた包丁が、私の胸にドスンと重く突き刺さった。

嘘みたい。でも本当だ。

私の胸に、包丁が刺さっている。思いきり根元まで刺し込まれている。

視覚情報がまずあって、それから体感情報が遅れて届く。胸部に異物感。痛い。灼《や》けるように痛い。苦しい。痛い。痛い。痛い痛い。痛いよ。

そして、意識が、薄れてゆく。

…………。

15

「まあ、何だな。こうして家族みんなが再会できるなんて、考えてみれば奇跡のようだな」

「そうですね。朋実も、ちゃんとこうして生きてたんだし」

パパとママが話してる。朋実というのは私のことだ。まだその呼ばれ方には慣れてない。

私はずっと自分のことを里美だと思っていたから。それが里美じゃないなんて。というか女ですら無かったなんて。いまだに信じられない。

「何で？　お兄ちゃんなんて、ずっと表に出てたじゃん。私の方が、ずーっと、ずーっと不自由な思いさせられてたんだよ」

本物の里美が拗《す》ねた口調でそう言う。この子も、最初は引っ込み思案《じあん》だったけど、次第によく喋るようになってきた。

「そうよね、里美さん。里美さんの味わってきた苦労は、私もよーっくわかりますからね。ろくでもない男に身体の主導権を握られて、何もできなくて、私がこの三年間、どれだけイライラしてきたことか」

「ろくでもない男って、ママ、それはないだろ。元はと言えばママが、フライパンで

「……」

「そもそもはあなたが浮気してたのが悪いんでしょ。私はあのとき、あなたの浮気のせいで、ノイローゼだったんだから。ほんとに男ってのは、身勝手なんだから」

「そうそう」

と里美が同調し、

「ホントホント」

と私も同調する。

「おいおい。朋実は男だろうが。……って、いや、すまん。失言だ」

誰かが私のことを男と言うと、私は切れる。それを知ってるパパは、即座に撤回する。

「朋実も女だよね。うん。……やれやれ、三対一では分《ぶ》が悪いな。ウチの女どもはすぐこうやって同調して、パパを虐《いじ》めるんですもの。……ありゃりゃ。まだ女言葉の癖が抜けないな」

「司馬先生、男ならここにひとりいますよ」

「おお、森川くん。ひとつウチの娘たちにビシッと言ってやってくれ。君が言えば、里美も朋実も素直に言うことを聞くからな」

「えーっと、そもそも何についての話でしたっけ？　ずーっと閉じ込められてたっていう？　そうですよね。それは可哀想ですよ。お母さんも、それに里美ちゃんもね。里美ちやんなんて、十三年間もずっとでしたし——」

「それはもういいの。話はもう変わってるのよ森川さん。要するに、パパにしろあなたにしろ、どうして男っていうのは、女にああもだらしないかって話で。あなただって同じよ。あんなひどい女に誑かされてたんですもの」

「………」

先輩、痛いとこ衝《つ》かれて黙り込んじゃった。パパが誤魔化そうとして、急に話を逸《そ》らす。

「まあ、何だな。こうして家族みんなが再会できるなんて、考えてみれば奇跡のようだな」

それじゃ話が元に戻っただけだって。

私たちはお茶の間に顔を揃えている。パパはにこやかに笑っているけど、よく見れば片頬が引きつっている。隣にママが座っているからだ。ママは最近みたいにデブってなくて、昔の、つまり本人が身体を管理してたころのスタイルに戻っている。ネチネチと言葉でパパを虐めていて、こちらは心底晴れやかな表情を見せている。でもそれがちょっと怖い。そうだ。ママの怖さって、これだったんだよな。この三年間、パパの演じるところのママに慣れてたから。パパもママの怖さを演じてたつもりだったんだろうけど、実際にこうして、本物のママと比べたら、あんなのぜんぜんソフトだったたってことがよくわかる。

そして私たち——私と本物の里美と、そして森川先輩は、パパとママとは向き合うような形で座っている。私と里美が喧嘩《けんか》しないように、先輩は私たち二人の真ん中に座っている。私は右半身を思いっ切り先輩に押し付けている。私が着ているのは学校の制服で、制服っていうのはもちろんセーラー服のこと。学生服を着た先輩は、私に寄り掛かられて、いちおう笑顔は見せてくれてるんだけど、その笑顔が強張っているのは、里美のせいだ。里美は里美で、私に負けないようにと、同じように思いっ切り左半身を先輩に寄せているんだもの。んもう、邪魔しないでよ。後から来たくせに。何もしてないくせに。先輩にアプローチかけたのは、そして（ホントは単なる手違いだったんだけど、結果的に）先輩をここに引きずり込んだのは、この私のおかげなんですからね。里美なんてホントだったら出る幕なんて無いんだから。

「でも、アレですね」

居心地悪げに、お尻をもぞもぞとさせながら、先輩が言葉を発した。

「御子柴家のみなさんは、結局、一家揃って人殺しだった、ってことですよね。ここにこうして集まってるってことは。……いや、僕もひとのことは言えないんですけど」

そのとおりだ。笑っちゃう。

里美は何と三歳で、私を殺した。私はちょっとした手違いで先輩を殺しちゃった。先輩は咄嗟《とっさ》の判断で（一種の正当防衛だった）真紀を殺した。

ママはノイローゼになってパパを殺してしまった。パパは自分が人を殺せば、自分の人格がこの世から消えて無くなると思って、自殺するつもりで里美の身体（操ってたのは真紀で、その中には私たちもいた）を殺した。

刑法上で罪になるもの、ならないものの違いはあれど、私たち五人はみんな、誰かを殺してここにいる。

先輩の指摘が可笑《おか》しかったので、私はとても愉快な気分になった。みんなも同じように思ったらしい。

「いやー、あっはっは」「ほほほほほ」

一家揃っての大笑い。終いには言い出しっぺの先輩も笑い出しちゃって、結局五人揃っての、笑いの大合唱となった。

「あーはっはははは」「おほほほほ」「がははははは」

ふっと視界に光が差し込んだ。薬が切れたのか、真紀が薄《う》っすらと目を開いた。途端にお茶の間の幻想はかき消える。ママの姿も、パパの姿も、里美も、森川先輩も――その温もりも、すべてが一挙に消えてしまう。

代わって視界に飛び込んできたのは、白一色の風景。白い天井に白い壁。白いシーツと白い布団に覆《おお》われたベッド。その中で寝ている私。自分の体重を感じる。手足の存在を感じる。

（ああ、目が覚めてしまった。気持ち良い夢を見てたのにな）

パパが寝起きの声で、そんなことを言った。私も同じ気持ちだった。もうちょっと今の夢を見続けていたかった。っていうか、あれは本当に夢だったのかしら。

（あー、あたしも。すごい楽しい夢見てた）

里美も言っている。そうだ。私たちは今、夢うつつのうちに、みんながあの、同じお茶の間の幻想を胸に描《えが》きながら、それぞれが実際に「内心の声」で言葉を交わしていたのだ。真紀が（つまりママの身体が）投与を受けた、あの薬のおかげで、全員が夢うつつの状態となり、そしてあんなふうに甘美な幻想が共有されたのだ。

薬が切れ、夢から醒めると、私たちはお互いにまた声だけの存在になってしまう。共有している身体はママのもの。それを動かしているのは真紀。私たちはともに、真紀のなすがまま。彼女が大の字になれば、私たち五人も揃って大の字になる。自分は操られていると、内面の五人が同じように感じている。

「私は……森川真紀なのに」

また真紀の呟きが始まった。

「こんなオバサンなんて絶対イヤ。せめてあの、里美って子の身体のままでいさせてくれたら良かったのに……」

（オバサンって何よ！）

ママがすかさずお怒りの言葉を発する。でも真紀には届かない。

実は私も真紀と同じことはいつも思ってるのだった。パパが好きなだけ太らせちゃった身体は重いし、年齢のせいなのか身体の節々は常に痛んでるし。ママには内緒で、ペロッと舌でも出したい気分。もちろん、身体は思いどおりにはならないんだけど。

私はベッドの上でゴロゴロと寝返りを打っている。手足をじたばたと動かす。そうだ。もっと暴れろ。暴れて、それで薬打たれて、またあのトロンとした世界に私たちを連れってほしい。ただし暴れすぎないように。昨日のアレは痛かった。腕に青アザができてるんだもん。昨日は、内面の五人が揃って「あ痛っ！」て叫んだもの。もっと自分の身体を大事にしてよね。

真紀は寝返りを打つのをやめ、今度はベッドから下りようとしている。無理だってば。まだ頭が朦朧《もうろう》としているのに。うわ、視界が定まってない。……あ、コケた。痛てて。

廊下から複数のスリッパの音が近づいてくる。鍵が外されて、ドアが開く。

真紀がぼんやりとそちらを仰ぎ見る。白衣を着た看護師が二人。そして看守が一人。すぐに腕を摑まれ、ベッドへと戻される。真紀はもう抵抗しようとはしない。すぐに注射を打たれておとなしくなる。その様子を五分ほど見ていた、看護師二人と看守は、やがて部屋を出て行った。

ああ。薬が効いてきたみたいだ。これでまた、あのお茶の間の幻想に戻れる。

家族が――私の愛する人たちが一堂に会する、あの瞬間が。

「あーはっはははは」「おほほほほ」「がははははは」

クラリネット症候群

1

自分で作った朝食を食べ、後片付けをしているところに、関《せき》さんが帰ってきた。

「あ、おかえりー」

関さんの朝帰りには慣れっこになっていたので、僕は普通に出迎えたのだが、彼のほうは例によって決まり悪そうな表情を見せた。「おう」とだけ言う。後手《うしろで》にコンビニの袋を提《さ》げているのが僕の目を惹《ひ》いた。そういう店にはあまり寄らない人なのに。自分用の朝めしを買ってきたのだろうか。

関さんは関さんで、僕の制服姿にいぶかしげな表情を向けている。

「あれ、翔太《しょうた》、今日は学校、休みじゃないのか」

「……今日はまだ金曜日」

僕が嘆息とともにそう言うと、

「いや、そうじゃなくて……今日は十月十日だろ。体育の日だ」

「それ、いつの話？　今はハッピーマンデーで、体育の日は来週の月曜だから」

「そうか……。今日はハッピーじゃないのか」

朝からしょうもないことを言う。一度自分の部屋に引っ込んだかと思えば、また台所に

顔を出して、

「プリン買ってきたけど、食うか？」

「いや、時間ないから」

「そっか」

「冷蔵庫に冷やしとこうか」

「頼む」

手渡されたプリンのカップを二つ、冷蔵庫にしまった。関さんはキッチンに現れたときと同じ姿で、ぼーっと突っ立っている。

会話が途切れたところで、どうでもいいと思いつつ、聞いてみた。

「こんな時間まで何してたの。また……女？」

「聞くな」

片手で「しっしっ」という手振りをしたが、表情がにやけている。図星《ずぼし》だったらしい。

関夏彦《なつひこ》はジャズミュージシャンだ。東幸一《あずまこういち》クインテットのクラリネット奏者で、平日の夜は基本的に、バンマスの東さんが経営するジャズバー「ブラウン」で演奏をしている。一緒に暮らしている僕からすれば、どこにでもいるような四十四歳のくたびれた中年男なのだが、なぜか女性にはそれなりにもてているらしい。

僕が洗い物を終え、自分の部屋に戻って登校の準備をしていると、関さんの部屋から大

きな放屁《ほうひ》の音がした。自分でしたくせに「うわっ、臭《くせ》え」などと叫んでいる。さらには、

「おーい、翔太、お前もこっち来て匂ってみろ。すんげえ臭えから」

と壁越しに声を掛けてくる。何も答えないでいると、僕の部屋に顔を覗《のぞ》かせた。着替え途中のだらしない格好のままだ。これで女性にもてるのだから、世の中は不思議としか言いようがない。

「ところで翔太、なあ、何かを調べようと思ったら、やっぱ図書館だよな」

唐突にそんな話題を振ってきた。

「あ、うん。そうだね」

「図書館っていったら、北部《ほくぶ》公民館の二階にあるあれだよな」

「うん。他にもあるけど、ここからいちばん近いのはあそこだよね」

「あそこに行って、それから、どうやって申し込めばいいんだ？」

「身分証明書を——だから関さんの場合には免許証だけど、それをカウンターで見せて、書類を書いて、カードを作ってもらって、そうしたら本が借りれるし、今はCDとかもあるから、そういうのも借りれるし」

「そうか」

僕の説明を聞いた関さんが、いかにも「面倒だな」という表情をしたので、付け加える。

「借りるんじゃなくて、その場で見るだけなら、そういう手続きもいらないよ。ただふら

っと入ってって、中で本とかを読んで、ふらっと出てくるだけなら、別に誰にも何も言われないし」

「あ、そうなんだ」と、今度は満更《まんざら》でもなさそうな表情。

「あと、開いてる時間がたしか、夕方の五時までだったと思うから、行くんだったら早めに起きないと。どうせこれから寝るんでしょ」

「うん。でもまあ、別に今日でなくてもいいし」

「何調べんの？　音楽のこと？」

「うーん、まあな。サンキュー。わかった」

「どういたしまして。あ、僕、そろそろ学校行く時間だから」

と言って僕が鞄《かばん》をつかんで立ち上がると、

「おう。しっかり勉強して出世して、将来は俺のこともよろしくな」

何の気なしに出た言葉なのだろうが、僕は返答に詰《つ》まり、結局無言のまま部屋を出てしまった。

鱈場《たらば》市の北の外《はず》れの田園地帯、桃谷《ももたに》という地区にある、老朽アパート「藤木荘《ふじき》」の一〇一号室。ここでの生活も今年で十一年目になる。一九九二年の春——僕が五歳のとき、母が勤務先のクラブのオーナーと大喧嘩《げんか》をして、後先も考えずに寮を飛び出した後、当時付き合いのあった関さんの部屋に転がり込んだのが始まりで、以来十一年間、僕はずっと彼のお世話になっている。

このアパートに転がり込んだとき、母は住所変更の届出はしたものの、関さんとの入籍はしなかった。内縁の妻というか居候《いそうろう》というか、そんな感じで四年間ほどを過ごした後、僕が小三のときに、新しい勤務先のパブで金回りのいい客をつかまえたとかで、僕一人を置いて勝手にこの部屋から出て行ってしまった。それきり音信不通で、今ではどこでどうしているか、まったく不明である。

ともあれその時点で僕は、自分の保護者というものを失ってしまったのである。母方の祖父母は僕が生まれる前に早世しており、また母はいわゆる未婚の母というやつだったので、僕には父方の縁者もいない。本当の父親が誰なのか、僕が大人になったら教えるつもりだと母は言っていたらしいのだが、その前に自分が出て行ってしまったのだからしょうがない。でも関さんが父親でないことだけは、それまでの経緯からして明らかであった。

赤の他人のお世話になっているということで、特に母がいなくなってからの七年間、僕はずっと肩身の狭《せま》い思いを抱きながら、この部屋で生活してきたのだ。

ところが、これは高校に入るときに初めて知ったことなのだが、僕は戸籍上は、関さんの養子ということになっていたのである。「あくまでも便宜上のことだから」というのが関さんの説明で、どういうことかというと——母が出奔《しゅっぽん》した時点で、保護者を失《な》くした僕は、本来ならば、施設《しせつ》に預けられるか何かしなければならなかった。でも関さんがそれでは可哀想だといって、僕を養育し続けようとしたのだが、赤の他人である関さんが僕の保護者になるためには、養子縁組という措置《そち》が必要だったという話で――だから戸籍上は、「関翔太」というのが僕の本当の名前なのである。でも僕は小学校から中学までずっと、自分が「犬育《いぬいく》翔太」という名前だと信じていたし、現在でも「犬育」というちょっと珍しい苗字を名乗り続けている。学校側には関さんのほうから「複雑な家庭の事情」ということで話を通してあるらしく、それで特に問題になるようなこともなかった。

だから後は家庭内の問題が残るだけで――たとえ書類上では「養父」だったと判明しても、僕のほうでは十年以上もの間ずっと「関さん」と呼んできた人のことを今さら「父さん」とは呼びづらいし、また関さんのほうでも特にそれは望んでいない――というところで、先ほどの「あくまでも便宜上のことだから」という説明が入るのである。で結局、高校に入ってからも、僕らの関係は特に変わらないまま、今日に至っているというわけだ。

玄関を出たところで、新聞を手にした魔人ブウとばったり行き会った。

「あ、おはようございます」

僕が挨拶《あいさつ》をすると、会釈《えしゃく》のような動作から自然と顔を逸《そ》らし、無言のままそそくさと部屋に入ってしまった。三ヵ月ほど前に隣の一〇二号室に越してきた三十歳ぐらいの男で、かなりのデブである。長髪を頭の上で束《たば》ねており、その姿が「ドラゴンボール」に出てきた魔人ブウというキャラクターに似ているので、僕と関さんの間では「隣の魔人ブウ」という呼び名で通っているが、本当の苗字は「仲《なか》手《て》川《がわ》」というらしい。表札にも郵便受けにも名前を出してないのだが、駐輪場に一台増えたピンク色の自転車の後輪カバーに、その名前が書かれていた。色彩感覚的にどうよと言いたくなるその自転車は、ほとんど活用されておらず、魔人ブウはだいたいいつも部屋にいるのだが、何をして暮らしているのかはよくわからない。人当たりの良い一〇四号室の吉村《よしむら》さんですら、いまだに挨拶以外の言葉を交《か》わせていないというから、その人嫌いぶりは徹底している。

ちなみに一〇四号室の吉村さんというのは、四十歳ちょい手前ぐらいのオカマさんである。オカマを美人とそうでない人に二分した場合には、確実に後者に入るタイプ。関さんと並んでこのアパートの現在の住人の中では最古参の一人であり、二十代のころからずっと洋裁関係の仕事をしているという。世話好きな性格で、母の失踪後にはいろいろと僕の面倒を看てくれたりもした。だから僕にとっては母親がわりの大切な存在である（ただし僕のことを「ブリちゃん」と呼ぶのは勘弁してほしい）。

さてと。今日は半日授業で、午後はまるまる休みだし、さらに明日からは三連休と。

気持ちを切り替えながら、自転車のサドルにまたがる。

普段とさして変わりのない、平穏な一日の始まりだった。少なくとも、このときにはまだ。

2

十月十日は統計的に降雨の確率が非常に低い「晴れの特異日」なのだそうだ。見上げた空は白っぽい雲に薄く覆《おお》われていたが、雨に見舞われる心配は今年も特にしなくて済みそうだった。

午前中の授業の間は何事もなく平穏に過ぎた。昼に放課となった後は、午後に部活があって学校に居残る生徒たちを尻目《しりめ》に、僕はすぐに帰宅の途についた。校内で耳寄りな情報を入手して、さっそく試してみたいと思うことがあったのだ。

駐輪場に自転車を止め、「ただいまー」と言いながら玄関のドアを開ける。

たぶん関さんはまだ寝ているだろうと思っていたのだが、部屋を覗いてみたら不在だった。いちおう仮眠はとったらしく、寝乱れた布団の上にパジャマが脱ぎ散らかしてあった。クラリネットのケースは部屋の隅に置かれたままだ。

仮眠もそこそこに起き出して、朝方言っていたように、北部図書館にでも行ったのだろうか。

そう考えてみたのだが、どこか違和感のようなものが感じられた。何だろう。

自分の部屋に行くためにキッチンに戻ると、冷蔵庫のドアに磁石で紙が留《と》めてあるのを見つけた。

しばらくの間、外出している。
当座の生活費は食器棚の引き出しに入っている。
帰れるようになったらまた連絡する。
それまでの間は一人でよろしく。　夏

磁石を外して裏面を確認すると、メモ用紙として使われていたのはA4サイズの楽譜であり、そこに乱雑な字で右のような文章が書かれていた。くねくねとした字体は関さんのものに間違いなかったが、用紙の選択も、殴り書きのような筆跡も、それが大慌てで書かれたことを示している。

そこに不審な感じを抱きはしたものの、僕は同時に何ともいえない解放感を味わっていた。

関さんの言う「しばらくの間」がどの程度の期間を意味しているのか、定かではなかったが、生活費の心配をしている以上、最低でも数日間といった単位のことを想定しているのではないだろうか。

ということは、今日の午後から土・日・月曜と、三日半の休みの間、僕は完全に独りでとなのだ。

いられる。誰にも気兼ねすることなく、ここで自由を満喫できる。つまりは、そういうこ

自分の部屋に行って通学鞄を置く。

「あれ?」

棚に置いてあったはずのクラリネットのケースが見当たらない。関さんが持って行って

しまったらしい。

この家には現在、クラリネットが二本ある。ビュッフェ・クランポンのR－13と、ヤマハの450である。関さん流の呼称だと、前者が正妻「クララ」で、後者は愛人「あき」ということになる。ちゃんと聞いたことはないのだが、正妻の「クララ」という愛称はおそらくメーカー名の「クランポン」から採られたものであろう。一方、最近になって「やまちゃん」から「あき」に改名されたヤマハのほうは、もしかしたらグラビアアイドルの「ほしのあき」が由来だったりするかもしれない。関さんが気まぐれに買ってくる週刊誌のグラビアには、必ずと言っていいほど「ほしのあき」が載っているので、少なくとも関さんが彼女のファンであることは間違いない。

その二本のうち、関さんが仕事で使うのは主に正妻「クララ」のほうで、愛人「あき」はその控えという位置づけである。「クララ」の調子が悪いときや、あるいは気に入らない仕事に行くときなどには「あき」を使うこともあるが、それ以外はたいてい家に置きっ

ぱなしだ。だから愛人「あき」は、最近ではもっぱら僕専用のクラリネットという感じになっている。

関さんは、他のことに関してはいいかげんなのだが、こと音楽に対しては常に真面目で、練習はほぼ毎日しているし、ジャズのアルバムも二百枚以上は持っていて、家にいて起きている間はだいたいそのどれかを流している。だから同居人である僕も、小学生のころからジャズには親しんできたし、今ではクラリネットの演奏技術もかなり上達していて、できれば「クララ」を吹いてみたいという思いは常にあった。でも関さんは、これは俺の正妻だから（つまり完全に仕事用だから）と言って「クララ」には触らせてもくれない。僕もその言葉に従って、愛人「あき」でずっと我慢してきた。

でも今日は、その「あき」を関さんが持ち出していて、かわりに「クララ」が家に残っている。

これは予定外だった。どうしよう……。

僕の通う鱈場高校の三年生に、本庄絵里《ほんじょうえり》という女生徒がいる。童顔で巨乳の、すごい上級生がいるということで、一部のクラスメイトの間ではすでに一学期の間から話題になっていた……らしい。僕が知ったのは九月も後半に入ってからである。月曜日の二時間目の授業が終わった瞬間に、なぜかクラスの男子数名が教室を飛び出して行ったので、親友の里崎《さとざき》に後で理由を聞いたところ、

「この時間、三年二組の女子は体育なの。速攻で廊下に出ると、運が良ければエリちゃんの体操着姿が見られるの」

と説明を受けたのが最初だった。

「女子ならうちのクラスにだっているのに」

「いやいや。お前もエリちゃんを目《ま》の当たりにしたら、そんなこと言ってられなくなるって」

と里崎は言ったが、実際そのとおりになった。翌週の月曜の二時間目終了後の休み時間、廊下側の窓から見下ろしたグラウンドで、初めて本庄絵里さんの姿を見たときの衝撃といったら……。

体操着の胸の膨《ふく》らみが、もう、半端じゃない。それでいて幼さを感じさせる顔の作り。こんな女子がうちの高校にいたのか。

その晩の夢の中にまで出てきたほど、僕は彼女に一発で参ってしまったのである。

里崎たちは、彼女が川向こうの新谷《しんたに》という町に住んでいること、九月の文化祭までは化学部の部長を務めていたことなどを、すでに突き止めていた。そして今日、里崎が僕にこう言ったのである。

「エリちゃん、音楽はジャズを聞くのが趣味なんだってさ」

ジャズが趣味。ならば僕がお近づきになれるチャンスもあるかもしれない。

といっても、いきなり彼女の前に歩み出て、「僕は犬育といいます。ジャズが趣味でクラリネットを吹いています」とアプローチするのも、かなり変な気がする。妙なやつと思われるかもしれない。

そこで僕が考えたのが、偶然を装った自然な出会いというやつで――彼女が学校の帰り、自転車で橋を渡っていると、川の方角からジャズの音色が聞こえてくる。堤から見下ろすと、鱈場高校の制服を着た男子が河原でクラリネットを吹いている。自分と同じジャズ好きの生徒が同じ高校にいたんだ。興味を持った彼女は自転車を止め、堤を下りて、僕に話し掛けてきてくれる……。

里崎から話を聞いた直後に、僕が思い描《えが》いたのは、そんなシチュエーションだった。

それをさっそく今日の午後――すなわち今これから――試してみようと思っていたのである。部活もすでに引退している本庄さんは、学校に居残ることもなく、すでに帰途についているに違いない。でも僕のほうがもっと早く学校を出たはずで、急げばまだ彼女の帰路には先回りできるはずだ。

ところが帰宅してみれば、自分用の「あき」が手元にないときた。計画を諦《あきら》めるか。それとも関さんの言いつけを破って「クララ」を持ち出すか……。

逡巡《しゅんじゅん》は一瞬のことだった。僕は関さんの部屋に行き、「クララ」の革ケースを摑《つか》んで家を飛び出した。

自転車を漕《こ》いで五分。福出川《ふくで》に架かる翠橋《みどり》を渡り、堤を上流に少し行ったあたりで自転車を止める。彼女が新谷に住んでいるのなら、必ずここを通るはずだ。河原に下りる。平日の昼過ぎということもあって、人の姿はほとんど見られない。遊歩道のベンチに楽器ケースを置き、クラリネットを組み立てる。

木管楽器は天日の下で演奏するのには向いてないと言われているが、今日は薄曇の空で、暑くも寒くもない絶好の演奏日和《びより》。川面をわたる風もゆるやかで、湿度もほどよく、演奏には適しているように思われる。

本庄さんはまだここを通っていない。そう信じつつリードを舌で湿らせ、マウスピースを口にくわえた。橋にやや背を向けるような立ち位置で、川面に向かって音を出す。ドから始めて、レ、ミ、ファ、ソと長音を鳴らし、一分ほどかけて管を温めた後は、いよいよ曲の演奏に入る。

一曲目は「テイク・ファイヴ」にした。言わずと知れたジャズの名曲。四分の五拍子という破格のリズムが特徴的である。

初めて吹いた「クララ」は、「あき」に慣れた僕には少々癖《くせ》が強く感じられたが、それでも演奏しているうちに音が馴染《なじ》んできた。「あき」では出せない深みのようなものが音に感じられる……。そう思いながら最初に戻ってフレーズを繰り返してゆく。その気になればエンドレスで演奏できる曲である。

そうやってクラリネットを吹いているうちに、いつしか当初の目的も忘れて、曲を奏でること自体が僕の目的になっていた。いわゆる没我の状態である。

いい音がしている……。

耳に入ってくるのはただひたすら自分の演奏の音のみ。

僕は基本的に譜面を見ずに演奏をする。曲は僕の耳が憶《おぼ》えている。その音を再生するときには特に意識をせずとも自然と指が動いている。CDを聴いて憶えたとおりに演奏するのに飽きてきたら、自分なりのアレンジを加え出す。脳の中でフレーズが次々に生み出されてゆく。そのフレーズを自分の指が自然となぞって奏でてゆく……。

最後に単音を捏《こ》ねまわすようにして演奏を終了した。本当ならばドラムがリズムを刻んで演奏を締めるところなのだが、クラリネットの独奏では最後の締めがさほど決まらないのは仕方がない。

演奏を終えると同時に、背後で拍手の音がしたので、僕は驚いて振り返った。すると――。

すぐそこに本庄絵里さんが立っていた。

演奏に夢中になりすぎてつい忘れてしまっていたが、こうして彼女と自然に出会うというのが、僕の本来の目的だったはず。あまりにも望みどおりの展開になったので、僕は一瞬ぽかんとしてしまった。

「ごめんね、驚かせちゃって」

彼女が僕に向かってそう話しかけている。これは夢じゃないのか。

「いえ。ありがとうございます」

拍手に対して一礼を返す。次に何を言おうかとドギマギしていると、

「あのー、ユーって、うちと同じ——鱒高の生徒だよね」

出たー。相手のことを「ユー」と言い、自分のことは「うち」と言う——これも里崎が化学部の一年生から仕入れてきた「エリちゃん情報」の中にあったデータである。

鱒場高校の制服は男子も女子も、紺とグリーンのチェック柄のブレザーという特徴的なものである。市内に同じ制服の学校がないため、すぐにそれとわかる。

「あ、はい。一年生の犬育翔太っていいます」

「へー、一年生なんだ。うちは三年の——」

「あ、知ってます。本庄絵里さん、ですよね？　一年の男子の間でも人気があるんですよ。そんな人とこうして話ができるなんて、光栄です」

「そんなこと……」

彼女は少し照れたような表情を浮かべた。ブレザーの下の胸ははちきれそうに膨らんでいるのに、顔立ちがこんなに幼くて可愛らしいなんて、もう、反則じゃないのと言いたくなる。そんな彼女が、

「犬育って、珍しい苗字だよね。……犬育くん。うーん、ちょっと呼びにくいから、ユーのこと、翔太くんって呼んでもいい？」

などと言う。

「いいですいいです。呼んでください。もう、照れるなあ」

何を言ってるんだ僕は。完全に舞い上がっている。うわー。どうしよう。頭の中はパニック状態だが、それでも会話は続いている。

「ところでユーって、ちょっとハーフっぽいよね、顔立ち」

「ええ、ほんのちょっとだけ、アメリカ人の血が入ってます。母方の祖母がアメリカ人だったらしくて、だから母がハーフで、僕はクオーター……なのかな？」

厳密に言えば、そのへんのことも、父親次第では変わる可能性がある。たとえば僕の父親が実はハーフだったり、クオーターだったりすれば、僕はクオーター（外国人の血が四分の一）ではなく、四分の二とか八分の三とか、そんなような比率になってしまうのだ。でも僕は、髪も黒いし瞳も茶色いし、肌もそんなに白っぽくないから、おそらくクオーターだろうと――自分の父親は純日本人なのだろうと思っている。

普通だったら好んで触れないような、自分の出生に関するそんなプライベートな話題も、本庄さんの前ではついペラペラと喋《しゃべ》ってしまう。

「そうなんだ……。ごめんね、変なこと聞いちゃって」

「いえいえ。特に気にしてないですから」

本庄さんはすぐに話題を変えた。

「演奏、すごい上手だよね。ジャズが好き？」

「好きです。もうジャズばっかり聴いてます」

「うちもかなり好きで、アルバムとかもけっこう持ってたりするけど」

「たいがいの曲は演奏できますよ。何かリクエストあります？」

「うーん、じゃあ、『メモリーズ・オブ・ユー』は？」

これまた定番の曲である。僕は無言のまま彼女に背を向け、川面に向かって演奏を開始した。彼女が背後で聴いていると意識しながらの演奏は、思っていた以上に緊張する。考えてみれば、関さん以外の人の前で僕がクラリネットを演奏すること自体、これが初めてなのだった。緊張のあまり、ときおり脳内が真っ白になりかけたが、何とか曲を無事に吹き終える。拍手。振り返る。本庄さんが微笑《ほほえ》んでいる。

「すごいねー。ねえ、ユーって、ブラバンの部員とか？」

「いえ、趣味で吹いているだけです」

「そうなんだー。……ねえ、ちょっと聞きたいことがあるんだけど……。あ、そうだ。その前に、携帯番号とか、聞いてもいい？」

「いいですよ」

僕はポケットから自分の携帯電話を取り出すと、そのまま彼女に手渡した。別に中を見られてもいい——つまり自分にはカノジョがいません、というアピールのつもりだった。

「じゃあ、メアドもいい？」

「もちろん」

僕のケータイを受け取った本庄さんは、鞄から自分の携帯電話を取り出すと、その二つの機械の間で何かをピピのピッとやって、

「うちの番号も入れといたから」

と言って機械を僕に返してきた。携帯をポケットにしまう手が震えそうになる。もし里崎たちがこのことを知ったら、どんなに羨《うらや》ましがるだろう……。

まぶしくて本庄さんの顔をまともに見られない。少し視線を下げれば、あの胸のふくらみがあって、そこを見詰めるわけにもいかない。僕の視線は先ほどから自然と彼女の足元に注がれている。

「あ、その脚、どうしたんですか？」

僕の視線の先、彼女の右脚のふくらはぎに、引っかき傷のようなものが一本、縦に走っているのを見つけたのだ。といっても生々《なまなま》しい傷ではなく、だいぶ前に引っかかれたのが、もうほとんど治りかけといった感じのものである。

「んもう、どこ見てんのよ。恥ずかしい」

そう言って両手に持った鞄で脚を隠しながら、説明をしてくれた。

「うち、家で猫飼ってるんだけど、その猫が一週間ぐらい前にいきなり、どうしちゃったのか、下からガッていきなり飛びついてきたの。それでガーッてやられて……」

その話を聞きながら、僕は想像の中で彼女の飼猫になっていた。猫目線で彼女を見上げる。するとスカートの中が丸見えになる。うわー。僕だって、思わず飛びつきたくなる……。

「……その猫の気持ち、僕、わからないでもない気がします」

正直にそう言うと、本庄さんにウケた。手をパンパン叩《たた》きながらひとしきり笑った後、

「ユー面白いね。……ねえ、もう一曲聞かせてよ。『グッド・バイ』とかは？」

「オーケー」

再び楽器を構えてマウスピースを口にくわえる。しかし演奏に入る直前、自分たち以外の人の気配をふと感じて、堤に視線を向けると、土手を三人連れの若い男たちが下りてくるのが目に入った。

明らかにこちらに向かって来ている。

とても嫌な予感がした。

3

「ねえねえ、そこのお二人さん。良かったら俺らも仲間に入れてよ」

先頭の一人がそんなふうに声を掛けてきた瞬間、僕は内心で「あっ」と声を上げた。三人組の先頭にいるのは、僕のよく知っているやつだったのだ。

同時に相手も僕のことに気づいたらしい。

「あれー、誰かと思ったら、犬育じゃん」

「なんだよ曽根《そね》ー、知り合いかよー」

連れの一人が言う。曽根はそれには答えず、へらへらと笑いながら僕たちの目の前まで歩を詰めてきた。そこで今度は、曽根の身長が自分よりも数センチ低いことに気づいて、僕は複雑な思いに駆られた。小学生のときにはクラスでいちばん大きかったのに。中学時代に成長が止まったのだろうか。今では少なくとも背丈の点では逆転している。そのことには曽根も当然気づいているし、僕に対する敵意はそのぶん割り増しになっている。

曽根潤二《じゅんじ》。小学校の三年から六年まで、僕はことあるごとにこいつから苛《いじ》められてきた。その苛めっ子と四年ぶりの再会など、したくはなかった。特に今は。よりによって本庄さんと一緒にいるときに。

「久しぶりー。会わねえうちに、お前、背ー、伸びたな」

高校生になっても曽根の性格は変わっていない様子だった。金色に染めた髪。耳には複数のピアス。ジャージズボンのポケットに手を突っ込み、ガムを噛《か》んでいるようなくちゃくちゃとした喋り方をしている。

僕のほうは今さら苛められっ子の役をやるつもりはなかった。だから堂々としていようと心の中では思っていたのに——いざ曽根を目の前にした瞬間、僕は反射的に目を逸らせてしまった。

「こんな可愛いカノジョと、え、河原でデートってか。そりゃまたえらく出世したもんだな。なあ、犬育。何だか洒落《しゃれ》た楽器なんか持っちゃって」

「翔太くん。行きましょ」

本庄さんが三人を無視する形で、僕にそう言ってくれたのだが、それを許す曽根ではなかった。

「おい待てよ。せっかく俺がこいつと、ホント、何年ぶりかで再会して、楽しんでるってのに、横から水を差すようなこと言うなよ」

僕は必死で考えを巡らせていた。ただ黙って苛めに耐えるしかなかった小学生のときとは違うのだ。今の僕は他の選択肢も考えられる。たとえば「戦う」——でも相手は三人組だし、本庄さんを戦いに巻き込むわけにもいかない。あるいは「逃げる」——僕一人なら逃げられるかもしれないが、本庄さんが同じように逃げ切れるとは思えない。ダメだ……。

選択肢の幅は広がったのに、結局は八方塞《ふさが》りでしかないのか……。

「その楽器、かっけーよな。俺にも吹かせてくんねえ？」

曽根は僕の持つ「クララ」に目を付けた。

「これは……」

首を振る。ダメなのだこれは。関さんの仕事道具だから。彼が大切にしているものだから。

「そんな冷たいこと言うなよ。……おい」

曽根が合図をすると、連れの二人が僕の両脇《りようわき》にすいと近づいてきた。それだけで僕はもう抵抗することが不可能になった。曽根が「クララ」を乱暴に取り上げる。

「これ、何だっけ？　フルート？」

「……クラリネット」

「わかってるって。わざとだよ」

明らかにわかってなかった表情で言う。

クラリネットは縦笛の一種であり、長さも太さもそれぞれ、小学生が授業で使うリコーダーを二まわりほど大きくしたような感じである。木管部分は艶《つや》のある黒に塗装され、そこに銀色のキー類がいくつも取り付けられている。機能性とデザイン性が一体化したその外観は、とても上品で美しく、また近未来的な感じもあって、十九世紀に発明された楽器とはとても思えない。

指で塞ぐ穴は全部で七つある。左手の親指で塞ぐ穴が裏側に一つあり、表側には上管に三つ、下管にも三つの穴が、それぞれ開いている。

リコーダーを吹いた記憶がある人ならば、ちゃんと上管を左手で、下管を右手で持つことはできるだろう。曽根も自然とそういう持ち方をした。適当に穴を指で塞ぎ、マウスピースをくわえて息をぷーっと吹く。しかしリコーダーとは違って、クラリネットはただ単に息を吹き込んだだけでは音は出ない。

「何だこりゃ。ぜんぜん音出ねえじゃん」

「もっとこう、リードを……その吹くところに付いている木のヘラみたいなのを、こう、ぶーって」

「うっせ。俺に指図《さしず》すんな」

僕のアドバイスを無視して、むきになって吹こうとするが、そのたびに、すかー、すかーと木管が音を立てる。

僕の両脇に立っていた二人が、そのさまを見て、ゲラゲラ笑い出した。

「ぜんぜんダメじゃん」

「曽根ー、笑かすなよ」

すると、顔を真っ赤にした曽根が、

「バカ。じゃあお前らもやってみろよ」

と言って、楽器をぽいと放ってきた。僕の左脇にいたソフトモヒカンの男が「おっと」と言いながらそれをキャッチする。クラリネットは、そんな乱暴な扱いをしていい楽器ではない。僕は思わず声を上げそうになったが、弱みを見せるとこいつらは余計に増長するだろうと思って、ぐっと我慢した。

モヒカンが二、三度試したが、やはり音は出なかった。続いて残る一人、黒ジャージのデブにも手渡される。デブは他の二人とは違って、単音を鳴らすことができたが、そこまでだった。

「ダメだ。むじー」

一回りしたところで、僕の手元に戻ってくればいいなと思っていたが、やはりそうはならなかった。デブは二メートルほど離れた場所にいた曽根に楽器を放った。コースが少し逸れている。曽根は「おっと」と言いながら身をよじって楽器をキャッチしたが、僕は思わず「あっ」と声を上げてしまった。

それが気に障《さわ》ったらしい。曽根が聞いてきた。

「何だよ。落としたらどうだってんだよ」

「それ、五十万円するんだぞ」

値段を、本当よりは少し高めに告げてみた。実際にはそこまではしないものの、でも高価な楽器であることには違いない。ふざけて壊したときに、簡単に弁償できる額ではない。そう告げることによって、楽器を返してもらおうと思ったのだが、

「へー。五十万だってよ」

曽根が明らかに馬鹿にしたような口調で言うと、「ほらパス」と言ってモヒカンに放った。受け取ったモヒカンは、僕から数歩離れると、今度はデブに向かって放る。デブはぎこちない手つきでキャッチした。僕はその間、どうすることもできず、内心でひやひやしながら、宙を飛ぶクラリネットの動きを目で追うしかなかった。

「やめてよ。もし落として壊したら、弁償してもらうからね」

思い切ってそう言うと、デブがひるんだような顔をしたので、取り戻すなら今だと思って一歩踏み出す。すると、

「おーい、ドク、こっちこっち」

曽根がパスを要求し、デブは曽根に向かってクラリネットを放った。見事キャッチした曽根に向かって、僕はもう我慢ならないと、詰め寄っていく。

「わかったよ犬育。お前に返すって」

曽根はそう言って、身を深く屈《かが》ませると、腕を思い切り強く振り、

「それっ！」

という掛け声とともに、渾身《こんしん》の力で「クララ」を大空高く放り上げたのだった。

あ、バカ。

上空十メートルぐらいの高さを、クラリネットが飛んでいる。目を疑うような光景がそこにあった。

「もし落としたら、お前、自分で弁償だからな」

背後に曽根の声を聞きながら、僕は走り出していた。上空を見上げたまま。落下地点に向かって。

間に合う。このままいけば無事にキャッチできそうだ。——と、そのとき、

「あぶないっ」

本庄さんの叫び声が聞こえた。視線を下に向けると、僕の駆けてゆく先にベンチがあった。楽器ケースを置いてある遊歩道のベンチだ。このまま走って行くとあのベンチにぶつかる。瞬時にそう判断した身体《からだ》が、本能的にブレーキをかけた。

ダメだ。もう間に合わない。

僕が足を止めたほんの二メートル先。クラリネットは、ちょうどそのベンチの上に落下してきた。下管が背もたれの上端に思い切り衝突する。続いてマウスピースが座面に当たって向きが変わり、上管が座面のへりに当たってさらに跳《は》ねる。僕の胸くらいの高さに跳ねた後は、遊歩道の舗装面に落ちて二度、三度と跳ねる。どこかに当たるたびにコン、コ

ン、と信じられないような大きな音をたてた「クララ」は、最終的に僕の足元へと転がってきた。
僕は腰を落とし、それをおもむろに拾い上げる。

「やったー！」

「ねっ！」

曽根たちが囃《はや》したてる声が背後で遠ざかってゆく。楽器を（そして僕を）傷つけて満足し、あとは弁償うんぬんという話になる前にその場から立ち去ろうというのだろう。

僕は拾い上げた「クララ」の被害状況を確認した。キーが何本か曲がっている。ベルの塗装《とそう》が一箇所剝《は》げている。上管の表面にへこみが見える。下管にも塗装が剝げた箇所が――いや、これは亀裂《きれつ》だ。

管割れだ。

亀裂は下管の端から端まで、つまり上管との接合部からベルまで、縦一本に繫《つな》がっている。表面にヒビが走っているというレベルではなく、中までぱっくりと割れている感じだ。

関さんの大事にしている「クララ」が。こんなふうにされて。

目の前がゆらゆらと揺れた。目に溜《た》まった涙が揺れているのだ。

僕は泣かない。泣いたら余計みじめになる。涙をこぼしたら負けだ。

僕は涙をこぼさない。

ぼんやりとした視界の中で、ただそれだけを僕は一心に念じていた。

4

「大丈夫?」

本庄さんが背後から声を掛けてきた。僕はゆっくりと首を左右に振る。

「ごめんね。うち、何もできなくて……」

僕はまた無言のまま首を振った。本庄さんは何も関係ない。罪悪感を覚える必要はない。そう答えたつもりだった。あまりにも自分がみじめで、今は声が出せない。今声を出すと、泣き出してしまう。

彼女も僕のそういう状態は理解してくれたようだった。前に回り込んだり、背中に触れたりせずに、しばらく僕をそのまま放っておいてくれた。

でも、三人組が彼女にちょっかいを出さなかったのは、不幸中の幸いと言えるのではないか。結果的に本庄さんだけは無事に守れたのだ。そう考えて僕は自分を奮《ふる》い立たせようとする。

とにかく、いつまでもこうしているわけにはいかない。僕は楽器を分解しはじめた。これを分解して、ケースにしまって、とにかく早くこの場から立ち去ろう。今のみじめな自分を、一刻も早くこの場から——彼女の前から退場させなければならない。

しゃがんだままベンチににじり寄り、楽器ケースの蓋《ふた》を開ける。

すると、それまで僕の背後でずっと黙っていた本庄さんが突然、小声でこんなことを言い出した。

「ねえ、てか、ホ……テル、行こうよ」

僕は思わず作業の手を止めてしまった。

「こんなことになったのも、きっとうちのせいだよ」

違う。本庄さんは無関係です。そう言いたいのだが、まだ息が震えていて声を出せない。

彼女の声は次第に熱を帯びたような感じになってきた。

「ねえ、オナニーもせずに放っておいちゃダメでしょ」

僕は耳を疑った。先ほどの「ホテル」発言も唐突だと思ったが、そんなのは比較にならないほどの衝撃発言だった。憧《あこが》れの本庄さんの口から「オナニー」なんて言葉が出るなんて。

「うち、あ、焦《あせ》ってる」

突然のエロモード全開に、焦っているのは僕のほうだった。彼女の一連のエロ発言は、結果的に一種のショック療法にはなったらしく、僕の全身を浸していたあのみじめな気持ちはいつの間にか和《やわ》らいでいた。今はどうにか言葉を発することができそうだ。

「別に……無理に、慰めなくてもいいよ」

「ノー。セックスって、ユーにだけ」

本庄さんの言葉は相変わらずエロくて熱っぽい。

「ユー、乗ってくる……でしょ？　とにかく出すべきだと思う。うち、させてあげる」

こんなチャンスは二度と訪れないのではないか……僕が曽根たちに苛められて、楽器を壊されて、みじめな状態の今だからこそ、彼女は同情して、させてくれると言っているのではないか。

どうする俺。彼女のあの巨乳を、服の上からではなく、生《なま》で見られるのだ。見られるだけでなく、揉《も》んだり撫《な》でたり、いろいろできるのだ。身体と身体を重ね合わせられるのだ。

自分の性欲をかきたてるような想像を、そうやってあえてしようとするのだが、どうしても彼女のように熱い気持ちになることができない。

こんなみじめな姿を晒《さら》している今ではなく、もっと普通の状態で言ってほしかった。

「今は……いい」

妄想を断ち切るように首を左右に振りながら言った。クラリネットをしまったケースを手に提げて立ち上がる。でもまだ彼女と顔を合わせることはできそうにない。背中を向けたままだ。

「じゃあ後で。でも場所とか……ないでしょ？」

本庄さんはまだその話を続けている。

今ではなくて、もっと後だったら……。

セックスをする場所、か。藤木荘の部屋は今日から三日間、自由に使えるみたいだけど、でもあんなボロアパートじゃまずいだろうな。声とかも壁越しに筒抜けになりそうだし。

「うーん、よくわかんない」

「でも……セックス、ないでしょ?」

経験が、という部分が省略されていたが、意味は通じた。僕は正直に頷《うなず》いた。童貞だと告白してしまった。そう思うと、急に恥ずかしさがこみ上げてきた。

「僕……いったん家に帰ります」

「じゃあ、あとで写メ撮ってメールするね。……元気出せよ青少年」

その声を背後に聞きながら、僕は土手の斜面を駆け上がった。楽器を壊された後、結局最後まで、彼女と顔を合わせることができなかった——そんな自分の心の弱さを、恥ずかしく思いながら。

5

複雑な思いを胸に抱えたままペダルを漕ぎ、「藤木荘」一〇一号室へと帰りついた僕は、まず最初に関さんの部屋を覗いてみた。室内は先ほど家を出たときと何ら変わりはなかった。寝乱れた布団に脱ぎ散らかされたパジャマ。関さんはまだ戻って来ていない。

布団の脇に座り込み、目の前に置いた楽器ケースをじっと見詰める。

壊れた楽器……本庄さんから掛けられた言葉……。

落ち込みながら同時に浮かれるというのは、僕には複雑すぎて無理だった。相反する二つの感情は、それぞれ別に処理するしかない。

まずは落ち込むことから始めよう。曽根に再会したこと、またしても苛められたこと、しかも本庄さんの前でやられたことなどは、精神的にはつらい経験だったが、僕自身が悪いわけではないし、心の傷も時間さえ経《た》てば何とかなるだろう。僕にとって問題なのは、関さんの楽器を無断で持ち出して、結果的にそれを壊してしまったこと。それは僕自身の罪だった。

まるであの歌みたいだなと、ふと思った。小学校で習った「クラリネットをこわしちゃった」（石井好子訳詞）の歌詞が脳内で再生される。

ぼくの大すきな　クラリネット　パパからもらった　クラリネット
とっても大事に　してたのに　こわれて出ない　音がある
どうしよう　どうしよう

まるで僕の今の心理状態をそのまま歌詞にしたような歌である。

どうしよう……。どうしよう……。

関さんが家にいれば、すぐにでも謝らなければならないところだったが、不在なのでそれを先延ばしにできたのは、ある意味ラッキーだったと正直思う。あるいは、もしかしたら最後までバレないように事を運べるかもしれない。その可能性を、僕は先ほどからずっと考えている。

木管楽器の管割れは、一般的に修理が可能だと言われている。といっても単なるヒビ割れでなく、今回のようにぱっくりいってしまった場合がどうなのか、調べてみないとわからないのだが、それでも修理が可能だという前提で考えてみよう。

関さんは自分で楽器の手入れをする。タンポの交換もバネの取替えも、必要な部品はどこかで購入してきた上で、作業はすべて自分の手でやっている。僕がほぼ専有している愛人「あき」に関しても、そういった面倒はすべて関さんが看てくれている。なので僕自身は楽器店に足を運んだこともないし、そういった修理がどこまで可能なのか、そして修理費がどのくらいかかるのか、また修理が終わるまでにどれだけの期間が必要なのか、そのへんのことがよくわかっていない。

でももしそれが、今手元にある金額で修理が可能であり、関さんが不在の間に（これも期間が定かではないのだが）元通りに直せるのなら、それで頰《ほ》っ被《かむ》りして済んでしまうのではないか。

いや、たとえ後でバレたとしても、とりあえず「クララ」を修理に出すというのは、この場合、必ず通らなければならない道であろう。

自分が今まずすべきことがひとつ見つかった。一歩前進である。ただし、楽器をどこに修理に出せばいいのかがわからない。

キッチンに行って、電話台の下から『タウンページ』を引っ張り出す。「楽器」という単語を探してページを繰ってゆくと、「楽器修理」というドンピシャな項目が見つかった。鱈場市内で掲載されている店は――「アルト楽器」「門野《かどの》楽器店」「株式会社ジーシーエム」「ドックス」「ユーミュージック」の五軒か。住所がいちばん近いのは「門野楽器店」だが、クラリネットを扱っているかどうかは、直接聞いてみないとわからない。

番号をプッシュすると、しばらくコール音が続いて、相手が出た。

「はいも　も」

回線の接続状態が悪いのか、音がぷちぷち途切れて聞こえている。

「あ、も　も　、えー、あ　？」

僕の声も途切れている。いや。そんなはずはない。

僕は回線を通さずに生で自分自身の声を聞いているのだから。それが聞こえないなんて。

「も　も　？」

いぶかしがっている相手の声も、相変わらず途切れ途切れである。

「あー」

と言ってみる。ちゃんと聞こえている。

大丈夫。今のは気のせいだったに違いない。

「えーとですね、そち　で、ク　リ――」

発話の途中で再び絶句する。また自分の声が一部聞こえない。

「ク　リネットがどうか　ま　た？」

相手の声も抜けている。僕はそこで今発生している問題の法則性のようなものに気づいた。「ら」と「し」の発音が聞き取れないのだ。

「すいません。また掛け直　ます」

異状を抱えたままでは通話を続けられない。僕は受話器を置いた。

どういうことだ？

試しに「あー、いー」と発音してみる。が、途中で考え直して「あいうえおかきくけこ」と早口で言っていくことにする。

「……さ　すせ　、　、　……」

うーん。どうやら「そ」もダメらしい。まだあるかもしれない。「たちつてとなにぬね

のはひふへほま　むめも」――「み」もダメだ。

あ、まさか……。「み」「そ」「ら」「し」がダメだということは……。

「　。　。　」

やはり「ど」「れ」「ふぁ」もダメだった。

要するに僕は今「ド・レ・ミ・ファ・ソ・ラ・シ」が発音できないのだ。発音できないし、聞き取ることもできない。

「　　　　　　」

自分では思いっきり「どーーーーーーーーー」と大声を出しているつもりだ。喉《のど》にその実感はたしかにある。なのに聴覚にはまったく届いていない。こんなことがあっていいのか。

そのとき、隣の一〇二号室との境の壁が、どんと向こう側から叩かれた。うるさい、という意思表示だろう。

……うるさい？

「　　　　　」

また大声で叫んでみる（自分では「どーーーーーーーーーー」と言っているつもりである）。その間、僕の聴覚には、冷蔵庫がたてる静かなうなり音が聞こえるだけだった。

しかし二秒ほどして、また隣室からどんという音がした。

隣の魔人ブウには、僕のこの声が聞こえているのだ。

ちゃんと声は出ているのだ。「ド・レ・ミ・ファ・ソ・ラ・シ」の発音はできている。声帯はちゃんと機能している。機能していないのは耳だ。聴覚だ。「ド・レ・ミ・ファ・ソ・ラ・シ」の七つの発音が、その七音だけが、聞こえないのだ。自分の声も含めて。

ドとレとミとファとソとラとシの音が出ない
ドとレとミとファとソとラとシの音が出ない

まったくあの歌のとおりではないか。僕の場合、正確には、音が出ないのではなくて、言葉が聞き取れないのだが。

「　よ、　　よ」

思わず歌詞の続きが口をついて出たが、そこでもやはり「どーしよ」の「どーし」の部分が抜け落ちて聞こえてしまう。

楽器が壊れたどころの話ではなくなってしまった。

僕の聴覚が壊れてしまった。

6

一〇四号室を訪ねると、幸い吉村さんは在室だった。

「あ、ブリちゃんじゃないのー。いいのよ、入って入って」

と快く僕を招き入れてくれる。

「よむ　さん。僕、なんか　が変になっちゃったんです。と　と　と　とっていう言葉が聞き取　なくて。今こう　て自分で言ってても、と、と、　たいにか聞こえてないんですよ、自分の　には」

まずは現在の症状を説明し、それから事の経緯を大まかに説明した。学校から帰宅したら関さんがいなかったこと。触るなと言われていた「クララ」を持ち出して河原で演奏をしたこと。そこに小学生時代のクラスメイトが来て楽器を奪われたこと。そいつが放り投げて返した「クララ」をキャッチし損ねて壊したこと。帰宅して「クラリネットをこわしちゃった」の歌詞を思い出した途端に、こんな状態になったこと……。

本庄さんのことは意図的に抜かしたが、あとは事実のままを正直に話した。

吉村さんは目を丸くして、僕の話を最初から最後まで聞いてくれた。ときどき「あー」と言葉をはさみながら。実際には「あら」と言っているのが口の動きでわかる。

発話者と面と向かっている場合には、抜け落ちた言葉が何であるか、つまり相手が何と言っているかが簡単に推測できるということを、僕は理解していた。

吉村さんは、嘘みたーい、と言って（僕の耳にはそれも「う　　たーい」と聞こえる）、

「マジなのね？　本当に　とか　とか、聞こえない？」

「あ、はい」

「　。まるで『ク　リネットの呪い』ね。あ、ちょっと向こう向いて」

僕は言われるままに、吉村さんに背を向けた。

「聞こえた　すぐに手を挙げて」

僕はすぐに手を挙げた。

「うーん。いけず。……じゃなくて、わた　が肩を叩いてか　。いい？」

ぽんと肩を叩かれる。しばらく無音が続く。

「じゃあ今度。いくわね」

また肩を叩かれる。すぐに「おーーー」と声が聞こえたので、僕はさっと手を挙げた。

「いいわ。ブリちゃん、こっち向いて」

吉村さんが説明をしてくれる。

「今のはね、音を伸ば　たときに　なるのか、実験　て　たの」

その説明によると――「どー」と伸ばしている途中で、発音者である吉村さんが心の中

で「ここからは『おー』という別な音だ」と思っても、長音が続いている間は、僕はそれを聞き取ることができなかった。でも「どー」という長音の途中で、吉村さんが一度音を途切れさせたときには（つまり吹奏でいうタンギングをしたときには）、その先は別な「おー」という発声として僕には聞こえたのだった。

「発音者の意　とは無関係ってことね。じゃあ次。いい？　しゃ、　、しゅ、しぇ、しょ」

「えーと、しゃ、しゅ、しぇ、しょは、ちゃんと聞こえま　た」

「うーん。きっちり『　　　』だけがダメなのね。　てか　ね」

最後の部分は「どうしてかしらね」である。文字で書いた場合には「どうして」であっても「う　て」とはならない。発話者がそれを「どーして」と発音していれば、そのまま「どーし」が抜け落ちて、僕には最後の「て」だけしか聞き取れないのだ。

「　もこ　は、　に問題があるんじゃなくて、聴覚──だか　脳のほうの問題っぽいわね」

「やっぱ、　　ですか」

僕もその可能性はけっこうあると思っていたのだ。耳ではなく脳の問題。

吉村さんの説明は続いた。それによると──僕は関さんのクラリネットを無断で持ち出して、壊してしまったことを、悪いことだと自覚していた。自分で自分を罰《ばつ》したいという気持ちが、すでに下地としてあった。そこに「クラリネットをこわしちゃった」の歌詞を思い出し――『ドとレとミとファとソとラとシの音が出ない』というあの歌詞を自分で意識した――その途端に、現在の症状が表れたのだ。つまり、あの歌詞を思い出したときに、僕の脳が、よし、自分に対する罰はこれにしようと、決定を下したのである。その決定を受けて、僕の脳は、聴覚をつかさどる部分のどこかに、『ドレミファソラシ』の七音だけを跳《は》ね返す壁のようなものを作って……。

「要するに、肉体的なト　ブルじゃなくて、精　ん的なト　ブルってことね。ま、言ってば、『ク　リネット症候群』って感じか　。だか　の『自責の念』のおおもとの原因を取り除いちゃえば、　の症状もすぐに治るんじゃないか　ねえ」

吉村さんの説にはかなりの説得力があった。あの曲の歌詞にちなんで、僕の脳が僕自身に与えた罰がこの症状だとしたら……。

「壊　た楽器が元通りにな　ば、この症状も治るってことですか?」

「　よりも、関ちゃんに　か　るのが一番かも」

関さんに叱られる。外部からちゃんと罰を与えられれば、自分で自分を罰する必要はなくなる。

「でも関さん、今いないんですよ。　こかにふ　っと出てっちゃった　たいで」

「あ　。ダメねー。うーん、でもとにかく、まずは関ちゃんに電話　て　なさいな」

「でも電話だと……。今、よ　む　さんとこう　て、面と向かって話　ているときは、抜けてる音も口の動きで補足できるんだけ　、電話だと　がうまく聞き取　ないかも　　ない……」

「うーん、じゃああた　が掛けたげる。ブリちゃんの症状も、何で　んなふうになっちゃったかも、ぜんぶあた　が説明　たげるか　、　の後でブリちゃんが自分の口で、ごめんなさいって謝る。　　でいい？」

「あ、はい」

というわけで吉村さんに携帯を渡したのだが、

「うーん。呼び出　音は鳴ってるんだけ　、出てく　ないのよ」

首をひねりながら通話を切って、僕に電話を返してきた。

「関さん、寝不足のまま出てった　たいだか　、　こかで寝てんじゃないかな」

誰かの部屋で——たぶん女性の——という部分はあえて言わない。

「電話がダメだったら、メールか　ね」

吉村さんに勧められて、僕は関さんにメールを打つことにした。「クララ」を勝手に使って壊してしまったことを書き、それが原因で聴覚に異状が出て「ドレミファソラシ」の七つの言葉が聞き取れなくなったこともあわせて報告する。もちろん「すみませんでした」の八文字も忘れずに書いた。そして、送信。

これで治ってくれ。

メールを読んだ関さんは、僕を叱ってくれるか、あるいは許してくれるか。どちらに転んでも、この症状がそれで治ってくれればありがたいのだが……。

ただし、端《はな》から読んでもらえなければ、どうにもならない。

いったいどこにいて、今何をしてるんだ、関夏彦。

7

吉村さんは、ずっとこの部屋にいていいよと言ってくれたのだが、僕は自分の部屋に戻ることにした。たとえ気心の知れた吉村さんが相手であっても、こんなふうに聴覚に問題がある状態で、誰かと会話を続けるのは、精神的にかなり疲弊《ひへい》するということがわかったからである。

一〇一号室に戻って独りになると、それだけでほっとした。

ボーカルの入っていないCDを選んで曲を流す。

不意に自分のお腹《なか》がひどく減っていることに気づいた。昼食を抜いて急いで河原に行ったからだ。朝に炊《た》いたご飯の残りで簡単な食事を作って食べると、さらに気分が落ち着いた。

自室の床に寝転んでくつろいでいると、携帯にメールが一件着信した。関さんからかな、と思ったが、確認すると、見たことのないアドレスからだった。しかしその見慣れないアドレスが、僕の携帯にはすでに登録されている。

本庄さんが河原で、二つの携帯の間で何やらピピピッとやっていた姿が思い浮かぶ。そうだ。彼女からだ。別れ際に「あとで写メ撮ってメールするね」と言っていた。何の写メだろう。その直前のエロっぽい会話も同時に思い起こす。その流れからすると、自分でそういう写真を撮って、それを僕に送ってくれるという話だったような気がするけど……。

ごくりと生唾《なまつば》を飲み込んでから、メールを開封した。すると――。

うちの知ってるドックスて楽器屋、クラリネットの修理もしてくれるはず。場所がわかりにくいから地図書いて写メしといたから。元気出してね。

という本文の下に、手描きの地図を接写したらしき写真が添付されていた。

エロい写真を期待していた自分が、何だか間抜けに思えた。

でも彼女の優しさはありがたかった。クラリネットを壊された僕が落ち込んでいるのを見て、わざわざ楽器修理の店を紹介してくれたのである。

たしかに、河原から帰宅した直後は僕も、関さんが不在の間に「クララ」を修理してもらおうと思って、自分でもそういう店を『タウンページ』で探したし、電話を掛けてみたりもした。でも「クラリネット症候群」を発症した今となっては、また話が違ってくる。この状態で、楽器店の店員と会話をするとなると、想像しただけでわずらわしさを感じてしまう。修理に出すのは、この症状が治まってからでもいいのではないか。

ってていうか、まだ治ってないのかな？

「　」

ダメか。関さんはまだメールを見てくれてないのだろうか。

本庄さんに返信をしようとは特に考えなかった。「本庄さん」と名前をつけてアドレスを登録し、普通に携帯電話を閉じる。そのときに一瞬、頭の隅で何かが警告を発したような感覚があった。

僕は何か重要なことを忘れている。あるいは何か勘違いをしている……。

あと少しでその「何か」が摑めそうな気がしていたのだが、不意にノックの音がして、僕の集中力はそこで途切れてしまった。

玄関に出ると吉村さんが立っていた。買物帰りらしく、片手にスーパーの袋をぶら下げている。

「関ちゃん、帰って来た？」

「あ、いえ、まだ……」

「あ……。でも車はあるのにね」

「えっ」

関さんの車が駐車場にある？　いつからだ？　そう……僕が昼に学校から帰ってきたときは、すでに黒のミラは駐車場に停めてあったような気がする。だからその直後に関さんの部屋を覗いて、彼が外出しているのを確認したときに、僕はかすかな違和感を覚えたのだ。彼が北部公民館に行っているのなら、車を使わないはずがないから。

書き置きの内容は、どこかへ遠出をするような感じだったのに。でも自分の車は使わなかった。だとしたら——ＪＲを使ってどこかへ出掛けたという可能性が、まずひとつ考えられる。駅の駐車場に車を数日間停めっ放しにするよりは、駅までの往復にタクシーを利用したほうがはるかに安いから、その場合には関さんも車をアパートに置いて出掛けるだろう。

もうひとつ、誰かが車で迎えに来て、それに乗って関さんが外出したという可能性も考えられるが……。

「電車で出掛けたのかしらねえ」

吉村さんも僕と同じようなことを考えている様子だった。首をかしげながら、

「メールの返事もまだ？」

「来てません」

「あ……。困ったわねえ。ねえブリちゃん、も　一人でさ　　かった　、いつでもあたの部屋に来てちょうだい。遠慮なんかせずに」

「あ、はい。ありがとうございます」

吉村さんが去り、また僕は家で独りになる。今度は部屋の電話が鳴った。

相手の顔が見えない状態での会話は嫌だなあと思いつつ、仕方なく受話器を取り上げる。

「はい。も　も　」

「あ、翔太くん？『ブ　ウン』の東ですけ　」

「あ、　も」

東幸一さんからだった。関さんの所属するバンドのマスターであり、ジャズバー「ブラウン」の店主でもある。

「ところで翔太くん、関のやつ、　　ちゃったの？　いきなり休　ますって言わ　ても」

「あ、おせのほうに、　ん　く、あったんですか？」

お店には連絡があったという。なのに僕のほうは、電話を掛けても出てくれないし、メールを打っても返信は来ないまま。

「まあ、いちおう……ってもメールだけだけ　。　　で翔太くんに、メール読んだよって

伝えてく　って」

　僕の送ったメールは届いていたのだ。でも症状は改善されていない。

「あ、他に何か書いてありませんで　た？」

「あったあった。何だかよくわかんない文章が。今ここで読んでやろうか？」

「あ、電話だと……」

　聴覚に問題があるから、正しく聞き取れる自信がない。メールを転送してほしいと願い出ると、

「あー、別にいいけ　」

　僕は自分のメールアドレスを東さんに伝えた。

「じゃああとで転　とくか　。……いやー、でも、関のやつにこう　ていきなり休まると、困るんだよね。簡単に代役とかも頼めない　」

　東さんは単に愚痴をこぼしたかっただけなのだろう。でもその言葉が、僕の心に火をつけた。

「あのー、僕じゃダメですか？」

「え、翔太くん……ジャズク　吹けんの？　関かな　ってんの？」

「あ、はい」

　正確に言えば、関さんがちゃんと指導してくれているわけではないが、それでもときど

き僕の演奏を聴いてアドバイスをしてくれたりするし、少なくとも「門前の小僧」以上の関係にはあるだろう。

僕が関さんに連れられて「ブラウン」に行ったのは、全部で五回ほどで、最後に行ったのがたしか小六のときだったから、もう四年ほどの間、クインテットのメンバーとはご無沙汰している。

小学生のときには僕はまだクラリネットを触らせてもらえないでいた。愛人「あき」で練習を始めたのは中一のときであり（当時は「やまちゃん」と呼んでいたが）、その後の僕の成長を東さんは知らない。

「じゃあ、ここで電話ご　に聞いてやるか　、何か演　て　て」

「はい。……あっ」

僕は何て馬鹿なんだ。よくよく考えてみれば、今うちには演奏できる楽器がない。「あき」は関さんが持って行ってしまったし、「クララ」は管が割れている。……ダメじゃん。

「すいません。やっぱダメで　た」

僕は家にある楽器が使えないことを説明した。

「つかー。ジャズク　はここんとこ、災難続きだなー。関が急にいなくなって、翔太くんも楽器がダメになって。いや、実は先週の――九月の月末だったか、あるいは今月の初めだったかに、お　の　り合いのきむ　っていう――やっぱ　いつもジャズク　をやってんだけ、　のきむ　ってク　リネット吹きが、　んじゃったんだよね」

　肝心なところが聞き取れない。

「え、　なったんですか?」

　聞き返しても仕方がないのに、反射的につい言ってしまう。それよりも頭の中で「ド・レ・ミ・ファ・ソ・ラ・シ」を順に当てはめていけばわかるのだ。合致するのは——「死んじゃった」！

　東さんの話は続いている。

「んじゃったの。　体が五本松《ごほんまつ》の海岸に流　着いて。今でも自殺か他殺か事故　か、警察で　べてる　たいだけ　、まあお　に言わせ　ば、自殺じゃないね、あ　は。お　、の前の週に、　いつとたまたま会って、ちょこっと会話も　てるんだけ　、　のときにいつ、何かヤバ　なこと言ってたんだよね。近々臨時収入がある予定だとか何とか、　んなこと言ってて、で、次の週になった　、　体になって浮かんでたってはな　で」

　そんなふうに事件のあらましを説明したところで、東さんは最後に気になることを付け加えたのだった。

「まさか関のやつ、　の関係で行方をく　ま　てるんじゃないだろうな……」

　通話を切った後、しばらく待っていると、東さんから僕の携帯に問題のメールが転送されてきた。さっそく開いてみると——。

急な話で悪いがしばらく仕事を休む。メール読んだと翔太に伝えてくれ。

今は裏目だからドライに仮眠禁止。アンドご指導届けるまでがレッド聞け。

ソースに飯、味噌もあり。


「何だこ　？」

思わずそう口にしてしまったほど、後半には意味不明な文章が並んでいる。

関さん、マジで何かヤバいことに首を突っ込んでるんじゃないだろうな……。

8

東さんが言っていた「五本松海岸の事件」というのが、ものすごく気になってきた。うちは新聞を取っていないので、考えた挙句、僕は吉村さんの部屋を訪ねることにした。

「あ、ブリちゃん、い　っしゃーい」

「すいません。たびたび」

挨拶もそこそこに、新聞を見せてもらう。目的の記事は十月一日付の朝刊の社会面にあった。

五本松海岸に死体漂着

30日午後、鱈場市五本松の海岸で、男性の死体が漂着しているのを、通りがかった人が発見し、警察に通報した。

海から引き上げられた死体は所持品等から、鱈場市青池《あおいけ》の音楽家、木村誠《きむらまこと》さん(34)のものと判明。死体は死後1日~2日が経過している様子。木村さんに目立った外傷はなく、溺死《できし》したものと見られているが、警察ではさらに詳しい死因を調べるとともに、事件・事故の両面から捜査をしていく予定である。


「たの？　　の事件が何か？」

紙面を見ていたら、背後からいきなり話し掛けられた。この体勢で会話をするのはまずい。僕は身体ごと振り返って吉村さんと正対する。

「この記事の木む　って人も、ク　リネットの　者だって、東さんが……。あ、　　だ。東さんのとこに、関さんか　メールが届いたんだって。転　ても　ったんだけ　」

「あ、　ホントに。　せて　せて」

「でも内容が、よくわか　ないってゆーか、何かデタ　メな文章がな　んでる　たいな感じで」

「　　？」

そうか。「どれどれ」は全音聞こえないんだ。そう思いながら携帯を渡す。

「えーっと、あ、ホント。後半はほとんど意　不明ね。『今はう　目だか　イに』

──」

「あ、待って！」

聞こえた。今たしかに『今は梅田《うめだ》会に』と聞こえた。

「　たの？」

「待って。もう一回最初か　──『今は』か　読んで」

「いいわよ。えーっと、『今はう　目だか　イにか　ん禁　。アン　ご　と　けるまでが　ッ　聞け。　スにめ　、　もあり』」

ちゃんと文章になっている。完璧《かんぺき》だ。

「わかった。やっと意　がわかったよ。よ　む　さん、ありがとう」

そう言って、からくりを説明すると、

「あ、じゃあつまり『　　』を全部抜いて読めばいいのね」

「　」

あ、「そーそー」も全部聞こえないや。と、それはともかく。

関さんは、僕からのメールを読み、僕が罹《かか》っている「クラリネット症候群」を踏まえて、それ専用の暗号文を作って、東さん経由で僕に届くように送ってくれたのだ。

吉村さんと二人でもう一度メールの文面を詳細に検討した結果、暗号の解読結果は次のようになった。


今は梅田会に監禁。暗号解けるまで。楽器ケースにメモあり。


「梅田会に監禁……」

「梅田会って、あの梅田会よね」

鱈場市では名の知られた暴力団組織で、正式には「ナントカ組系」みたいなのが上につくはずである。

その梅田会に監禁されている……。たぶん携帯も取り上げられていて、メールの送受信にもいちいち検閲が入っているのだろう。だからこんな暗号を作って、しかも東さん経由で、僕にメッセージを送ってきたのである。

要するに、これは関さんからの、一種のＳＯＳのサインなのではないか……。

「たぶん、僕が学校に行ってる間に来て、関さん、無理やり連　てか　たんだ……」

おそらく——寝ているところに踏み込まれて。無理やり着替えさせられて。あの書き置きも、だから連れ去られるときに無理やり書かされたのだろう。字が乱雑だったのは、そうしたことを僕に気づいてもらいたかったからではないか……。

「今日の午前中？　あた　、今日は松本《まつもと》さんのとこに行ってたのよね……」

松本さんというのは、この近所に住んでいる、吉村さんの仕事仲間である。

「でも、も　あた　がここにいたと　ても、梅田会が相手じゃ――」

とても助けられなかっただろう。そんなことを悔やんでいる場合ではない。

「関さん、何　たんだろう」

今朝まで一緒にいた女性というのが、実はそっち関係の人だったとか。

だとしても、それに続く文章の意味が通らない。

「……暗号って、この文章自体のこと？」

「この楽器ケースってのは？」

僕と吉村さんは、互いに疑問をぶつけ合った。

関さん自身が愛人「あき」を持って行ってしまったのに、こうして僕に伝えてきたのだから、ここで言う楽器ケースとは、おそらく、正妻「クララ」のあのケースのことを言っているのだろう……。

僕と吉村さんは連れ立って一〇一号室に移動した。「クララ」のケースを開けてみる。

途端に破損したクラリネットのパーツが目に入り、僕は胸の痛みを覚えたが、今はそんなことを気にしている場合ではない。

ビュッフェ・クランポンR−13の革張りケースの中には、楽器を収める窪《くぼ》み以外に、ちょっとした物をしまうスペースが用意されている。関さんはそこに、予備のリードや、楽器を組み立てる時に使うコルクグリスなどと一緒に、楽譜らしき紙を何枚もくしゃくしゃに折り畳んで突っ込んでいた。

メモがあるとしたら多分ここだと思って、僕はその紙束を抜き出して床に広げてみた。するとはたして、A4サイズの楽譜数枚の他に、B5サイズのコピー用紙が二枚、見つかったのである。

そのうちの一枚は――これも楽譜だった。五線譜に音符が手書きで書かれているだけで、他には題名も歌詞も――つまり文字のたぐいは一切書かれていない。全部で十六小節という短い楽曲である。もう一枚は、どうやら手紙の便箋《びんせん》をコピーしたものらしく、縦罫の入った用箋に手書きの文字で、次のような文面が書かれていた。

まず御免。これが愛の告白じゃなくて。人生色々。いつも邪魔者は消されるのだ。取引相手が裏切る可能性は、山ほどあるし、その場合、多分僕は自殺したことに全面的になっているに違いない。自己防衛のためには、空気を読んで、暗号をしたためよう。同封した楽譜は知恵をしぼったギャグふうの暗号。色々試してほしいのだ。僕たちがふとした偶然から手にしたあの物を、鉄の扉の向うに閉じこめたけど、ひょっとしたら盗もうとする人がいてもおかしくない。うかつな場所だと。だから簡単には入れない所を見繕って隠した。僕って天才かも。もしひとりでは解読がダメならば、クラリネットの演奏者の協力を得るため奥の手を使うことになっても許す。あ、僕が死んでいる場合の話だよ。余計な話とは思うんだけどね。

僕は吉村さんと頭を突き合わせるようにして、床に置いたその手紙のコピーを何度も何度も黙読した。それまでバラバラだったパズルのピースが、この手紙を発見したことで一気に繋《つな》がり、全体の絵柄が見えてきたような気がした。

「この手が　を書いたのが、あの　ん聞記事に出てた、木む　っていう、　んじゃった人……よね？」

木村誠というクラリネット奏者は、死ぬ前に――誰かに殺される前に――この手紙を出したのだ。楽譜の暗号を同封したと書いてあるから、もう一枚のB5サイズの紙――この十六小節の曲の楽譜が、その暗号というやつなのだろう。手紙を受け取ったのはおそらくその木村の恋人で、彼女は自力では暗号が解けなかったので、「奥の手」を使って「クラリネット奏者の協力を得」ようとした。そこで白羽の矢が立ったのが関さんだったのだ。吉村さんがそこで何かを思い出した様子で、ぽんと手をひとつ打ち、話し始めた。それによると――。

梅田会といえば、ひとつ思い出したことがある。これは友達から聞いた話なのだが――先月の中旬ごろ、松葉峠《まつばとうげ》で車が崖から落ちて、運転手が死ぬという事故があった。その運転手が実は梅田会の組員だったらしい。その事故があってから、どうも梅田会の様子がおかしいという。全体に何か殺気立った感じというか……。

吉村さんはそれを踏まえて、次のように想像を巡らせた。

木村誠はその日、事故の直後に車で松葉峠を通りかかった。事故車を発見して、内部を確認したところ、運転手がすでに死んでいるのを確認し、さらに車内で何か金目のものを発見してしまった。おそらく、末端価格がいくらとかっていう、そっち系のブツを。木村はそれをネコババする。でも彼にはそれを売りさばくルートがない。お金に替えられないんじゃ宝の持ち腐れだ。考えた挙句、彼は梅田会を相手に取引を持ちかける。たとえば――俺はあんたたちが運んでいたブツを事故現場で拾った、俺が拾ったおかげで警察には没収されずに済んだんだから、感謝していただきたい、謝礼として末端価格の一割を要求する――といった感じで。あとは誘拐犯が身代金の受け渡しをするときと同じように、自分の身元は隠したまま、現金をどこそこに運べ、みたいに指示を出し、無事に現金を入手できたら、問題のブツはどこに隠してあると通達して、取引を終えるつもりだった。

だがその取引はうまくゆかず、木村は海に浮かぶこととなった……。

「つまり　のブツの隠　場所が、この楽譜の暗号に書か　ている……？」

「　て梅田会はまだ　のブツを　つけ出せていない。この楽譜の暗号がまだ解けてないのね。だか　関ちゃんをさ　って行った」

「あ　？」

僕は首をひねった。それでは話が繋がらない。

「でも関さんにこ　を渡　たのは、木む　の仲間だったんじゃないの？」

吉村さんはその点もちゃんと考えていた。曰《いわ》く——。

その仲間が、梅田会の脅《おど》しに屈して、この手紙の現物を梅田会に渡したのだろう。ただし念の為にコピーは手元に取っておいて。

木村は自分の身元を隠して、梅田会に取引を持ち掛けたが、最終的には正体がバレて殺された。問題のブツを回収しそこなった梅田会の側では、その行方を知っていそうな人物として、この手紙の受取人（おそらく木村の恋人）に目をつける。木村がどこにブツを隠したか、お前、知ってんじゃないのか。そうなったらもう、問題のブツで金儲《かねもう》けうんぬん、どころの話じゃない。木村からこんな暗号を受け取りましたと、素直に手紙を献上する。しかし梅田会ではその暗号の解読に手こずって、まだ何か隠してるんじゃないかと、木村の恋人に接触する。恋人のほうは当然それを迷惑がって、梅田会だけに任せておいたらいつになるかわからない、暗号にクラリネットの演奏者の協力を得ろみたいなことが書いてあったからというので、彼女が勝手に動いて、関さんに接触する。暗号のコピーを手渡してから、梅田会に事後報告する。関というクラリネット吹きに暗号のコピーを渡したからと。梅田会としては、その関という人物が、もし自分たちよりも先に暗号を解いて、問題のブツを勝手に持っていかれたら困るということで、関さんの身柄を組で確保することにした……。

「だか　関ちゃんは今、梅田会のあの建物の中で、さあ暗号を解け、って責め　　てるのね」

「つまり、関さんを今の監禁状態か　救い出すためには――」

「早いとこ、この暗号を解かなきゃダメってことね」

そこまで確認した上で、僕は改めて、問題のＢ５サイズの楽譜を手に取ってみた。

言われてみればたしかに、楽曲としてはやや不自然なところが目立つ。ロ短調はまあいいとしても、八分の三拍子のリズムはそれほど一般的ではないし、キーは不必要に高いし、シャープやナチュラルなどの変調記号が妙に多く使われているし、何より音の流れがかなり変則的である。

暗号と言われればたしかにそれらしく見える。でも、これはこれで、いちおう楽曲として成立している。これが本当に暗号になっているのだろうか……。

9

「こ　、暗号じゃないっぽい。おか　よ。だってちゃんとAメロBメロ、AメロBメロって構成になってる　、　のAメロBメロに　ても、第一小節と第二小節は繰り返　になってて、曲の構成と　てはよくあるパターンだけ　、　のまま文章に　た　変だもん」

「いろいろ言う前に、とりあえずこの曲を演　　て、聞かせてく　ない？」

「うーん」

演奏するのも、別にやぶさかではないのだが……。蓋を開けたまま置いてある「クララ」のケースを見る。破損したクラリネットでは演奏できない。

「　か」

家にある楽器は、別にクラリネットだけではない。小学校時代に教材として買わされたリコーダーや鍵盤ハーモニカ（いわゆるピアニカ）があるはずだ。

自分の部屋に行って、押入れの奥からピアニカを探し出してきた。

「演　するよ。いい？」

ホース形のパイプを装着し、マウスピースをくわえる。楽譜を読みながら鍵盤をひとつひとつ押して、おもむろに演奏をしてゆく。

図１　暗号音符

実際に演奏してみると、妙な曲だなと思う。作曲者の意図がよくわからないというか。音同士の繋がりが意図的に断ち切られたような、妙なメロディラインになっている。ロ短調なのにAメロBメロの各フレーズがすべてファの音で終わるのも、普通ではありえない。

「変な曲」

演奏を聴き終えた吉村さんの感想も、その一言だった。

「実際に弾いて　てわかったんだけ　、こ　、使わ　てる音は　んなに多くないよ。十個ぐ　いかな？」

楽譜の上で数えてみる。音階の種類では十種類。八分音符と十六分音符を別に勘定しても、音符の種類は全部で十三種類しかない。

音符の数は楽譜全体で七十六個もあるので、もしこの暗号が、一音符＝一文字という形で解読できるのだと仮定したら、暗号文全体は七十六文字の長い文章になってしまう。それをたった十三種類の文字で書くことなど、はたしてできるのだろうか……。

僕がそう説明すると、

「ねえ、『だるまさんがころんだ』だって、　だけで十個、使ってるんだもんね」

正確に言えば、『だ』と『ん』が重なってるので、その場合は十種類じゃなくて八種類なのだが。いや、それはともかく。

木村が書き残した手紙に従えば、この楽譜は暗号になっていなければならないのである。

木村の言い方を踏襲《とうしゅう》すれば「知恵をしぼったギャグふうの暗号」に。

あるいは、一音符＝一文字という前提のほうが間違っているのだろうか。

「ねえ、　て解読の協力者が『ク　リネットの演　者』限定なのか　?」

吉村さんがふと気づいたという感じに言う。なるほど。単に楽譜が読める人というだけであれば、別に他の楽器の演奏者でもいいわけだ。そこをあえて「クラリネットの演奏者」と指定している以上、クラリネットで演奏することが暗号解読の条件に組み込まれている可能性がある。暗号を作成した木村という人も、クラリネット奏者だったというから、その特殊知識を暗号作りに活用したということなのか。

クラリネットに特有ということであれば、おそらく運指が関係してくるのだろう。

僕は「クララ」のケースから楽器のパーツを抜き取り、それを組み立てていった。キーが破損し、管割れもしているので、組み立て作業には細心の注意を要した。楽器が本来の形に組み上がっても、今は実際に吹くことができない。それでも指の動きを確認する役には立つだろう。

「ク　リネットだと、こんなふうに演　するっていうのを——特に指の動きを　てほんですけ　」

マウスピースを口にくわえて、ちゃんと演奏のポーズをとる。ピアニカで先ほど演奏したメロディが耳に残っている。その音を再現するために、指が自然と動き始める。でも息は吹き込まない。無音のまま、指の動きだけを確認するために演奏の真似《まね》を続けてゆく。

クラリネットでは、異なる運指（穴やキーの押さえ方）でも同じ音を出せる場合がある。たとえばこの曲に頻出《ひんしゅつ》する、高音域のラ#の音などは、僕が知っているだけでも三種類の運指がある。とりあえず流れ的に最も自然と思われる運指を試してみたが、それで正しかったかどうかはわからない。

曲の最後まで演奏の真似を終えたところで、僕はひとつの発見をしていた。

「今、指の動きを試　て　て、思ったんですけ　、こ　、も　か　た　穴の塞ぎかたがポイントなのかも　　ませんね」

クラリネットの場合、たとえば標準の音域のソ・ソ#・ラ・ラ#といった音は、七つの穴はまったく指で塞がずに、その他のキーの操作だけで音階を変えてゆく（低音域の一部では逆に、七つの穴をすべて塞いだ状態で、やはりキー操作だけで音階を変えてゆく）。それでは穴を塞ぐパターンに違いが出なくて困るから、その音域は避けたのだと考えてみたらどうだろう。一方で、この楽曲に使われている高音域では、通常の運指に加えて、そこでしか使われないような穴の塞ぎ方（具体的には、人差し指を開放して中指を塞ぐなど）が出てきたりするので、穴の塞ぎ方のバリエーションも豊富である。

「えーっと、この曲で使わ　ている十個の音ですけ　……」

十種類の指の形を順に披露する。ラ#のところでは、あえてラとは違う穴の塞ぎ方をしてみる。すると十種類の音で、穴の塞ぎ方が重複している音はひとつもないことがわかった。表側の六つの穴の「塞ぐ・塞がない」のパターンが、この楽曲に使われている十種類の音のすべてで違うのである。

「六つの穴があって、　ぞ　に『塞ぐ・塞がない』のパターンがあるか　、数学的に言えば、全部で二の六乗で、六十四通りのパターンがあることになります。でもク　リネットで実際に音が出せるのは、　のうちのせいぜい十五通りか——二十通りはない、ぐ　いだと思います。実際に使えるパターンって、けっこう少ないんですよ。でも　のうちの十通りが、この曲で使わ　てて……」

　自分でそう説明しながら、それでは根本的な疑問が何も解決されていないことに気づく。結局、音の種類が十種類しかないのだから、一音＝一文字として文字に変換できたとしても、この暗号文には十種類の文字しか使われていないことになる。七十六文字からなる文章で、十種類の文字しか使われていない、などということが通常ありえるだろうか。

　途中まではいいセンを行ってると思っていたが、そこで完全に行き詰まってしまった。吉村さんはと見れば、早くも飽きてきたらしく、しきりに背中の筋を伸ばしたりしている。

「ダメだ。　　ても解け　な気が　ない」

　最後まで粘っていた僕も結局は音をあげて、ひとまずは解散という話になった。吉村さんは、手紙と楽譜の二枚をコピーさせてほしいと言う。

「いちおうあた　も、部屋で考えて　るつもりだか　」

そのまま十分ほど待っていると、近所のコンビニでコピーしてきたと言って、吉村さんが戻ってきた。

「ついでにプリン買ってきちゃった。ブリちゃん、食べる?」

「あ、　か!」

今朝にかぎって関さんが珍しくコンビニに寄ってきた、その理由がわかったのだ。関さんも今朝、家に帰る途中でコンビニに寄って、この二枚をコピーしてきたのだ。たぶんそうだ。大事なものだから、失くしたら困るとでも思ったのだろう。

さらにもう一点。今日の午前中、僕が学校に行っている間に、梅田会の組員がこの部屋に来て、関さんを拉致《らち》して行った、そのときになぜ、この二枚の紙を持って行かなかったのか——この暗号を見られたからという理由で、関さんは拉致されたのである。梅田会にとってはそのくらい、この暗号は、人目に触れさせたくないものだった。それなのになぜ、彼らは家捜しもせずにこれを残して行ったのか——理由は簡単、彼らはそれをすぐに見つけたのである。まさか関さんがいち早くこれのコピーを取っていたとも知らずに。彼らはそのコピーのほうを持ち去り、秘密の漏洩《ろうえい》がこれで防げたと思って、今ごろは安心しているのだ。

逆に言えば、この暗号をすでに見てしまった僕らも、もしそのことがバレたら即、梅田会に拉致される危険性があるということだ。

　僕がそんなふうに説明をすると、吉村さんは急に怖気《おじけ》づいた様子で、

「ねえブリちゃん、あた　たちって、自分たちにできる精一杯のことは、もう充分やったと思わない？　にも　、あた　たちがあいつ　よりも先にこの暗号を解いたと　ても、を　やって関ちゃんに伝え　ばいいの？」

　もし関さんより——つまり梅田会よりも先に、この暗号が解けて、木村がネコババしたというブツの隠し場所が判明したとしたら……。たとえば、それを自分たちで見つけ出して確保し、そのブツを担保に梅田会と取引をする——関さんを返してくれと話を持ちかける……。

　無理だ。そんなことはできっこない。

「あとはもう、関ちゃんに自力で暗号を解いても　って、自力で帰ってきてもう　かないんじゃないか　。冷たいようだけ　……」

　吉村さんの言うことも尤《もっと》もだと、僕も認めざるを得なかった。

10

「も　ブリちゃんまで　致さ　ちゃった　、　のときにはあた　がこ　で何とか　たげる

か。要するに、あた　が『藤木　』チームの最後の切札ってことね。でも　の代わり、あた　がこ　を持ってること、やつ　に捕まっても言っちゃダメよ」

吉村さんはそう言って、買ってきたプリンを僕に押し付けると、コンビニで取ってきた二枚のコピーは自分で持ったまま、一〇四号室に帰っていった。

僕も返却された原紙二枚を「クララ」のケースに元通りにしまっておくことにした。こうしておけば、もし梅田会本部で関さんがこのコピーのことをポロッと洩《も》らしてしまって、やつらが踏み込んで来たとしても、僕は見ていない、暗号なんて知らないと、言い張ることができると思ったのである。

でも暗号解読は続けるつもりだった。楽譜の暗号はすでにメロディを憶えていたので、楽器ケースにしまっても問題はないのだが、手紙のほうは手元に文章を残しておく必要がある。吉村さんに余分にコピーしてもらってくれれば良かったと思ったが、今となっては後の祭りである。

手で書き写すよりは、携帯の写メで撮ったほうが楽だよなあ、でも文字が小さくて携帯の画面では読みづらいだろうしなあ……、などと考えているうちに、携帯メールに打ち込んで、そのメールをテキトーなフォルダに格納しておくのが、いちばん良いのではないかと思えてきた。携帯電話ならいつでも身につけているので、何か思いついたらすぐに暗号解読にチャレンジできる。それにもし梅田会に踏み込まれて、携帯を取り上げられたとしても、全部のフォルダの中身までは彼らも確認しないのではないか。

それにしても悪文だなあ……この木村ってやつは国語の成績悪かっただろうなあ……などと思いながら、手紙の文章を打ち込んでゆく。

全文の打ち込みが終わり、メールを「友達」フォルダに格納して、携帯をパタンと折り畳んだ途端、その携帯が僕の手の中で鳴り出した。電話の着メロである。発信者を確認すると、先ほど登録したばかりの「本庄さん」という表示が目に入った。

途端に僕の内部モードが切り替わった。河原で間近に接した彼女の姿態が目に浮かぶ。いそいそと通話ボタンを押し、

「あ、犬育です」

出た声が自分でもうわずっていると思ったが、こればかりは仕方がない。

「絵里です。うち、さっきメール送ったんだけ　、　てく　た？」

「あ、はい。　ま　た。ありがとうございます。でもまだ行ってないんですよー」

「えー、なんで？　早く出　たほうがいいのに」

少し拗《す》ねたような口調である。本庄さんの機嫌を損ねたくはなかったので、慌てて言い訳をする。

「えーっとですね、僕、あ　か　ちょっと、　の調　が悪くなっちゃって……だか　この電話も、ちょっと聞き取りにくくてですね……」

だからいろいろ説明するにしても、できれば電話ではなくてメールのほうが……と続けたかったのだが、それより先に本庄さんが話し始めた。

「だった　うち、直接　っちに行こうか。ユー、今家にいる?」

「あ、はい」

まさかの展開。彼女がここに来る……? セックスする場所がどうのこうの、という河原での会話が、脳裏をよぎった。

「じゃあ、今か　うち、　こに行くか　。……ダメ?」

「いえいえぜんぜん。ただ、こんな陋屋《ろうおく》に来ていただいても、　　なんだろうって」

「ローク? え? よくわかんないけ　……。行ってもいいんだよね。じゃあ、行くか　、住所お　えて」

僕は「藤木荘」の場所を説明した。

「――　の一〇一号　つです。一階のいちばん手前の部屋です」

「わかった。じゃあ今か　出て……うーん、三十分ぐ　いかな? あ　　だ。ついでに何か買ってく?」

「いいです。お気遣いなく。　　じゃ、待ってまーす」

通話を終えた僕は、まず歯を磨き、それから部屋の掃除をした。本庄さんがこの部屋に来る。本庄さんがこの部屋に来る。頭の中はもうそのことだけでいっぱいだった。

そして三十分後。ココンと控え目なノックの音がして、僕が玄関のドアを開けると、本庄さんがそこに立っていた。河原で会ったときと同じ制服姿のままである。

「あ、　　も。いらっしゃいませ。　ぞ　ぞ」

「お邪魔　まーす。いちおうプリン買ってきたんだけ　」

またプリンか。どうしてどいつもこいつも……。

「あ、すいません。気を遣っていただいて。すぐ食べます？」

「あ、うちはいい。ユーも食べない？　今はいい？　じゃあ　蔵庫に　まっといて」

「……本庄さん、何かコピーとか取ってきま　た？」

「コピー？」

「あ、いいえ、こっちのはな　で」

つまらないことを聞いてしまった。いそいそとプリンを冷蔵庫にしまう。

「ところで、さっき電話で、ユー、　　が変になったとかって言ってなかった？」

「あ、　　なんですけ　……」

僕は自分の「クラリネット症候群」の説明をした。本庄さんは目を丸くして聞いている。

「マジ？　本当に　とか　とか、うちの言ってる言葉、聞こえてない？」

「ええ。今のも『とか、とか、とか』ってか、僕の　には聞こえてないんですよ」

「う　たーい。でも本当なのよね？」

「だか　電話だと、相手のはな　がうまく聞き取　ない可能性もある　、自分か　積極的に人に会ってはな　を　たいって気持ちにはな　ないんですよ」

「じゃあ、うちが持ってってあげようか、楽器。うちが修理に出　といてあげる。こ　かちょう　街なかに出ていく用事とかもある　」

「あ、えーと、……ちょっと待ってください」

　楽器を修理に出すことに否はない。関さんにメールで謝ったのにもかかわらず、この「クラリネット症候群」が治っていない現状では、残る頼みの綱《つな》は「クララ」の修理以外にない。本当に症状が治まるかどうかは試してみないとわからないが、早く試してみるに越したことはないのである。だから楽器を修理に出す――本庄さんが出すと言ってくれているのは、僕にとっても悪くない提案のはずであった。

　ただし「クララ」のケースの中には今、木村誠が遺《のこ》した暗号のコピーが二枚、しまわれている。楽器を修理に出すとしたら、そのコピーはどうするのが良いのだろうか。

　梅田会が自分たちの遺漏《いろう》に気づいて、この部屋に「クララ」を取りに来た場合――たぶん「関夏彦の代理の者ですが」的なことを言って、僕を騙《だま》して楽器を持ち去ろうとするだろう。すると僕は、いやー楽器が壊れて修理に出してるんですよ、みたいな応答をする。

　そして組員は楽器店に「クララ」を請《う》け出しに行く――そこで楽器ケースの中に、あの紙が残されていたならば、僕は暗号を見ていないと判断されるだろうし、逆にあの紙がケースの中になかったら、僕もあの暗号を見たなと判断されて、拉致される可能性が出てくる。であればケースに残しておくのが得策のように思われるが、でもそれでいいのだろうか。あれを入れたまま修理に出したら、今度は楽器店の店員が、梅田会から目をつけられたりする可能性が出てくる。さらに言えば、梅田会の懸念しているとおりに、その店員が暗号文に興味を持ち、誰よりも先にそれを解いてしまって、問題のブツを横取りしてしまったとしたら……。事態は今以上に紛糾するだろうし、その場合に関さんがどうなるかは保証の限りではない。

あるいは修理の受付時に、これは持ち帰ってくださいと言って、店員が楽器以外の物を本庄さんに手渡したりしたら……。

「えーっと、　ようかな……」

考えた挙句、僕は今回の件のあらましを、本庄さんにも説明しておくことにした。関さんという同居人がいることから始めて（ただし二人の関係をちゃんと説明するのが面倒くさかったので、関さんはクラリネットの師匠で、僕はそこに弟子入りしている、ということにした）、一方で関さんとはまた別なクラリネット奏者が今月に入ってから消息を絶っていること、その人物が知人に暗号を残していたこと、関さんはそれを解く要員として現在某所で自由を拘束されているらしいことなどを、かいつまんで説明してゆく。その際に、あの梅田会が事件に絡んでいることや、木村というクラリネット奏者が実は死んでしまっていることなどには、あえて触れないようにした。

本庄さんは真剣な面持《おもも》ちで、僕の話を黙って聞いてくれていたが、

「で、　の暗号ってのが、今この部屋にあるんですよ、実は……」

僕の説明がいよいよ佳境に入ろうかというときに、彼女は突然何かを思い出した様子で、慌《あわ》てて鞄から携帯を取り出すと、

「あ、ごめん。はな　の途中で。ちょっと電話。すぐも　ってくるか　待ってて」

僕にそう言い残すと、玄関で靴を履《は》き、開いた携帯を耳にあてた格好で外に出て行ってしまった。

一人で部屋に残された僕は、この話を本庄さんにしてしまって良かったのだろうかと自問する。

ってゆーか、何やってんだよ俺。本庄さんと部屋で二人きりだというのに、どうしてそういう方向に話を持って行かないんだ俺は。彼女だって、そういう展開を期待して家に来てくれたのかもしれないいんだし。

ただ一点、妙に引っかかることがあった。彼女は先ほどのメールでも、あるいはこの部屋に来てからも、一貫して「楽器を修理に」出したほうがいいと僕に勧めている。だとすると、河原でも同じようなことを言っていた可能性があるのではないか。でも僕はそれを「体内に溜まったものを」出したほうがいいと言ってくれているものと解釈していた。僕

が何か勘違いをしている……？

　でも彼女は河原でその直前に「ホテル」や「オナニー」や「セックス」の話をしていた。大丈夫。僕は勘違いなどしていない。

「ごめんねー」

　五分ほどして本庄さんが戻ってきた。僕の前にぺたんと座り、

「ちょっと家に電話する用事を思い出　たもんで。でもはな　はちゃんと聞いてたよ。ねえ、続き続き」

　そう言った直後に、ふわああと生あくびをした。慌てて飲み込んで、

「あーごめん。でも退屈だとかはマジ思ってないか　。すんごいん剣に聞いてた、今も続きを聞きたいって思ってるのはマジでホント。でもめっちゃ眠い。マジ寝不　く」

　そう言って、また大口を開けてふわわあとやる。

　僕を誘ってる？

　動悸が激しくなってきているのが、自分でも感じられた。声が震えそうになる。

「あの……も　よかった、少　休ま　ます？」

「はえっ？」

「ちょっと休憩　たほうが、いいんじゃないかなって思って。布団な　あります　」

「あえっ？　いーいー、んなのいーって。あ、ちょっ——」

僕は本庄さんにむしゃぶりついていた。そのまま押し倒す。

「好きです本当に。愛　てます。ああああ」

「ちょっと、きゃーっ、やめてっ」

「何でですか。昼間は　っちか　さ　ってきたのに」

「さ　ってないっ」

「うだ。ホテル行こうとか、オナニー　ようとか、言ってたじゃないですか」

「言ってない。　んなこと言うわけないじゃない。きゃー。やめてー」

こんなふうに抵抗されるとは、予想外だった。でもそれもひとつの手続きだと思ってやっているのかもしれない。ああ、この胸が。うわー。何だこの弾力。ちょっと。脚をばたばたさせるのはやめてくれー。

そのとき突然、玄関のドアがだだだだだだだんと叩かれた。僕と本庄さんの動きが止まる。続いてどばんと勢いよくドアが開けられる音。さらに僕の部屋の引き戸が外れそうな勢いで引き開けられる。

そこに立っていたのは魔人ブウだった。僕たちの体勢を見て、目の色が変わる。

「お前、何　てんだ――――っ！」

魔人が絶叫し――次の瞬間には、僕は彼の下に組み伏せられていた。何がどうなったのかは、あまりにも一瞬のことでわからなかった。気がついたときにはもう、うつ伏せになった僕の上に、体重八十キロはあろうかという魔人が馬乗りになり、僕の右手首を背中側にねじり上げていた。

「いたたたたっ。いたっ。痛い……」

「婦女暴行の現行犯だ。……お怪我はありませんで　たか、お嬢さん」

などと魔人が言っている。僕は首だけをねじ曲げて、本庄さんのほうを見る。彼女は乱れた衣服を素早く直すと、仲手川に向かって、へこっと頭を下げた。彼女もまた、何が起きたのか完全には理解していないらしい表情だった。

「あのー、ユー、だ？」

「隣に住む、仲手川という者です」

「さっき　とで――」

「あ、憶えていてく　ま　たか。光栄です。僕も、あなたのようなか　んで美　くて……まるで花のような……薔　のような……ああ！　んな素敵なお嬢さんが、こんな性欲のかたまりのような高校生が一人でいる部屋に、のこのこと入っていくのを　て、何か間違いが起こるんじゃないかと　ん配　ていたら、案の定……。でもご安　んください。このわたく　めが、こう　て参上いた　ま　た以上は、もうこれ以上の狼藉《ろうぜき》はこいつにははたかせませんので」

また手首をぐいっとねじ上げられ、僕は思わず「いたたたた」と声を上げる。

何なんだこいつは。

何でこんなことになってしまったんだ。

本庄さんも何で否定してくれないんだ。最初は自分から誘ってきたくせに。どうしてあんなふうに抵抗したんだ。あんなふうに声を上げたら、このボロアパートだと、外に聞こえちゃうって、どうして計算してくれなかったんだ。あそこまで本気で嫌がってるような演技、しなくてもよかったのに。

本当に、本気で嫌がっていたような……。

そこで僕は、あることを思い出した。彼女からのメールが届いたときにふと感じた、警告のような「何か」を——そのときには掴めそうでいて掴めなかった、あの「何か」を——今になって掴んだのである。

彼女が勧めてくれた楽器修理の店、その「ドックス」という名前が——語感がちょっと「セックス」に似ている……。

「あー、あああああ、あ————っ」

そうだ。きっとそうだ。僕は大きな勘違いをしていた。

最初から間違っていたのだ。

11

「あのー、うち、もう大丈夫だと思います。もう　ろ　ろ放　てあげても……」

　本庄さんがそう言ってくれたのに対して、魔人ブウの反応は特になかった。首を横に振るとかはしているのかもしれないのだが、僕の今の状態からだと、角度的に、その様子をうかがうことができない。

　僕は意を決して告白した。

「す　ません。僕、大きな勘違いを　てま　た。本庄さんが河　で、僕をホテルにさ　ったり、いろいろエッチなことを言ったり　たって――」

「だか　、うち、んなこと言ってないって」

「　なんです。だか　僕、　がおか　くなった　たいだって、言ってたじゃないですか。『ク　リネット症候群』だって」

「でも、おか　くなったのは、家に帰ってか　だって言ってたじゃん」

「　が　じゃなかったんです。あの河　で　根たちにク　リネットを壊さ　た、あの瞬間か　、始まっていたんですよ、本当は」

　そもそも、曽根が「やったー！」と叫んで立ち去ってゆくときに、連れの一人が重ねて

「ねっ！」と言ったように聞こえたのも、去り際の捨てゼリフとしては何かおかしいと、僕は漠然と思っていたのだ。あれは「知ーらねっ！」と言って逃げて行ったと解釈したほうが、ぴったりくる。

「僕が楽器を壊さ　て、落ち込んでへた　ていたときに、本庄さん、背後か　いろいろ話掛けてく　たじゃないですか。……　んなこと言ったか、憶えてます？」

相変わらず魔人ブウに組み伏せられた体勢のまま、僕は本庄さんに喋りかける。自分が勘違いしていたその内容は、とても恥ずかしいことではあったが、でも僕はこの際、洗いざらいぶちまけて、先ほどの狼藉も含めたすべてを、彼女に許してもらおうと思っていた。

「え、　んなこと急に言わ　ても……。　だったかな？　た　か最初に『　手かてる　、早く行こう』　たいなことは、言ったような気がする」

「途中に『ほ　』って、入ってませんで　た？」

「うーん、入ってたかも」

つまり彼女はあのとき「ねえ、(士)手か(ら)ほ(ら、見られ)てる(し)、行こうよ」と言っていたのである。それが僕には「ねえ、てか、ホ……テル、行こうよ」と聞こえてしまったのだ。

「次に本庄さん、『こんなことになったのも、きっとうちのせいだよ』って言って、で、その後に『放っておいた　ダメ』　たいなこと、言いませんで　た？」

「うん。『の楽器、のまま何もないで放っておくの、よくないよ』たいなこと、言ったと思う」

それでわかった。彼女はあのとき「ねえ、(それ)を何もせずに放っておいちゃダメでしょ」と言ったのだ。僕がそれをどんなふうに聞き誤り、どんなふうに勘違いしたかを説明すると、彼女は身をよじって、「やっだー」と苦笑した。それほど顰蹙《ひんしゅく》は買っていない様子で、僕は少しホッとしていた。聞き間違いの内容が、あまりにも馬鹿馬鹿しすぎて、こうして真相がわかってしまえば、僕でさえも笑い出したくなる。

さらにエロ会話の謎解きは続く。楽器を修理に出したほうがいいと思った彼女は、自分の知っている楽器店を紹介しようとして、「うち、あ(れ)、(み)せ(知)ってる(し)」と言い出す――それが僕には「うち、あ、焦ってる」と聞こえたのだ。

さらに彼女は「(そ)のお(み)せ、(ド)ックスってゆーんだけ(ど)。(そー)ゆーの(診)てく(れ)る。……でしょ？　とにかく出すべきだと思う。うち、(診)させてあげる」と、お店の紹介をしてくれたのだが――それを僕は「ノー。セックスって、ユーにだけ。ユー、乗ってくる……でしょ？　とにかく出すべきだと思う。うち、させてあげる」というふうに、エロい会話の続きとして聞き取ってしまったのだ。

続けて、勘違いした僕が「今は……いい」と照れながら答えると、本庄さんは「じゃあ後で。でも場所とか(知ら)ないでしょ？」と前置きして、具体的な店の場所まで教えてくれようとした。それが僕には「でも場所とか……ないでしょ？」と聞こえてしまう。

勘違いした僕は「うーん、よくわかんない」と答える。一方、店の場所を地図に描いて、それを僕にFAXで送ろうかと考えていた彼女は、FAXの普及率の低さを考慮して「でも（どー）せ（ファ）ックス、ないでしょ？」と最初からその案は諦めてしまう——僕にはそれが「でも……セックス、ないでしょ？」と聞こえてしまったのである。

だったら別な方法があるということで、彼女は最後に「じゃあ、あとで写メ撮ってメールするね」と言い、実際にその後、楽器店の地図を紙に描いたものを写メに撮って、僕にメールしてきてくれたのだ。

僕がすべての説明を終えると、本庄さんは、

「よくまあ、　こまで強引に、エロい方向へ、エロい方向へ、聞き間違いができたものねー」

感心したような呆《あき》れたような表情をしてみせた。

「とにかく、ユーの勘違いの原因はわかった。しょうがない。許　てあげる。もう二度とあんなふうに飛びかかって来ないって、約束　てく　　ば」

「ます　ます。本当に、す　ませんで　た」

「だった　、　……ユー」

と、今度は仲手川さんのほうを向いて指示を出す。

「放　てあげて」

そこでようやく、僕は魔人ブウによる拘束《こうそく》を解かれたのであった。じんじんと痛む右手首を揉みながら、僕は魔人ブウにとりあえず「靴脱いでよ」と言った。気がついてみれば、彼は土足のまま僕の部屋に上がり込んでいたのである。

素直に玄関に向かうその背中に「玄関も　めといて」と付け加える。玄関のドアも開けっ放しだったのだ。

靴を脱ぎ、部屋に戻ってきた魔人ブウに、僕は質問をした。

「　いえば仲手川さん、今日の午前中、ずっと家にいま　たよね？　関さんがこの部屋か　致さ　たの、　ってたんじゃないですか？」

いつもなら、この時間にはまだ関さんは家にいる。それなのに魔人ブウは先ほど、本庄さんが「高校生が一人でいる部屋にのこのこと入っていく」のを見たと言った。僕が一人だという前提で考えることができたのは、関さんが不在だという確信があったからではないか。

魔人ブウは、僕の質問を無視しようとした。しかし本庄さんが横から「答えてあげて」と言うと、途端に喋り始めた。曰く——。

午前十一時ごろ、この部屋から、関という人の『わかったから、行くから』という大声が聞こえてきた。続いて『着替えぐらいさせろって』や『こうやって書いとけば安心するだろ』などという言葉も。その後、何人かが連れ立って部屋を出てゆく、どかどかという靴音も聞こえた。ドアの隙間《すきま》から外を覗いたら、駐車場に停めてあった紺色っぽいワンボックスカーに関という人が乗せられ、車が走り去ってゆくのが見えた。連れて行った人たちは普通のスーツを着て、一般人のように見えたし、車もごく普通のワンボックスカーだったが、そういえば窓ガラスには全部、中が見えないようにフィルムのようなものが貼ってあった……。

「　致の現場を　っかり　てんじゃん。　て　を、同居人である僕に言ってく　ないの」

僕が文句を言ったのに、魔人ブウはまた聞き流している。本庄さんがそれをフォローする形で、何かを言いかけたのだが、魔人はふと何かに気づいた様子で、右手で「待て」の合図をした。注意が明らかによそに向けられている。続けて右手の人差し指を立てて自分の口元に当てた。「静かに」という合図。

次の瞬間、魔人ブウが舞った。二歩で玄関まで辿《たど》り着き、ドアを勢いよく外に撥《は》ね開ける。

するとそこに、フルフェイスのヘルメットを被《かぶ》った男が立っていた。

魔人ブウの身体の向こう側で、男が握っている包丁が鈍い光を放ったのが見えた。

そして——すさまじい悲鳴が響き渡った。

12

「きゃーっ」

しかし叫んでいるのは、そのフルフェイスの男のほうだった。その声は——。

「よ　む　さん！」

僕は叫んでいた。いったい何がどうなっているんだ？

「ちょっともう、通　てよ。　て仲ちゃんがここにいるの？」

玄関で靴を脱いだ魔人ブウと連れ立って、ヘルメットを脱ぎながら部屋に入ってきた吉村さんは、

「んもう、脅かさないでよ。ブリちゃんまで　致さ　たんじゃないかって——あ　、こんにちは」

説明の途中で本庄さんに気づくと、すぐに挨拶をする。オネエ言葉を話す中年男性の登場に、本庄さんのほうはよほど驚いたらしく、口をぽかんと開けている。

本庄さんと初対面の挨拶を終え、事情説明の続きに戻る。曰く——。

先ほどちょっとした用事があって、部屋を出ようとしたところ、僕の部屋の玄関が開けっ放しになっているのが見えた。これはてっきり、僕も拉致されたのだと思った吉村さん

は――自分までここで拉致されてしまったら、助けに行く人が誰もいなくなってしまうと思い――慌てて自室に戻って、様子を窺《うかが》っていた。するとドアが閉まる音がして、梅田会の連中もようやく去って行った様子である。

「……でもまだ、梅田会のやつ　が　のへんにいて、鉢合わせでも　た　大変じゃない。　思って、こんな格好　て来ちゃった」

いきなりヘルメットを被って包丁を持った姿で現れたときには、何事かと思ったが、説明を聞いてみればなるほど、納得のいく話だった。

「で、最初に何で部屋を出たかって言うと、あの暗号について、ちょっと思いついたことがあったの。……ここで言っていい？」

最後に聞いてきたのは、魔人ブウや本庄さんなど、事件とは無関係な人間がここにいることに、ようやく気づいて配慮したのだろうが、少し遅すぎたきらいがあった。

僕は本庄さんと魔人ブウを等分に見てから、

「二人は、　　せ聞いてもわかんないでしょ」

「じゃあ言っちゃうけ　……目の　えない人用の、点字ってあるじゃない」

吉村さんは「点字」に着目したのだった。説明すると次のようになる。

視覚障害者用の点字は、たしか六つの点で構成されている。個々の点のあるなしの組合せで、文字を区別している。先ほど僕が二の六乗で六十四通りと言っていたが、それと同じ方式だということで思い出した。点字の場合、左上から縦に一、二、三、右上から縦に四、五、六と、二列になっている。クラリネットの表側の穴は縦一列だが、上から順に一、二、三、四、五、六と番号をふれば、クラリネットの運指と点字とは一対一で対応する。点字は一対一で仮名文字に対応する。つまり一つの音符が（運指、点字と経由して）一つの文字にちゃんと対応していることになる。

「　か　？」

「点字かあ。の一　ん表　たいなのって、よ　む　さん、持ってない？　あ　ばすぐにべ　るんだけ　……」

一覧表が手元になければ、せっかくのアイデアもすぐには調べられない。すると、

「点字の一　ん表な　、僕が持ってるけ　」

横から唐突に発言したのは、魔人ブウであった。意外な伏兵現る。ありがたい。でもなぜそんなものを持っているのだろう。聞いてみると、

「小説の　料です。僕は実は作家なんです。といってもまだ、有名にはな　てないんですけ、いず　は仲手川雅之《まさゆき》って、　ん聞にも　んと広告が打た　たりするような、　んな作家になって　せます」

　途中から本庄さんに向かって喋っているような状態になった。その本庄さんが言う。

「　の一　ん表、ここに持ってきて」

「は、ただいま」

すっと立ち上がり、すたたたた、と部屋を出て行って、すぐにすたたたたたと戻って来る。

「こち　でございます」

必要としているのは僕だと、わかっているはずなのに、なぜか本庄さんの前に差し出す。それを彼女が僕に手渡してくれる。明らかに二度手間だが、魔人ブウがいなければこんなに早く一覧を入手できなかったことを思えば、それしきのことで文句は言えない。

本庄さんも、魔人ブウの存在が邪魔に思えてきたらしい。

「今日はもういいよ、ユー、下がって」

「は。　では」

なぜか片膝《かたひざ》立ちの姿勢で、本庄さんに向かってぴょこんと一礼すると、回れ右をして立ち上がり、魔人ブウこと仲手川さんは、風のように去って行ったのだった。

「じゃああた　も、何だかお邪魔む　たいだか　……。ごゆっくりー」

そう言って、吉村さんも出て行ってしまう。あとには僕と本庄さんだけが残された。

「なんかすごい変な人たち……」

本庄さんは、ぐったりとした表情を見せていたが、急に目を爛々《らんらん》と輝かせて、

「　言えばさっきも、暗号が　のこうの、　たいなはな　を　てたけ　……」

「あ、はい。　なんですよ。十六小節っていう短い曲の楽譜があるんですけ　、　が

実は暗号だったってはな　があって……」

僕は棚から五線譜を一枚抜き出すと、あの曲の楽譜を手早く描いていった。余った場所には、曲中で使われている十個の音を横に並べて記し、それぞれの下に白丸を縦に六つ描いて並べてゆく。そうしておいてから、その音を出すときにクラリネットの穴を、開放ならば白丸のまま、塞ぐ場合には黒丸というふうに、塗り分けてゆく。さらにその下に、二×三の点字形式に書き直したものを付け加える。最後に点字一覧表から対応する文字をそれぞれ見つけては、最下段に書き込んでいった。

各音階と平仮名が一対一で対応したところで、あの曲のすべての音符の下に、対応する平仮名を書いてゆく。すると……。

「何だこりゃ」

音符が七十六個もある——つまり七十六文字からなる文章を書くのに、使える仮名が十種類しかないのでは、ちゃんとした文章には到底ならないだろうと、僕はずっとそう思っていた。だが、そこには意味のある文章がちゃんと——いや、いちおう?——完成していたのである。

あいちてう　あいちてう　あのうちにとめてね

あねとめい　あねとめい　めとめのあい
うちね
あいちてう　あいちてう　あのとちにう
めてね
あねとめい　あねとめい　にあいのあい
うちね

「この『あいちてう』って、『愛　てる』を赤ちゃん言葉っぽく言った感じ？」

「だろうね」

　漢字混じりで表記すれば、次のようになるだろう。

愛ちてう　愛ちてう　あのうちに泊めて
ね
姉と姪《めい》　姉と姪　目と目の相討ちね
愛ちてう　愛ちてう　あの土地に埋めて

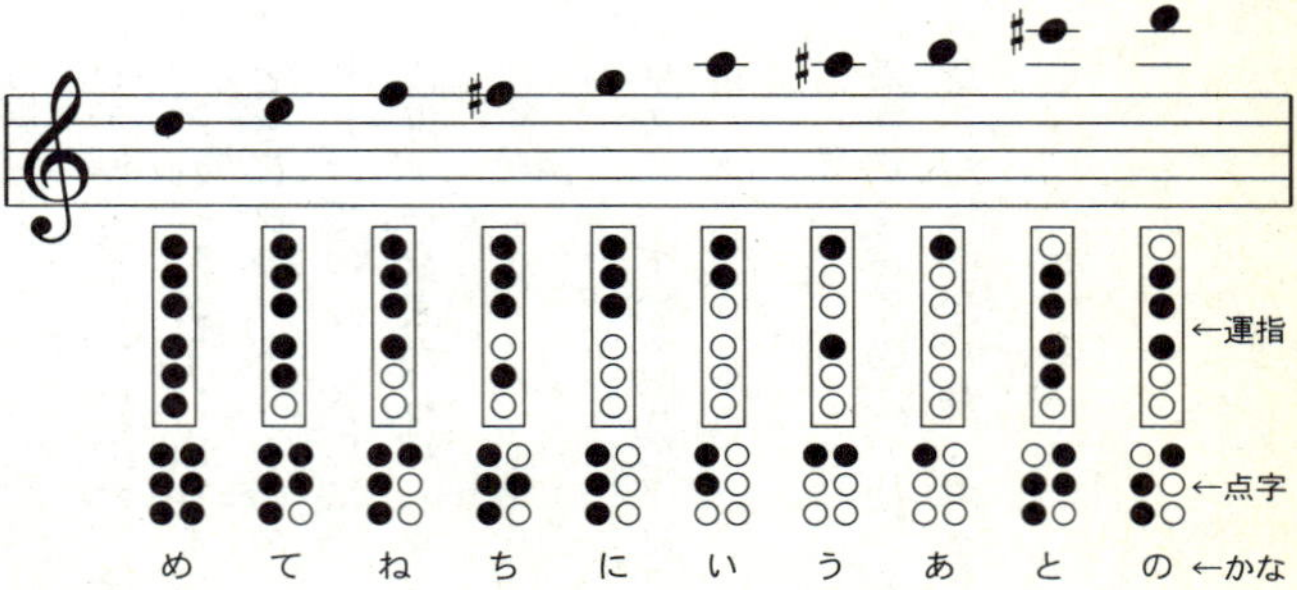

図2　音符、運指、点字、かなの対応

図３　暗号音符の解読結果

ね
姉と姪　姉と姪　似合いの相討ちね

「こ　……この曲の歌　ってこと？」

本庄さんが言うように、明らかにこれは普通の文章ではなく、曲の歌詞のような形式で書かれている。僕は試しにその歌詞をメロディに乗せて歌ってみた。

「愛ちてう、愛ちてう、あのうちに泊めてねー」

馬鹿馬鹿しい。まったく。そういえば木村は手紙に、馬鹿馬鹿しい暗号とか何とか、書いてなかったか。ポケットから携帯を取り出して文章を確認すると、木村はこの楽譜について「知恵をしぼったギャグふうの暗号」と書いていたのだった。

「解いた結果はギャグで　た、か」

思わずそう呟《つぶや》いて嘆息する。

「　ゆーこと？」

事情を把握していない様子の本庄さんが、目で説明を求めている。僕は改めて、梅田会が関係していることや（吉村さんが名前を出してしまったから）、木村というクラ奏者が死んでいることなども含め、今までの経緯をほぼすべて、彼女に説明していった。

「……なるほ　。　で、暗号が解けたと思った　、こんなふざけた歌　　たいなものが出てきた。麻薬だか何だかの隠　場所でも何でもないじゃん。木む　は何でこんな暗号を作って、わざわざ最後の手が　に　封　たんだろう――っていうのが、今の状況ってこと？」

　僕の説明はあちこちに話が飛んで、これではわかりにくいなと自分でも思っていたのだが、本庄さんは並外れた理解力をもって、現在の状況を正確に把握していた。

「でも、何か割り切　ない感じがするんだよね……何だろう？」

　僕が妙なもやもや感を持て余していると、

「ここ――『あの土地に埋めてね』っていう部分が、　のブツの隠　場所を指　てるとかは？」

　本庄さんが指摘するが、僕はさすがにそれはないだろうと思った。たった十種類の仮名でこれだけの文章を作るだけでも、きっと精一杯だったと思うのだ。

「っか。でも……た　かにまだ、ゴールは　えてない状態かも　ないけ　、とりあえずこの暗号が解けて、一歩前　ん　たってことは言えると思うよ。……うち　の中では、ね。でも　を、関さんって人に伝えなきゃ、結局は意　ないんでしょ？」

「　なんだよね」

　僕は大きく息を吐いた。こちらでいくら解読が進んだとしても、それだけでは意味がないのである。

「じゃあ の、関さんか 送 てきたっていうメールと同じように、こっちか のメッセージも暗号に て、メールで送った ?」

「あ、 か！」

二人であれこれと考えた結果、次のような文章ができたので、さっそく送信する。

どこ行ってるの？　いつ帰ってくるのか連絡して。
いま昔の紅白のビデオ見てるんだけど、
白組のあれなど見てられん。ドジで。

最後の「白組のあれなど見てられん。ドジで」の部分を「クラリネット症候群」で解読すると「ろぐのあなてんじで」という文字が浮かび上がる。それを「六の穴、点字で」と解釈してほしいのだが、はたしてうまく伝わるかどうか……。

「じゃ、ひと区切りついたところで、うち、 ろ ろ……」

本庄さんが辞去の意思を伝えてきた。

「あ、すいませんでした。さっきは本当に」

「あ、ううん、 んなに気に てないよ、うちは」

そう言ってもらえて、僕は心底ほっとする。

「あと変な騒ぎにも巻き込んじゃって。　いえば、街に出る用事もあったんですよね」

「あ……、　は大丈夫」

「で、えーっと、ク　リネットは……」

僕のかわりに楽器修理の店に出しておいてくれるという申し出は、まだ有効なのだろうか。僕としては早いとこ楽器を修理して、結果的にこの症候群が早く治ってくれるのなら、それに越したことはないのだが。

「あ、　っか」

玄関に向かおうとしていた本庄さんが、忘れてた、というふうに立ち止る。

「出　といてあげる。持ってきて」

「でも……、問題のコピーがケースの中に入ってるんですけ　」

「いいんじゃない。　のまま出　ちゃっても」

自分の鞄を左手に、僕から受け取った楽器ケースを右手に提げた本庄さんは、

「じゃ、楽器出　た　、またメールするね」

と言い残して、僕の家から立ち去ったのであった。

13

玄関まで本庄さんを見送ったあと、僕は自分の部屋に戻って床に大の字になった。

今日の午後は本当にいろんなことがあった。福出川の河原で本庄さんを待ち伏せて、彼女と過ごした夢のような時間がまずあった。そこに曽根たちがやってきて「クララ」が壊される。その瞬間から「クラリネット症候群」を発症していたのに、そのことに気づかず、本庄さんの言葉をことごとくエロいほうに聞き間違えてドギマギしていた馬鹿な僕がいた。帰宅してようやく「症候群」の発症に気づいてあたふたとする僕。さらに関さんが梅田会に拉致されたことが判明して、吉村さんと二人で暗号解読に取り組むことになり、そんなさなかに本庄さんがこの家に来て、押し倒したら抵抗されて、彼女の悲鳴を聞いて家に飛び込んできた魔人ブウに組み伏せられ、解放されたと思ったら今度は吉村さんが包丁を持って現れて、いろいろあってまた本庄さんと二人きりになり、ようやく暗号を解いたと思ったら、それが「愛ちてう」というしょーもないもので……。

関さんはどうしているだろう。僕のメールは組員の検閲を通ってちゃんと彼にまで届いただろうか。暗号化して組み込んだ「点字」のヒントに気づいて、僕と同じところまで解読を進めてくれているだろうか。

十分ほど、そうしてぼんやりとしていた。そこでふと、とりあえず楽譜の暗号が解けた、点字のヒントが参考になったということを、吉村さんに報告し、お礼を言っておかなければと思った。

気合を入れて立ち上がり、楽譜と点字一覧表を床から拾い上げた。この楽譜はあとで処分しておかないと。点字一覧表も魔人ブウに返さなければならない。

外に出ると陽《ひ》が西に傾いていた。携帯で現在時刻を確認すると午後四時だった。今日の午後は本当にいろんな事が立て続けに起こったが、それもたった四時間の間の出来事だったのだ。

サンダルをつっかけて一〇四号室まで行き、ドアをノックしたが、中からの応答はなかった。どこかに外出しているのだろう。でも買物は済ませたはずだし（その帰りに僕の部屋に顔を出し、関さんの車が駐車場にあると教えてくれた）、その後にコンビニにも行っているので（コピーを取りに行って、ついでに僕にプリンまで買ってきてくれた）、今この時間に外出しているというのは妙といえば妙である。試しにドアノブをひねってみたが、施錠されていてドアは開かない。

次に一〇二号室を訪ねる。ドアをノックすると、やはり応答がない。しかし室内には人の気配があった。

「すいませーん。隣の犬育です。お借 いただいた 料を、返却 にきま た」

声を掛けるとしばらくして、玄関の錠が外され、細めに開けたドアの隙間から魔人ブウこと仲手川さんが顔を覗かせた。チェーンロックが掛かっている。居留守を使ったり、チェーンを外さなかったり、用心深いというか人嫌いというのか……お隣さんの立場からすれば、ちょっと面倒な性格だなあと、改めて思う。

「ありがとうございま　た。とっても役に立ちま　た」

お礼とともに、ドアの隙間から点字の一覧表を返却する。仲手川さんはしきりに僕の背後を気にするそぶりを見せていたが、

「……あの方は？」

と僕に訊《き》いて来た。本庄さんのことだろう。僕が「帰りま　た」と答えると、

「あんな人が三次元にいたなんて……」

まるで異次元空間から来た人のようなことを言う。そこで急に目付きが変わり、

「お前はあの方と　ゆー関係なんだ。あの方を　の程　、大切に思ってるんだ」

「えーっと、学校の先輩です。僕はものすごーく彼女に憧　ています」

僕は胸を張ってそう答えたのだが、魔人は一笑に付した。

「ふん。憧　てる？　……まだまだだな。僕は彼女のためな　　ねる」

「……あのー、岩　ずさん？」

「仲手川だ」

どうやら僕の皮肉は通じなかったらしい。自分の世界に入ってしまった魔人ブウはそのままにして、僕は自分の家に戻った。ポケットから携帯を取り出して、先ほど打ち込んだ木村誠の手紙をじっくりと読む。

楽譜暗号の解読結果が「愛ちてう」以外にないのなら、その楽譜自体、注意を逸らすための罠《わな》であり、本当の暗号文は手紙本体の中に隠されているのではないか。この文章をメールに打ち込むときに、僕は木村の国語力のなさを笑ったが、そうではなく、暗号を仕込んだからこそ文章が不自然になったのだと考えたほうが、納得ができる。

まず御免。これが愛の告白じゃなくて。人生色々。いつも邪魔者は消されるのだ。取引相手が裏切る可能性は、山ほどあるし、その場合、多分僕は自殺したことに全面的になっているに違いない。自己防衛のためには、空気を読んで、暗号をしたためよう。同封した楽譜は知恵をしぼったギャグふうの暗号。色々試してほしいのだ。僕たちがふとした偶然から手にしたあの物を、鉄の扉の向うに閉じこめたけど、ひょっとしたら盗もうとする人がいてもおかしくない。うかつな場所だと。だから簡単には入れない所を見繕って隠した。僕って天才かも。もしひとりでは解読がダメならば、クラリネットの演奏者の協力を得るため奥の手を使うことになっても許す。あ、僕が死んでいる場合の話だよ。余計な話とは思うんだけどね。

何文字か置きに飛ばして読むと、隠された文章が浮かび上がる、みたいなパターンが、まず考えられる。それをしらみ潰《つぶ》しに試してみるしかないのだろうか。面倒くさいなあ。何か必勝法はないのだろうか。

暗号解読の必勝法など、普通に生きてたら、知っている必要性なんてまったくないことだからなあ。

そうだ。仲手川さんは小説家で、点字の一覧表などという特殊なものも、資料として部屋に備えていた。暗号解読の資料も何か持っているのではないだろうか。

再び一〇二号室を訪ねる。ドアをノックして「犬育でーす」と声を掛けると、魔人ブウは「またあんたか」と言って、ドアチェーンを掛けたまま顔を覗かせる。

「本庄さんか の伝言で、暗号解 くの 料のようなものがあった 、貸 てほ ということなんですけ 」

普通に頼んでも貸してもらえるかどうかわからなかったので、勝手に本庄さんの名前を出してしまったが、まあ、許してもらえるだろう。その効果は絶大だった。魔人ブウはいったん部屋に引っ込んだかと思うと、すぐに本の山を抱えて戻ってきた。げんなりするほどの量だ。ドアチェーンの幅ぎりぎりを通して手渡される。その中の一冊を示して、

「この『秘文字』には普及版と限定版があって、僕の持ってるこ は限定版だか 、雑

には扱わないでほ　　って伝えておいて」

と得意げに言ったあと、もう一冊、青っぽい表紙の本を指差して、

「あと、この本に、　ん歩の〈二銭　貨〉ってのが収録さ　てるんだけ　、　　が点字を使った暗号を扱っていて、も　か　た　参考になるんじゃないかって」

「あ、はい。伝えておきます。ありがとうございます」

　本の山を抱えて家に戻り、まずは魔人ブウが気になることを言っていた「二銭銅貨」を読むために、『13の暗号』という本を手に取った。暗号ミステリのアンソロジーであり、江戸川乱歩の「二銭銅貨」は巻頭に収録されている。江戸川乱歩といえば『少年探偵団』や『怪人二十面相』の作者だ。普段は本を読まない僕でも、その程度の知識はある。かなり古い小説のようだったが、語り出しに雰囲気があって、すぐに物語の世界へと惹き込まれた。

　先に「点字を使った暗号を扱って」うんぬんと聞かされていたので、作中に暗号が出てきたところでは、すぐに仕掛けがわかった。

　話がいよいよ佳境にさしかかろうかというところで、携帯に電話が掛かってきた。読書を中断して確認すると、発信者欄には「本庄さん」と表示されていた。楽器を修理に出してくれたという報告だろう。

「あ、本庄さん？　先ほ　は　　も。で、　　で　　た？」

「……翔太くん、今ちょっと、出て来　ない？」

何かトラブルでもあったのだろうか。

「いいですけ　」

「うち、今、護国《ごこく》神社の駐車場にいるんだけ　……」

翠橋を渡り、土手を河原とは反対側に下りて少し行ったところにある神社だ。

「わかりま　た。今か　行きます」

読みかけの本を鞄に突っ込んで部屋を出た。自転車で、途中までは昼間と同じコースを走る。翠橋を渡ったところで土手を下り、枕山《まくらやま》の麓《ふもと》、神社の目印である赤い大鳥居に向かって直線を飛ばす。

桃谷と同様、このあたりも民家がぽつんぽつんとあるばかりで、あとは田圃《でんぼ》や畑、草叢《くさむら》や空地《あきち》など、自然のままの風景が広がっている。

その先にある護国神社も、縁日のときは別として、普段は人の気配のあまりない寂《さび》れた場所である。広い敷地の多くは林に覆われていて、その中にぽつん、ぽつんと社殿などが配置されている。夕方になると山の陰に入って薄暗さが増すので、より淋しく感じられる。

無駄に広い駐車場に着くと、僕はその真ん中に自転車を止めて、周囲を見渡した。奥のほうに白いセダンが一台。入口の近くに紺色のワゴン車。人の姿は見当たらない。

と思っていると、ワゴン車のスライドドアが開き、「クララ」のケースを抱いた本庄さんが降りてきた。続いてスーツの男が三人、車から降りてきて、そのうちの一人、茶色のスーツの男が本庄さんの首に腕を回した。

「おい、この坊主、自転車を降りてこっちに来い。逃げようとするなよ。逃げたらこの子がどうなるか、わかってんだろうな」

「ごめんねー、うち、捕まっちゃった」

茶色スーツの男が腕に力を入れ、本庄さんの身体がぐらっと揺れた。

僕にはどうすることもできなかった。自転車を降り、それを引いて男たちのもとへと向かう。

紺色のワゴン車――ワンボックスカー。窓にはフィルムが貼られており、中が見えないようになっている。魔人ブウが目撃したという、関さんを連れ去っていった連中の車だ。つまりは梅田会の。

わかっていながら、どうすることもできない。

駐車場の隅に自転車を停めた僕は、男たちに促《うなが》されて、開いていたスライドドアから車に乗り込んだ。

14

後部座席は二列になっており、僕は後列の右隅に座った。黒いスーツの男二人が僕の左隣に座る。僕の前が本庄さんで、その隣が茶色スーツの男という配列。運転席・助手席の背後にはカーテンが取り付けられていて、今はそれが閉まっている。外から見たときに内部が見えないようになっていた窓ガラスのフィルムは、マジックミラーのようになっていて、内側からなら外の景色が透けて見える。

車が動き出す。隣の男が僕の荷物をあらため始めた。ポケットの携帯電話も取り上げられてしまう。

「ごめんね、翔太くん。ユーんとこ出てすぐに、この車に乗せ　て……」

つまり「藤木荘」の僕の部屋は、それより前からすでに目を付けられていた——見張られていたということだ。

翠橋を渡った車は亀岩《かめいわ》の交差点で右折して、旧群農《ぐんのう》街道を南へとひた走る。あたりからは次第に田園風景が消えてゆき、道の両側には住宅が立ち並ぶようになる。鱈場高校の前もあっという間に通り過ぎる。

さらに十五分ほど走ったところで、左手に、高いコンクリート塀で囲まれた広大な敷地が見えてきた。鰐場市民の誰もがその前を避けて通るという、梅田会本部がここである。僕たちの乗った車は正門の鉄扉の前に横付けにされた。助手席から降りた男が通用口を通って中に入る。やがて鉄扉が大きく内側に開かれ、車は敷地内に乗り入れた。

どうしようもなかった。僕はついに梅田会本部に連れ込まれてしまったのだ。車に乗せられてから今まで、特に乱暴な扱いを受けずに来られたのが、せめてもの救いだった。

駐車スペースで車を降ろされた僕と本庄さんは、同乗していた三人の男たちによって、正面に見える三階建てのビルへと連行された。本庄さんの鞄と「クララ」のケース、僕の荷物などは、黒スーツの男たちが手に提げている。正面玄関の脇で立番をしていた若い男が、三人に挨拶をする一方で、制服姿の僕たちをジロッと睨《にら》んだのが、何より恐ろしく感じられた。

赤い絨緞《じゅうたん》の敷かれた一階の廊下を、いちばん奥の部屋まで進み、茶色スーツの男が黒塗りの重厚なドアをノックした。内側から応答があり、男がドアを開けた。

「つ　ます。若。二人とも連　てまいりま　た」

「ご苦労」

廊下と同じ赤い絨緞が敷かれた室内は、学校の教室ほどの広さがあり、手前に応接セット、奥に大きなデスクが置かれている。そのデスクから一人の男が立ち上った。四十歳ぐらいで、艶のある黒髪をオールバックに固めている。薄いグレーのスーツの中に黒いワイシャツ、赤いネクタイを締めており、ようやくそれっぽい格好の男が現れたなと僕は思った。

前もって段取りが決められていたのだろう、

「では、連　てきます」

三人の男は僕たちの荷物を応接セットのソファに置くと、そう言って、部屋を出て行った。

オールバックの男がこちらに近づいてくる。

「まあ、掛けてください」

男の鋭い眼光は僕一人に向けられていた。僕の脳内はパニック寸前で、その言葉の意味も一瞬遅れてようやく理解できた。慌ててソファに腰を下ろす。本庄さんも僕の隣に座った。

「大が　といいます。よろ　く」

オールバックの男は「大神《おおがみ》」と名乗り、僕たちの前に座った。相手の迫力に威圧され、僕はソファの中で小さくなった。

大神は次のようなことを言った。

そんなに硬くならないでいただきたい。われわれが君を拉致したなどと考えてもらっては困る。君はあくまでも自分の意志でここに来た。われわれからすれば、警察がよくやる任意同行というやつと同じで、強制ではなく、あくまでもご協力いただいたという形である。

「……ちな　に、部下が非　をはた　いたというようなことは、ありませんで　たよね。……よろ　い」

僕は蛇に睨まれた蛙《かえる》のような状態で、大神の話の内容をよく理解していないまま、とにかく唯々諾々《いいだくだく》と頷きを返すことしかできなかった。

大神は僕と本庄さんを等分に見て、次のように話を続けた。

別にわれわれは、君たちをどうこうしようというつもりはない。われわれはただ、探しているある物が見つかるまでの間、君たちが余計なことをしないように、自分たちの監視下に君たちを置いておきたいというのがひとつ。さらにもうひとつ、もし可能であれば、その探し物に協力していただきたい。何しろうちの連中ときたら、ガタイは良くても脳味噌はからきしというのが多くてね。あいつらに任せておいたら、いつ解決できるかわからないというので、君の父親にも協力していただくことになったのだが、どういうわけか、その話が君にも洩れていて、しかも君のほうが、父親よりも先に手掛りを見つけたという話だったので……。

話がそこまで進んだところで、ノックの音がした。大神が低い声で「入　」と言う。

ドアが開いて——先頭に入ってきたのは、吉村さんだった。

「ああ、ブリちゃん！　ブリちゃんも捕まっちゃったのね」

そう言いながら駆け寄って来て、ソファの背もたれ越しに僕に抱きつき、よよよと泣く。

そうか。吉村さんも捕まっていたのか。「藤木荘」チームの最後の切札も、これで無くなってしまったというわけだ。まあ、最初からあまり期待はしていなかったのだが。

「すまんな、翔太。こんなことに巻き込んじまって」

そう言いながら、「あき」のケースを提げた関さんが入ってきた。その視線が僕の隣、本庄さんのほうに向けられたところで、ハッとした表情になる――本庄さんはなぜか、あさっての方向に顔を向けていた。

「き、きは……高校生だったのか！」

本庄さんが、観念したような顔で僕のほうを向き、こう言った。

「ゆーことなの。つまりうちが、木む　誠の恋人だったってわけ」

15

「木む　か　――マコっちゃんか　、あの暗号の手が　を受け取ったのもうち」

呆然《ぼうぜん》とする僕に向かって、本庄さんはさらに説明をしてゆく。それは、吉村さんが前に想像したものと、ほぼ同じだった。

木村誠が溺死体で発見された後、その恋人ということで、本庄さんは梅田会に捕まった。彼女はそのときすでに、生前に木村が出した手紙を受け取っていたので、それを梅田会に提出した。自分は木村が裏でやっていたこととは無関係だ。あとは勝手に暗号を解いて問題の品物を回収してほしい。しかし梅田会は暗号解読に難儀している様子だった。まだ何か隠しているのではないかと再び接触してくる。本庄さんは組員に、クラリネットの演奏者に協力してもらっているかどうか、質《ただ》したところ、外部に情報を洩らしたくない、組の内部で詳しい人間を探していると言われる。クラリネットを吹けるヤクザなど本当にいるのか。彼らに任せていては、いつまで経っても埒《らち》が明かないと見た彼女は、ジャズクラ奏者を探して夜の街をさまよい、たまたま入った「ブラウン」という店で、関さんに目をつける。

「――一緒にホテルに行って、謎解きに協力　てほ　　って言って、か　に暗号のコピーを渡　て、で、関って人にはな　ちゃったよーってこいつ　に　ん　くして、今回の件に巻き込んだの。……ごめんね」

関さんが彼女とホテルで一夜をともにしていた――それが僕にとっては最大の衝撃だった。それはないよ関さん。ひどいよ。今日の朝帰りの相手が本庄さんだったなんて。

関さんは関さんで、一緒にホテルに泊まった相手が高校生だったという事実にショックを受けているようだった。

「高校生とは思わなかったんだ……。だって、あきちゃんはあの顔で二十六歳だ　、だか幼く　えても、もっといってると思ったんだ……」

まあたしかに、童顔で巨乳で——グラビアアイドルの「ほしのあき」が好きな関さんにとって、本庄さんはど真ん中のストライクだったかもしれない。それはそうなんだけど。本庄さんも今日は同様に朝帰りをして、そのまま学校に出て、午後には僕の部屋に来て——だから生あくびを連発してたんだ。寝不足だったから。って、そんな謎解き、もうどうでもいい。何なんだいったい。

本庄さんの説明は続いていた。曰く——。

河原で僕に話しかけたのは、最初は純粋に、その演奏に惹かれたからだ（と彼女は言った）。しかしその後、ベンチに置いてあった楽器ケースを見て、自分の目を疑うことになった。朝まで一緒にいた関という人が持っていたものと、それはどう見ても同じ物のように見えた。その後、僕が壊れたクラリネットを分解してしまうときに、ケースの中が見えたが、そこで同一の物だと確認できた。それどころか、隅のほうに押し込まれている紙は、自分が今朝、ホテルで関という人に渡した、あの暗号のコピーではないか。僕がそれを見てしまったら、またややこしいことになる。だから自分の知っている楽器店を紹介して、そこにケースを出させて、問題のコピーを回収しようとしたのだが……。

「メール送ったのに、何だか症候群にはなってる　、　のせいで楽器は出せないって言うか、だか　うちがわざわざ楽器を受け取りに行ったのに、行った　行ったでいきなり押倒さ　る——」

「何だって!」と関さんが言い、

「違うの。ちょっと　た誤解があっただけで、結局は何もなかったか　」と僕が慌ててフォローする。暴力団本部のビルに二人揃って監禁された状態で、いったい僕らは何の会話をしているんだ。まったく。

「　の前に、ユーのはな　を聞いてた　、もうすでにケースか　暗号のコピーを　つけて、勝手に謎解きを始めてる　たいだってわかったか　、うち、慌ててここに電話　て、何やってんの、秘　つ洩　てるよって言って、うちが出てってか　、ユーと……彼女……?」

吉村さんのほうを見て、性別をどうしたらいいかを悩んでいる。そんなことはどうでもいいのだ。

「とにかく　の二人も、自由にさせとくと、またはな　がこんが　がるか　、手元に確保といたほうがいいよって言って——結果的に、ユーたちのほうが優秀だったたいね、かよりも」

関さんは髪をぼりぼりと掻《か》いて、

「翔太か　ヒントをも　って、ようやく解けたんだけ　、ありゃ何なんだ?『愛ちてうー、愛ちてうー』ってのは」

「たぶんあっちはダ　ーで、もう一枚の——手が　の本文のほうが、暗号になってるんだと思います」

最後の部分は大神に向かって言った。こうなったらもう早いとこ暗号を解いて、四人とも解放してもらうしかないと、腹をくくったのである。

「では、せっかく四人もの方々にこう　て集まっていただいたので、ここで最後の謎解きを　ても　おうかな。……おい」

大神が声を掛けると、関さんたちを連れてきた男がドアを半分開け、外に声を掛けて——しばらくして入って来た男は、手に封筒と便箋を持っていた。木村が本庄さんに書き残した、これが原本なのだろう。

「作業はここでやってても　おう。わた　は向こうのデスクで　事の続きをさせても　う。何か必要なものがあった　遠慮なく言ってく　」

「カッ　んが食いたい」

関さんが本当に遠慮なく言う。

「お前　は？」

「あた　はいい」

「うちも別に」

「僕もい　ない」

「じゃあお　だけか。カツ　ん一丁」

　ドア付近にいた四人の男たちの中で、いちばん下っ端らしい若い男が、注文を受けて部屋を出て行った。表情にこそ出していないものの、関さんの傍若無人なふるまいが、彼らの神経を逆なでしていることはほぼ間違いない。今は許されているからいいようなものの、これ以上反感を買ったら何をされるかわからない。その前にとっとと暗号を解いて、早くここから出してもらおう。それしかない。

　僕は木村誠が遺したという手紙をテーブルの上に広げた。さて、これをどう解くか。急がば回れということわざもある。僕は自分の鞄から、読みかけだった『13の暗号』を取り出した。本庄さんがそれを見て、ハッとした表情になる。僕は彼女に言っておくべきことがあったのを思い出した。

「あ、　だ。僕こ　、あの仲手川さんから借りたんだけ　、　の際に、本庄さんの名前を勝手に使っちゃったんだけ　……」

「あ、うん。いいよ別に。この暗号を早く解いてほ　ってのは、うちも同じ気持ちだかなのために必要な本な　、うちも貸　てほ　って思う　」

「おい、仲手川って、隣の魔人ブウだよな？」

　関さんが不思議そうに聞いてくる。今まで没交渉だったお隣さんから、どうしてお前が本を借りられたんだという疑問は、あって当然だろう。

「実はいろいろあって――」

「魔人ブウ！　言わ　て　ば」

その呼称に本庄さんがウケている。手を叩いてひとしきり笑ったかと思うと、不意に真顔になって、

「ねえ、　いえばユーって、何でブリちゃんって呼ば　てるの？」

今まで気になっていたけど聞くタイミングを逸していた、という感じの聞き方だった。

僕が答えるより先に、横から吉村さんが口をはさんでいた。

「ブリーダーのブリちゃんよ」

僕がそのフォローをする。

「ほ、僕の苗字って、犬を　だてるって書くじゃない。だか　――」

「何だって！」

突然、部屋の奥から大声がして、僕たちがびっくりして顔を向けると――。

呆然とした表情で、大神がデスクから立ち上がるところだった。つかつかと僕の横まで歩み寄り、他の三人には目もくれずに、

「お前、名前は」

「犬育、翔太です」

「両　んの名前は」

「母は犬育留　です。父は――　りません。母は　婚の母だったので」

「生年月日は」

「ぼ、僕のですか。生年月日は、一九八七年、九月十日です」

「生ま　たときの体重は？　……いや、　熟児だったか　かでいい」

「普通だったと思います。僕を産んですぐに退院　たってはな　を聞いたことがあります」

　この矢継ぎ早の質問は何なんだ。……まさか。

　大神が突然、述懐を始めた。

「お　は今か　十六年前――一九八七年の二月まで、犬育留　ってハーフの女と付き合っていた。三月に別　たんだが……。まさかあいつが、お　の子　もを　籠《ごも》っていたとはな。つまり――」

　大神は僕の顔をじっと見詰めながら言った。

「お前は――お　の息子だってことだ」

16

　こんなところで、こんな形で、まさか自分の本当の父親が見つかるとは。

「お　にこんな立派な息子がいたとはな……」

大神も感慨深げにそう言っていたかと思うと、突然、

「よ　、お前はお　が引き取ろう。お　はく　長の一人娘と結婚　て、こと　で十年になるんだが、いまだに子　もができなくて、自分の跡取りを　するか、ずっと気に　ていたんだ。おやっさんも事情を話せば許　てく　るだろう」

そんなことを勝手に決められても。ヤクザの跡取りだって。冗談じゃない。

「よかったな翔太。本当のお父さんが　つかって」

関さん、そんなこと言わないでよ。まるで、厄介払《やっかいばら》いができてうれしいと——今まで僕のことがお荷物だったと——そう言ってるようなものじゃないか。

「大が　さんって、外国人の血は混じってないですよね」

本庄さんも何だかピントのずれたことを言っている。僕が彫《ほり》の深い顔立ちなのは、母親が日米のハーフだからだと、河原で説明したじゃないか——と思っていると、そのことはちゃんと憶えていたらしく、

「だとすると、翔太くんはクオーターってことになるんだ。四分の三は日本人ってことね」

そういえば、そんな話もしたっけ。たしかに大神が父親ならば、僕はクオーターだ。日本人の血が四分の三入っている。

四分の三。その言葉が妙に気にかかった。四分の三。四分の三。

そうだ。あの楽譜の暗号を解いた後、妙に割り切れない、もやもやとした感じがしていた――その理由がようやくわかったのだ。

なぜ八分の三拍子なのか――それが僕は気になっていたのである。

あの楽譜の暗号では、ひとつの音階がひとつの仮名に対応していた。つまり重要なのは各音符の音階だけで、その他の情報は、暗号の解読には無関係だった。暗号の作り手の側から言えば、音階の並びだけが先に決まっていて、あとは楽曲としてどう形を整えるかという観点で、全体の拍子や、各音符の種類（八分音符にするか十六分音符にするか）、休符の場所などが、後追いで決められていったのだろう。

でも「五・五・九」という音の構成であれば、四分の四拍子にすることもできたはずである。あえて三拍子にこだわったのだとしても、もっと一般的な四分の三拍子にすればいい。なぜわざわざ八分の三拍子などという、珍しい拍子取りにしたのか。四分の四拍子や四分の三拍子のほうが、楽譜を描くのが簡単だし（十六分音符が八分音符になり、八分音符が四分音符になって、各音符のひげを描く手間がそのぶん省《はぶ》ける）、何よりそちらのほうが一般的である。それなのにあえて八分の三拍子という指定をしたのは、そこに何らかの理由が――必然性があったからだと考えられる。

これが暗号を解く最後の手掛りになっているのではないか。手紙のほうの暗号を、何文字置きに飛ばして読めという指定の数字。八分の三——八文字の中の三番目とか。

僕は手紙の文面を確認した。最初の八字は句点も含めれば「まず御免。これが」で、三文字目は「御」。次の八字は「愛の告白じゃなく」で三文字目が「告」。さらに「て。人生色々。い」の「人」。「つも邪魔者は消さ」の「邪」。「御・告・人・邪」——「護国神社」？

「暗号が——解けたかも　ません」

「何だって？」

大神が声を上げた。

「あの……僕の携帯、返　ても　えませんか？　電話じゃないです。電話とかメールとかは　ませんか　。じゃなくて、僕、携帯のメールにこの文章、打ち込んでおいたんです。　っちのほうが早く確認でき　なんで」

大神が承諾し、僕から携帯を取り上げた組員が、僕にそれを返してきた。

「手元を　ていてください。怪　ことは何も　ません。今この画面は標準の、十二かける十二になっています。これを拡大に　て、八かける八に設定　直　ます。……こう　といて、問題のメールを呼び出　ます。この状態で、各行の三文字目を縦に読むと——」

僕だけでなく、関さん、本庄さん、吉村さん、大神の四人も、僕の携帯の画面を見詰めている。その全員が声に出して三文字目を縦に読んでゆく。僕は画面をスクロールさせていった。

まず御免。これが
愛の告白じゃなく
て。人生色々。い
つも邪魔者は消さ
れるのだ。取引相
手が裏切る可能性
は、山ほどあるし
、その場合、多分
僕は自殺したこと
に全面的になって
いるに違いない。
自己防衛のために
は、空気を読んで
、暗号をしたため
よう。同封した楽

譜は知恵をしぼったギャグふうの暗号。色々試してほしいのだ。僕たちがふとした偶然から手にしたあの物を、鉄の扉の向うに閉じこめたけど、ひょっとしたら盗もうとする人がいてもおかしくない。うかつな場所だと。だから簡単には入れない所を見繕って隠した。僕って天才かも。もしひとりでは解

読がダメならば、
クラリネットの演
奏者の協力を得る
ため奥の手を使う
ことになっても許
す。あ、僕が死ん
でいる場合の話だ
よ。余計な話とは
思うんだけどね。

僕の携帯を取り上げた大神さんが、画面を操作しながら、解読結果を復唱した。

「護国神社のう　山の地面に防空壕。茶色の戸に鉄条網。入って左の奥にあるよん」

「護国神社って——うちっち、さっきまで　こにいたのに」

本庄さんが目を見開き、驚いたという表情をしてみせる。

「　いえば、うち、まく　山の麓に昔の防空壕があるってはな　、聞いたことある。今は　く盤事故の危険性があるとかで、入口が鉄条網だか有　鉄線だかで囲わ　てて、入ないようになってるって。神社の駐車場のいちばん奥か　山に向かって行くと、あるんだとかって」

「暗号が解けたんだか　、あた　たち、ここか　出　てく　ますよね？　も　無事に帰てく　た　、あた　たち、余計なことは何も言わないか　」

吉村さんが確認するように言う。関さんだけはマイペースで、

「まだカッ　んが来てないのに」

余計なことを言う。

大神が僕たちに向かって話し始めた。曰く——。

いましばらくのお待ちを。今からうちの若いのを神社に向かわせます。われわれの探していたものが無事に回収できたら、その時点でみなさんを家までお送りします。それまでの間、しばしのお待ちを……。

「——あなたの食事もすぐに用意させますので」

関さんにそう告げた後、続いて吉村さんのほうを向いて、次のように言った。

何か勘違いされているようですが、われわれは別に、言いふらされて困るようなことは、何もしていません。本来われわれのものであった、ある品物を、木村という男に横取りされ、それを買い取らないかと取引を持ちかけられたのは事実です。ですが、その品物が何であるかは——違法性のある物だとは、誰も言ってませんよね？　あの木村という男が亡くなったのも、事件などではありません。あれは言わば、不幸な事故でした。木村は匿名

で取引を持ちかけてきましたので、われわれとしては——そんな相手に言われるがままにお金を支払って、物は返って来ませんでしたでは、困りますからね。だから取引の際に、相手を捕まえて、確実に品物を返していただこうと考えていたのですが、あの男は逃げて逃げて——海に飛び込んだのも、結果的に溺れ死んだのも、われわれのまったく関知しないところでの出来事です。われわれがもし、あの男を故意に死なせたのだとしたら、その前に問題のブツの隠し場所は本人から聞き出して、すでに回収できていたはずです。それができていないということが、われわれの無罪を——あの男が勝手に溺れ死んだということを、結果的に証明してくれています……。

「だった　うち、ここで待ってるんじゃなくて、神社に連　てってほ　」

突然、本庄さんが大神に訴え出た。

「何も疚《やま》　ところがないんだった　、別にいいでしょ、うちが立ち会ってても。マコっちゃんが　んなことを　たのか——今回の件ではうちもいろいろ不愉快な思いをさせたりも　た　、最後の場面をちゃんとこの目で　と　けたいって気持ちもある　」

「いいだろう」

大神は即断した。

「考えて　た　、木む　がまだ現場に何か　掛けを残　てるかも　ない。　なったときには、木む　という人間をよく　っているお前がいたほうが、何かの役に立つかも

ない　、この暗号を解いたき　　にも、同じことが言える」

「え、あた　たちも？」

　吉村さんが飛び上がりそうになった。

「でも、まあ、ここにいるよりは、　とに出　ても　えるほうがいいか　　」

　僕は関さんに小さく体当たりした。放っておくとまた「カツ丼が――」などと言い出しかねないと思ったからだ。僕の思いは伝わったらしく、

「　だな。ま、カツ　んはあき　めるとするか」

「よ　、決定だ。……お前　、車を用意　ろ」

　大神の指示のもと、準備が進められてゆく。僕たちが乗ったワゴン車には、後部のトランクスペースにペンチや毛布などが積み込まれた。防空壕の入口が鉄条網で囲われているという情報があったので、その対策にということなのだろう。懐中電灯やスコップなども積み込まれる。

　梅田会としては、あまり目立つような行動はしたくないのだろう。現場に向かったのは、僕らが乗ったワゴン車が一台だけであった。七人乗りの車に、僕、関さん、吉村さん、本庄さんという民間人が四人乗って、あとは大神さんと、運転席と助手席に組員が二人という構成である。問題の品物が無事に見つかったら、その時点で解放してもらえるという約束で、僕たちは自分の荷物を持って乗り込んでいる。関さんは「クララ」のケースを開け

て破損状況を確認し始めた。

「こりゃまた、ひ　くや　たもんだな。まあ、直　て直せないものでもないが……。『ク　』が直るまでの間は、『あき』ちゃんに活躍　ても　うとするか」

その「あき」は今、僕の膝の上にある。

陽はかなり西に傾いていて、すれ違う車の多くがヘッドライトを点《とも》していた。旧群農街道を北上し、亀岩の交差点を左折して翠橋を渡る。堤を下って直進すると、あっという間に護国神社の駐車場に着く。僕の自転車が入口付近の端のほうに停めてあるのが見えた。防空壕はこの駐車場の奥から山に分け入った先にあるという話だったので、ワゴン車は駐車場のいちばん奥、白いセダンの隣に停められた。

その白いセダンの陰に隠れるようにして、ピンク色の自転車が一台停めてあるのが、僕の目に入った。本庄さんに呼び出されてここに来たときには、こんな自転車は停めてなかったはずである。ピンク色の自転車――その色に見覚えがあった。

「待ってください。……だ　かに先回りさ　てるようです」

車から降りてすぐに確認する。後輪のカバーに「仲手川」というネームが書かれていた。間違いない。魔人ブウの自転車だ。でもなぜやつがここに。……あのコピーか。吉村さんがコンビニで取ってきた。「藤木荘」チームの最後の切札の。

吉村さんに、コピーをどこに隠したか確認すると、玄関ドアの郵便受けに突っ込んでおいたという。

「　を仲手川さんは抜き出　て、自力で暗号を解　くて、ここまで来たんだ」

　彼の今の行動原理は、本庄さんが中心だ。彼女が危ないと思ったからこそ、仲手川さんはここに来た。彼は今回の件について、断片的ながら知識を得ている。午前中に関さんが部屋から無理やり連れ去られたこと。梅田会の連中が絡んでいること。僕と吉村さん、本庄さんの三人が、暗号の解読に取り組んでいたこと。そして彼はおそらく、一〇一号室の僕と一〇四号室の吉村さんが、揃って部屋を空けていることに、何かのはずみで気づいたのだろう。僕たちも梅田会に拉致された、だとしたら一緒に暗号解読に取り組んでいた本庄さんも狙われているだろうし、すでに拉致された可能性もある——そう考えて、吉村さんの部屋のドアからあのコピーを見つけ、手紙の文面を読んでだいたいの事情を理解した上で、暗号を解読し、ここまで一人で来たのだ。梅田会を出し抜いて問題のブツを確保し、それを担保にして、本庄さんの身柄を解放させようと考えたのだろう。

「い　いで。まだ間に合うかも」

　七人の中で誰よりも必死になっているのが、その本庄さんだった。

　駐車場の奥は林になっていて、そのまま枕山の斜面へと繋がっている。本庄さんが先頭に立ち、僕たちはその後を追う形で、森林の下生えの中に分け入った。ズボンを穿《は》いている僕らとは違って、スカート姿の本庄さんは、生脚の肌を笹などにこすられるので、大変だろうと思うのだが、本人はそんなことは気にしていない様子だった。見ている僕のほうが気になってしまう。彼女の右脚のハイソックスから、ふくらはぎの引っかき傷の跡がはみ出しているのが見えた。たしか猫に引っかかれた傷だと言っていたやつだ。急いでいる割《わり》には、車から降りたときに手にしていた通学鞄はそのまま持っている。邪魔になるから、どこかに放り投げてしまえばいいのに。

大神と組員二人に抜かれて、僕は五番目になった。ふと後ろを見ると、吉村さんが僕の後についてきていたが、関さんが来ていない。藪《やぶ》の中に分け入っていくのが嫌になり、早々に脱落してしまったのだろう。いかにも関さんらしいや。まいいか。

「あ　こ」

先頭を進んでいた本庄さんが立ち止まり、目の前に迫ってきた山の斜面を指差した。草叢に覆われた斜面の一箇所が、背丈ほどの高さまで、数本の鉄柱と有刺鉄線によって覆われていた。鉄柱も鉄線も真赤に錆《さ》びついている。そのフェンスの向こう側に、問題の防空壕の入口があった。扉が外に向けて開かれている。

「　て」

本庄さんが指差した先、有刺鉄線のトゲの一箇所に、布切れが引っかかっていた。その柄に見覚えがあった。魔人ブウが今日の午後、着ていた服である。本庄さんが振り返り、大神に向かって言った。

「まだ間に合うかも」

「よ。行け」

大神が連れてきた二人の部下に指示を出す。二人は、もはや悠長に毛布を掛けたりしている時間はないと見たのだろう、有刺鉄線を力任せに乗り越えようとした。片方はうまく乗り越えられたのだが、もう片方がトゲをズボンに引っ掛けて、フェンスの内側にぶざまな格好で転げ落ちた。ズボンが大きく裂け、ふくらはぎからは血が流れ出ている。それでも二人は任務を遂行《すいこう》するために、防空壕の中へと入っていった。

ここまで来て、僕はあることが気になっていた。魔人ブウに先回りされたと知って、誰よりも本庄さんがいちばん焦っているように見えたこと。防空壕の入口まで的確に先導して来たこと。そして右ふくらはぎの引っかき傷。

彼女は一度——あの治りかけの傷からすると一週間前ぐらいか——ここに来たことがあるのではないか。そのときに今の組員と同じように有刺鉄線のトゲに引っかかって、あの傷を負ったのではないか。

あの暗号を解読した結果がここを指していると、彼女は最初から知っていたのではないか。僕たちはみんな彼女一人に踊らされていたのではないか。

だとしたらなぜ……。

そのとき、どーんという激しい音がして、同時に地響きが僕たちを襲った。一瞬遅れて、防空壕の入口から土埃《つちぼこり》と黒煙が、激しい勢いで噴き出してきた。

爆発だ。防空壕の中で何かが爆発したのだ。

17

僕たち四人は、雑草に覆われた地面に倒れこんでいた。

「……か。復讐――なんでしょ、本庄さん」

僕はようやく事件の真相を理解していた。

あの木村が書いたという手紙。もし木村が、自分が隠匿《いんとく》した物の隠し場所を恋人に伝える目的であれを書いたのなら、わざわざあんなふうに暗号化する必要はない。梅田会の手に渡ることをおそれて暗号化するにしても、あんなふうに「暗号だよーん」という文面にしたのでは意味がない。この防空壕に爆弾を仕掛けておいて――おそらくドアを開けたら起爆するような仕掛けを、トンネルの奥の部屋に施《ほどこ》しておいたのだろう――、そこに梅田会の組員を誘導するために、あの暗号文は作られたのだ。楽譜の暗号もただのダミーではない。例の「愛ちてう」という解読結果は、解読した人をおちょくられたような気分にさせる。面子《メンツ》を潰されたと思った梅田会の側は、そのぶん本気になるだろう。単なる下っ端のチンピラではなく、幹部クラスの人間が現場まで出てきて、爆弾の巻き添えになるという可能性も、そのぶん高くなる。そこまで考えた上で、彼女は罠を仕掛けておいたのだ。

「マコっちゃんを殺　たのは、こいつ　だか　。直接手を下　たんじゃないって言ってたけ、責任がないとは言わせない」

　その復讐のための罠に、しかし仲手川さんが先回りしてしまった。彼女が急《せ》かせたので、組員二人を巻き添えにすることには成功したが、おそらく本命だったはずの大神は、外にいて無事である。

　仲手川さんは——考えてみれば哀れな話である。彼は、本庄さんのためなら死ねると言っていた。だがまさか、彼女のせいで自分が死ぬ羽目になろうとは、思ってもみなかっただろう……。

　本庄さんは草叢の中から起き上がると、鞄を開けて、中から黒光りする何かを取り出した。それはどう見ても、ピストルだった。なぜ女子高生がそんなものを——と思ったのも一瞬のこと。僕はすぐに理解していた。木村誠と本庄さんが、松葉峠の事故現場で拾ったものは、覚醒剤などではなく、たくさんの拳銃の詰まった箱か何かだったのだろう。さらに言えば、梅田会にとって、今日の彼女は一種の協力者だったので——自分から組に連絡を入れ、誰それに秘密が洩れているとご注進したのも彼女だったし、僕をここに呼び出して拉致しようという計画も、おそらく彼女が立てたのだろう——だから本部に連れ込まれる際にも、僕とは違って身体検査は受けなかったのだ。組員のほうでも、まさか女子高生の鞄に拳銃が入っていようとは、考えもしなかったに違いない。

その銃口が向けられた先に、大神がいるはずだ——と思って目をやると、草叢から飛び起きた大神は、すでに駐車場の方向を目指して走り出していた。

「待てっ」

本庄さんの叫びとともに、銃声が林の中にこだました。ようやく立ち上がった僕も、その音を聞いて、本能的に身を屈ませていた。幸いにもその銃弾は、大神には当たらなかったようだ。彼が逃げてゆく葉擦《はず》れの音は続いてる。本庄さんがその後を追って走り出した。

僕も慌ててその後を追った。大神が逃げて行く先——駐車場には今、おそらく関さんがいる。今の爆発音を聞き、さらに銃声を聞いて、彼がどうしているかはわからない。逃げていてくれればいいのだが、逆にこちらに向かって来ているとしたら——銃弾を受けるのが大神ではなく、彼になってしまうかもしれない。

早く本庄さんを取り押さえないと。

吉村さんは草叢に座り込んだまま、呆然としていた。腰が抜けたのかもしれない。本庄さんを取り押さえることができるのは僕しかいない。そう思って後を追っていくと、彼女が足をもつれさせて転んだ。チャンス。と思ったら僕も何かにつまずいて転んでしまった。

距離は縮まらない。

大神が藪を抜けて駐車場に出たようだった。車のドアが開閉する音。続いてエンジンを掛けている音が、かすかに聞こえてくる。本庄さんが藪を抜ける。続いて僕も駐車場に出る。

ワゴン車が急発進していた。それを関さんが猛然と追いかけている。

「お　の……お　の楽器が……」

車には「クララ」と「あき」が積まれたままなのだ。

本庄さんはピストルで狙うのは諦めた様子だった。それで僕は気を抜いてしまったのだ。彼女は携帯電話を操作していた。右手の親指でどこかの番号をプッシュしている。今になって、どこに電話を掛けているのだろう。警察官の知り合いとかかな——などとぼんやりと思っていたら——。

五十メートルほど先を走っていたワゴン車の後部座席が、目の前で爆発した。ものすごい轟音《ごうおん》とともに、車自体が前につんのめった形になり、炎とともに窓ガラスが粉々になって吹き飛ぶのが見えた。左横のスライドドアも、後ろのハッチバックも、車体から外れて空に舞い上がっていた。

炎上する車が停止し、運転席のドアが開いて、大神が地面に倒れ込んだ。駐車場の敷地にはもう一人、倒れている人影があった。関さんだ。爆発の直前には、車の真後ろを全速力で走っていた。

「関さん！」

僕は何も考えずに駆け出していた。一息に関さんのところまで走り、その身体にすがりつく。

「関さん。関さん。んじゃダメだ」

関さんは生きていた。僕の呼びかけに目を開けて答えてくれたし、しばらくしたら、右手を動かして身体のあちこちの状態を確認し始めた。どうやら命には別状がない様子だった。といっても、あれだけ間近で爆発に巻き込まれた影響は、当然受けているだろう。

「お　はいいか、あっちに行ってや　よ。何たってお前の父親なんだか　」

関さんからそう言われるまで、僕の念頭にはまったく大神のことなどなかった。言われてみれば、爆発した車の中にいた大神のほうが、よりひどい状態になっているだろう。それこそ死に瀕《ひん》した状態なのかもしれない。今は関さんよりも大神の面倒を看るほうが優先される――それはたしかなことだった。

僕は立ち上がり、大神の倒れているほうに向かって足を一歩踏み出したところで、思いついて立ち止まり、関さんに向かって言った。

「僕にとって、父さんと言えるのはただ一人――関さんだけだよ」

そう言うと、関さんはにっこりと微笑んだ。

遠くからサイレンの音が聞こえてきた。その反対側、駐車場の奥では、複数人の争う音がしている。

「離せよ！」

本庄さんの叫び声が聞こえて、見れば、どうやら復活したらしい吉村さんと、あと宮司のような格好をした人物が、本庄さんを取り押さえているのが見えた。これで事態もどうやら沈静化に向かうだろう。

僕は大神さんのそばにしゃがみ込んだ。頭部の傷からは血が今もだらだらと流れ出ていて、重傷なのは見た目にもわかったが、意外にも意識はしっかりしているようだった。僕の姿を視界に認めて「聞いたよ」とだけ言ったのは、先ほどの僕のセリフを聞いたよ、と言いたかったのだろう。

関さんに言ったのは、何のてらいもない本心だった。それはそのとおり。でもこの人がいなければ、僕は生まれて来なかったのだ。

僕は大神さんの手を握った。その掌《てのひら》から自分の命を吹き込むつもりで。

目の前の地面に、木片が落ちているのが、そのときになってようやく目に入った。筒状に湾曲した黒塗りの表面——そこに取り付けられた銀色の金具類——指で塞げるサイズに丸く刳《く》り貫《ぬ》かれた穴が二つ——それは見間違えようもない、「クララ」の破片だった。

ここまで木っ端微塵《こっぱみじん》になってしまったら、もう修理は不可能だよなあ——僕の「クラリネット症候群」もこれで完治不能となってしまったんだなあと、僕はぼんやりと思った。

18

十月十三日——ハッピーマンデーの午後。僕は関さんのお見舞いのために、鱈場市総合病院の病室を訪れていた。

「はい、差し入れのプリン」

「またかよ」

関さんはベッドから上体を起こしていた。骨折した左腕は首から包帯で吊っている。頭部の検査のために大事を取って入院しているが、おそらく問題はないだろうということで、あと二、三日もすれば退院できる見込みだと聞いていた。

「退院しても、演奏はまだ無理だよなあ」

「『ブラウン』は大丈夫。僕が代わりに出といたげるから」

「東から聞いたよ。でも本当にお前で大丈夫なんだろうな」

ワゴン車が爆発したとき、「あき」はケースごと車外に飛ばされたのが幸いして、その後の火災には巻き込まれずに済んだのだった。爆発および落下の衝撃は、ケース内の緩《かん》衝材《しょうざい》が吸収してくれたようで、楽器自体は無傷のまま僕の手元に残ったのである。その「あき」で演奏をしてみせたところ、バンマスの東幸一さんから見事合格のお墨付きをもらったのだ。といっても、法律上の問題などもあるから、出演は早い時間に限られるのだが。

ともかく、「あき」が無傷で手元に残った一方で、「クララ」のほうは無残だった。本庄さんは、僕の部屋から「クララ」を持ち出した後、梅田会の連中と合流するまでのわずかな時間に、そのケースの緩衝材の裏に爆薬と、携帯電話を改造した遠隔操作が可能な起爆装置を仕込んでおいたのだという。つまり「クララ」のケースに爆弾が仕掛けられていたのである。木っ端微塵に吹き飛んだのも当然の結果だった。

「はい、これ。『クララ』の破片で、ペンダントを作ってみたんだ」

「……哀れよのう」

受け取った関さんの表情には、複雑な思いが浮かんでいた。

「ほら。僕とお揃《そろ》いだから。怪我が治ったらお守り代わりに着けてみて」

あのときに拾った破片を、僕が二つに切って、それぞれの穴にチェーンを通し、二つのペンダントに仕立て上げたのだ。これを常に首から下げていれば、今回の件を教訓として、僕たちは強く正しく生きていけそうな気がする。

「仲手川さんのぶんも、作れれば良かったんですけど――」

この病室でもお隣さん――隣のベッドに入ることになった仲手川さんに、僕はそう声を掛けた。

仲手川さんは無事だった。二人の組員も、大神さんも、それぞれに重軽傷は負っていたものの、命に別状はなかった。それは本人たちだけでなく、本庄さんにとっても良いことだったと、僕は思っている。

いくら彼女が化学部の元部長とはいえ、火薬の調合にはさすがに慣れていなかった――それが幸いして、防空壕に仕掛けた爆弾の威力は、彼女が思っていたほど大きいものではなかったのである。

それでも爆心地の近くにいた仲手川さんは重傷で、防空壕から運び出されたときには、心肺停止の状態だったという。救急隊員も、この人は助からないだろうと判断したらしい。ところが救急車に同乗した吉村さんが、泣きながら、「あんたが死んじゃったら、あの子が殺人犯になっちゃうわよ」と声を掛けた途端、ぱっちりと目を開いて、「僕は彼女のために生きる」とのたまったのだとか。

爆破事件で九死に一生を得た小説家がいるということで、昨日もこの病室には、マスコミが取材に来ていた。旧作も増刷が決まったと言っていたし、仲手川雅之という小説家は、これから売れっ子になるかもしれない。

今も僕の呼びかけには答えずに、仲手川さんは新作の執筆に没頭している。『爆弾娘』という作品になるらしい。全身に包帯を巻かれた状態で、胸の上に置かれたＰＣのキーを、右手だけでさかんに叩いている姿には、鬼気迫るものがあった。

そういえば、彼から借りた『13の暗号』も、ワゴン車の爆発炎上とともに灰になってしまったのだった。いずれ本屋さんで同じ本を買って返却しなければ。読みかけだった江戸川乱歩の「二銭銅貨」も、僕は最後のオチをまだ確認していない。梅田会本部で僕があの本を鞄から取り出したとき、それを見た本庄さんのリアクションが、今から思えば少し変だったような気がする。それを読まれたら困るというような。だから本を買い直した際には、僕はあの短編のオチも、ちゃんと確認してみるつもりだ。

魔人ブウの反応がなかったので、僕は目の前の関さんへと視線を戻した。

「特に欲しいものとかがあったら言ってね」

「ほしのあきちゃんの写真が載ってる雑誌があったら——」

呆れかえった僕は、大きな溜息《ためいき》を吐《つ》いた。

「巨乳で童顔の子には、もう懲《こ》りてもいいはずなのに」

「お前は懲りたか。俺はまだ懲りてないぞ。たしかに彼女はアレだったけど、巨乳で童顔の子を一緒くたにするのはよくない。あきちゃんはいい子だぞ」

僕が憧れていた本庄さんは、いろいろな罪状のもとに逮捕されてしまった。被害者である大神や他の組員たちも、銃刀法違反の容疑がかかっていて、ここではなく、隣市にある警察関係の病院に収容されているという。

実は、関さんには内緒にしていたが、警察病院に入院中の大神から話を聞いたと言って、彼の奥さんという人が昨日、僕のもとを訪ねてきたのだった。和服姿で僕の前に現れたその人は、自分は今、梅田会を解散させようと必死になって、組長をしている父親に働きかけているのだと言った。もしそれが実現したら、自分たち夫婦のもとに引き取られてくれないだろうか、重要なことだから今すぐに回答はしなくていい、時間をかけて考えてほしいと、それだけを告げて去っていった。

もし大神家に入ることになったら、自分の義母になるはずの、その人の第一印象は、悪いものではなかった。特に同じ日に届いた電報の送り主に比べれば。

そうだ。その件は関さんにも報告しなければ。

「実は昨日、母さんから電報が届いたんだ」

「そうか。七年ぶりだな。何て書いてあった?」

電報は持ってきていなかったが、内容はそらで言える。それほど短いものだった。

「『新聞見た。二人とも無事で何より。こちらも元気で暮らしている。留椎《るしい》』——って、それだけ」

関さんは遠くを見るような目付きになり、ぽつんと一言感想を洩らした。

「いいじゃないか。ルーシーさんが元気で暮らしてるって、わかっただけでも」

「そうだね」

あの人はそういう人だから。

僕は「クララ」の破片から作った胸元のペンダントを、ぎゅっと握りしめた。

19

関さんの見舞いを終えて一階に下り、外来のロビーを通り抜けようとしていたら、不意に背後から誰かに身体を捕まえられた。

マスコミの連中か、あるいは梅田会の残党か——驚いて振り返ると、目の前に曽根潤二がいた。

「犬育。なあ、ちょっとはな　があるんだけ　」

彼のセリフが歯抜け状態になって聞こえる。まさか——曽根にここで再会したことで、また「クラリネット症候群」が再発したのか……。

目の前が真っ暗になった。

僕の「症候群」は、発症したその日のうちに——だから三日前には完治していた。おそらくは「クララ」が目の前で木っ端微塵になって吹き飛んだ瞬間に。あそこまで綺麗に吹き飛んだら、もはや「クラリネットをこわしちゃった」どころの話ではない。それが逆に作用して——一種のショック療法になって、あの曲の呪縛から解放されたのだろう。

あるいは、僕が完治したのは、関さんに面と向かって「僕にとって、父さんと言えるのはただ一人――関さんだけだよ」と宣言をした、あの瞬間からだったのかもしれない。そんなふうにも思ったりする。親子のような他人のような――そんな二人の不安定な関係が、僕の精神を不安定にしていたからこそ、あんな「症候群」を発症したのだとしたら。関さんとの絆《きずな》が築かれたあの瞬間に治ったという、そんな解釈もできるはずだ。

そう思っていたのに、また僕は「症候群」を再発してしまったというのか……。

しかしそれは誤りだった。

「なあ、犬育。あのときにお　が壊　ちまった楽器、あっただろ。ク　リネット。あ　、お　が修理代出すか　さー、修理　てくんねえか。頼む。な。……聞いててわかるだろ。お、あ　以　い、と　と　と　と　って発音ができなくなっちまったんだ」

僕だけでなく曽根までもが、実は似たような「症候群」を発症していたのだ。曽根の場合には『ドレミファソラシ』の聞き取りではなく、発音ができなくなるという形で。

まさに「クラリネット症候群」だ。

ドとレとミとファとソとラとシの音が出ない。

あの童謡との符合については、曽根も気づいていたらしい。

「――まるであの歌　たいに」

と付け加えた上で、さらに言葉を重ねてゆく。

「自分ではちゃんと言ってるつもりなのに、声が　こだけ抜けちゃうんだ、　ても。だか　この病院にも通ってるんだけ　、　んなんじゃ絶対に治　ない。だってあの楽器の呪いと　か考え　ないんだもん。だか　頼む。なあ犬育。お願いだ。あの楽器を——」

　僕の両肩を摑んで、一気にそこまで喋った曽根の目が、ふと僕の胸元に向けられる。

「ま、まさか、そ——」

　僕の胸元に下げたペンダントが、何を材料としてできているか——実際に手に取ったこともある曽根ならば、見間違えようはずもない。

「そのとおり。お前が壊した楽器のなれの果てだよ。もう直せない」

　僕が意地悪くそう告げると、曽根は僕の肩から手をだらりと落として、そのままの姿勢で固まった。そのうちに白目を剝《む》いて、口からよだれを垂《た》らし始めたので、僕は少々慌てた。

「お、おい。曽根。大丈夫か」

「うわああああっ」

　突然大声を上げ、暴れ始めた曽根に向かって、白衣を着た男性数人が駆け寄ってきた。曽根が取り押さえられ、運ばれてゆくと、騒然としていたロビーに再び落ち着きが戻ってくる。

　いい気味だ。まあ、どうせ心理的なものだから、そのうちには治るだろうし。……あんな「症候群」を発症していたってことは、曽根にもいくばくかの良心が——自責の念があったということだろう。それがあれば、きっと治るさ、曽根も。

あるいは「クララ」は本当に「呪われたクラリネット」だったのかもしれない。だとしたら——曽根は一生あのままか。だとしても自業自得だ。可哀想だが仕方がない。

目の前を若い女性の看護師さんが通った。ナース服の胸元がはちきれそうに膨らんでいる。それでいて童顔で可愛らしい顔立ちをしている。

思わず身体の重心がそちらに傾きそうになったところで、僕はハッと我に返った。

くわばらくわばら。

僕は胸元のお守りをぎゅっと握りしめた。

解説

大森　望

本書は、徳間デュアル文庫既刊のSFミステリ「マリオネット症候群」に、書き下ろしの暗号ミステリ「クラリネット症候群」をカップリングした、乾くるみ初の中編集である。

ほほう、旧作にオマケを足して復活させる作戦ですか。意外と商売上手ですね。などと憎まれ口を叩《たた》いてはいけません。表題作は、オマケどころか二百枚の長さを誇る入魂の力作。これだけのクォリティの新作が文庫一冊分のお値段で買えるのだから、「マリオネット症候群」を既読の人にとってもコスト・パフォーマンスはじゅうぶん高い。反対に、『イニシエーション・ラブ』から乾くるみファンになって、まだ「マリオネット症候群」を読んでいない幸福な読者にとっては、二倍も三倍もお得な一冊ということになる。

そもそも、乾くるみは、デビュー以来の十年間で（本書を別にして）著書は七冊だけという極端な寡作で鳴る作家。二〇〇四年に『イニシエーション・ラブ』と『リピート』の二冊を続けて出して以来、なんと三年余の長きにわたって新刊がない。したがって、半分しか新作じゃないとはいえ、本書はきわめて希少にして貴重な一冊なのである。次にいつ新作と出会えるか知れたものではないので、じっくり熟読玩味《がんみ》していただきたい。

一方、もしあなたが、乾くるみの名前をまったく知らずにこの『クラリネット症候群』を手にとったのなら、たいへん幸運な出会いをしたことになる。というのも、乾くるみの小説は、作品ごとに作風がまったく違ううえに、一読茫然《ぼうぜん》とする大仕掛けがほどこしてあったり、異様にマニアックだったり、読者の神経を思い切り逆撫《さかな》でするネタが平気で出てきたりするため、出会い方が悪いともう二度と読みたくないということにもなりかねない。だが、本書に限っては話が別。ストーリーテラー／エンターテナーとしての手腕が存分に発揮され、小説好きならだれが読んでも（ある程度までは）楽しめる本に仕上がっている。実際、乾くるみ全作品読破には、本書（および『林真紅郎と五つの謎』）を入口にして、『イニシエーション・ラブ』と『リピート』に進み、それからデビュー作へ遡《さかのぼ》って『Jの神話』→『匣《はこ》の中』→『塔の断章』の順に読むコースがおすすめだと思います。

さて、本書収録の二編についてだが、「マリオネット症候群」は、二〇〇一年十月に徳間デュアル文庫から刊行された作品。一冊で出すには短いんじゃないのと思うでしょうが、これは、書き下ろしの中編をワンコイン（税込五〇〇円）で買える文庫本として出版する、デュアル・ノヴェラ（ＤＵＡＬ　ＮＯＶＥＬＬＡ）なる文庫内叢書の創刊第一弾。梶尾真治『かりそめエマノン』、北野勇作『ザリガニマン』、篠田真由美『聖杯伝説』、林譲治『大赤斑追撃』の四作と同時に刊行された。徳間デュアル文庫自体がＳＦ色の強い（というか実質的には徳間SF文庫に近い）レーベルだったため、『マリオネット症候群』は、〝ミステリ界の新星がSFに進出〟みたいなニュアンスだった。もっとも、乾くるみはデビュー当初から作品にSF設定をとりいれていたし、本編に関しても、ごく自然にSFとミステリのあいだを行き来している。以下、デュアル文庫版に書いた解説を再利用しつつ内容を紹介しよう。

ふと目を覚ますと自分の体に他人の人格が乗り移っていた――という本編の設定そのものはそう珍しくない。〝人格転移もの〟全般にまで範囲を広げれば、SFファンなら、グレッグ・イーガンの短編「貸し金庫」、ミステリファンなら西澤保彦『人格転移の殺人』や北村薫『スキップ』、東野圭吾『秘密』、映画ファンなら大林宣彦「転校生」あたりが即座に思い浮かぶところ。このうち、文体、構成ともにもっとも近いのは（著者が直接の下敷きにしたと思われるのは）、新井素子のデビュー作「あたしの中の……」。花も恥じらう十六歳の女子高生（田崎京子）の体に、死んだ男（森村一郎）の人格が乗り移る――という基本設定は本編にもそのまま引き継がれている。

ただし、居候《いそうろう》の新聞記者・森村一郎と頭の中で自由に言葉を交わす田崎京子と違って、「マリオネット症候群」の語り手・御子柴里美の場合は、一方的に体の支配権を奪われてしまい、自分では指一本動かせず、乗り移ってきた相手とコミュニケーションをとることもできない。マリオネットのように他人の意思に操られて動きながら、ただ観察し、なにがどうなっているのか考えるだけ。

そうこうするうちに、乗り移ってきた人格の本体（?）は憧《あこが》れの森川先輩だったという（〃私〃にとって）衝撃の事実が判明。いつも前向きでかっこよくてハンサムで運動神経抜群の（一部推定含む）森川先輩はサッカー部のキャプテンで、〃私〃の片思いの相手だったのである（中年読者なら「好きよ好きよキャプテン」と歌い出すところです）。

いつも前向きな森川先輩は、とりあえず里美になりすまして様子を見ることにしたらしく、持ち前の機転で学園生活を切り抜けていく。それを体の中から見守る（?）〃私〃としては、うれしいような悲しいような、恥ずかしいような誇らしいような、複雑な気分。

さらに、その森川先輩（の本体）は何者かに毒殺されていたことが明らかになり、かくして物語は、被害者自身が探偵役となって毒入りチョコレート事件の謎を解くバークリーもびっくりの本格ミステリになだれこんでいくかと思いきや、なにしろ語り手の〃可愛い女子高生〃はミステリ音痴なんで、そんなの知ったことじゃない（アントニー・バークリーの古典的名作『毒入りチョコレート事件』は創元推理文庫で読めます）。意表をつきまくる後半の展開は乾くるみの真骨頂。論理のエスカレーションから導かれためくるめくセンス・オブ・ワンダーが存分に味わえる。

人格転移ものとしての独自性は、転移から生じるドタバタをほとんど無視していること。「転校生」的なお約束は一瞬で通過し（パンツに手を突っ込んで驚愕《きょうがく》するところは映画の小林聡美へのオマージュか)、森川先輩はあっという間に超自然的な現象を受け入れ、里美の体を使いはじめる。そこから先は、人格転移のメカニズム(発生条件)探求とその利用方法にポイントが絞られる。つまり、隠れた法則性を発見し、それを使ってなにができるかを考えることに力点がある。その意味では、謎の特殊能力もしくは謎の機械が作動する法則性と利用方法を考察する西澤保彦の一連のSF設定本格ミステリ群(『七回死んだ男』『人格転移の殺人』『死者は黄泉が得る』『複製症候群』など)ときわめて近い。SF的な奇想とミステリ的なロジックが一体化し、SF読者にもミステリ読者にも新鮮な驚きを与えてくれる。

書き下ろしの表題作は、題名のとおりクラリネットがモチーフ。最初から姉妹編(姉弟編?)の構想があったとは思えないので、「マリオネット症候群」とカップリングするために、韻を踏むクラリネットがモチーフに選ばれ、女子高校生の一人称に対してこっちは男子高校生の一人称で——というふうに、外枠から決めていったんじゃないかと推察される。ドタバタギャグっぽいトーンとあり得ない展開は「マリオネット症候群」と共通。ふつうなら長編一本書ける話を二百枚にぎゅっと凝縮し、ほとんどすべての描写がなんらかの伏線もしくはネタになる極端にスリムな設計も両者に共通している。

ミステリ的なテーマは暗号。『林真紅郎と五つの謎』収録の書き下ろし短編「過去から来た暗号」は、ひとつの暗号が二重三重四重の意味を持つ超絶技巧のものすごい暗号ミステリだったが、「クラリネット症候群」の暗号もじつによくできている。軽くてバカバカしいプロットでも、トリック部分にまったく手を抜かないところが乾くるみらしい。ところで、本編の中できわめて重要な役割を果たす「クラリネットをこわしちゃった」は、ある世代の日本人にとっては（クラリネットがどんな楽器か知らない人でもこの歌は歌えるという意味で）楽器自体よりよく知られている名曲。原曲は、フランスの童謡「J'ai perdu le do de ma clarinette」（もともとはナポレオン親衛隊の行進曲だった「La Chanson de l'Oignon（玉葱の歌）」の替え歌らしい）。題名を直訳すると「ぼくはクラリネットのドの音をなくした」、つまり「ドの音が出ない」という意味になる。原曲では、楽器がこわれたわけじゃなく、主に人間側の問題でいくら吹いても正しい音が出せないのだが、パパに叱られると心配する点は同じ。シャンソン歌手の石井好子が訳詞した「クラリネットをこわしちゃった」が、一九六三年二月にNHK「みんなのうた」で放送されて大ヒットし（歌／ダークダックス、編曲／服部克久、アニメーション／久里洋二）、国民的な愛唱歌になった。「歌詞に出てくる〝オ　パキャマラド〟ってなんですか？」というおなじみの質問にもついでに回答しておくと、これは原詞の「Au pas, camarade」のカタカナ表記。「足並みそろえろ、さあみんな」みたいな意味らしい。

クラリネットついでに脱線すると、本編のタイトルから中年SF読者が思い出すのは、筒井康隆の未完のエッセイ「クラリネット言語」。末期の第二期《奇想天外》誌で連載がはじまり、二回分載ったところで雑誌が休刊となった。本編を読みながら筒井康隆の『残像に口紅』をなんとなく思い出したのも、そこからの連想かもしれない。

作家でサックス奏者の田中啓文は、筒井康隆がなぜ自分の演奏する楽器にクラリネットを選んだかについて考察する文章を書いているが、その田中啓文が、クラリネットを主題とする自作の本格ミステリ短編「揺れる黄色」（東京創元社『落下する緑』所収）に付けたおまけエッセイによれば、

〈木管なのに金管的な馬鹿でかい金属音が出るサックスとはちがい、クラリネットはまさに木管であり、「木」の音がする。よく、癒《いや》し系だの和み系だのというが、クラリネットの音を聴いているだけで私は和んでしまう。私はクラリネットはきちんと吹けないが、家に安物が一本あって、たまに気が向いたらそれでロングトーンをすることがある。ぼーっ……ぼーっ……と低音を鳴らすだけで、なんだか森林浴をしているような気分になれる〉

とのこと。だとすれば、緊迫したシチュエーションなのに妙にのんびりした本編の雰囲気も、クラリネットという楽器に合っていると言うべきか。

もっとも、『イニシエーション・ラブ』と同様、この作品にも（それをいうなら「マリオネット症候群」にも）著者の特異な女性観の反映と思われる一定のバイアスがかかっており、それが独特の味わいになっていることは否定できない。乾くるみの華麗なテクニックと皮肉なテイストを本書で楽しみつつ、新作が読める日を気長に待ちたい。

【乾くるみ既刊単行本リスト】

1『Jの神話』1998年2月 講談社ノベルス→2002年6月 講談社文庫 ＊第4回メフィスト賞
2『匣の中』1998年8月 講談社ノベルス→2006年5月 講談社文庫
3『塔の断章』1999年2月 講談社ノベルス→2003年2月 講談社文庫
4『マリオネット症候群』2001年10月徳間デュアル文庫→8に再録
5『林真紅郎と五つの謎』2003年8月 カッパノベルス→2006年8月 光文社文庫
6『イニシエーション・ラブ』2004年3月 原書房→2007年4月 文春文庫
7『リピート』2004年10月 文藝春秋→2007年10月 文春文庫
8『クラリネット症候群』2008年3月 徳間文庫（本書）

「マリオネット症候群」……２００１年10月、徳間デュアル文庫より刊行
「クラリネット症候群」……書下し
本作品はフィクションであり、実在の個人・団体などとは一切関係がありません。

徳間文庫をお楽しみいただけましたでしょうか。どうぞご意見・ご感想をお寄せ下さい。
宛先は、〒105－８０５５　東京都港区芝大門２－２－１　㈱徳間書店「文庫読者係」です。

徳間文庫

クラリネット症候群《しょうこうぐん》

2008年4月15日 初刷
2009年4月10日 6刷

著者 乾《いぬい》くるみ
発行者 岩渕徹
発行所 東京都港区芝大門二―二―二〒105―8055
株式会社徳間書店
電話 編集〇三(五四〇三)四三五〇
販売〇四八(四五一)五九六〇
振替 〇〇一四〇―〇―四四三九二
印刷 本郷印刷株式会社
製本 ナショナル製本協同組合

ISBN978-4-19-892776-9 (乱丁、落丁本はお取りかえいたします)